FRANÇAISE

ALEXANDRE JARDIN

FRANÇAISE

roman

ALBIN MICHEL

À Zanne, qui sait tout de l'amour.

«Je vais passer pour un mauvais Français.»

Stendhal

Avertissement

Ce roman est le premier d'une époque nouvelle.

Je n'écris plus pour éviter par l'imagination, j'écris pour me révolter. Et pour contribuer à la lisibilité du monde, au risque de braquer l'oreille publique.

Parce que ça va très mal finir.

Conseillé par ma colère, j'ai envie d'être un écrivain oublieux de ce qu'il a été, un écrivain coup de marteau, un écrivain sans précaution. Ras le bol de mon regard primesautier sur la littérature. Jouer le vivisecteur des passions, ça suffit. Plus envie de me laisser séduire par les voluptés romantiques. J'apprivoiserai autrement ma page. Ma plume servira les gens simples privés de vies simples. J'ai été si remué par ces inregardés qui valent leur poids de poésie. Là est mon contrat.

Bye-bye monsieur *Myself*, il y a un peuple dans le fossé, enduit de malheur, invisible et puissant. Alexandre del Dongo pérégrinant dans ses Waterloo intimes ne m'intéresse plus. Rêvant de me faufiler dans la peau d'un Alexandre Sue, je me rue vers une autre géographie littéraire.

Armé d'un stylo loupe et scalpel, je m'aventure dans

l'épaisseur des vies comprimées qui me touchent, le quotidien des classes invisibles de nos territoires maltraités. Écœuré par le capitalisme délire et l'étatisme corrosif qui disloquent tant de vies, je passe résolument du *je* au *nous* populaire.

Ce roman à vif se veut une gifle aux émissaires de l'imposture, un uppercut décoché aux fabricants d'aveuglement et aux faussaires de l'information convenable. Loin des directeurs de conscience de Paris, il ouvre une saison neuve, sauvage, hantée de damnées foules aux prises avec l'incohérence de la République. L'héroïsme jadis était sur les champs de bataille, il fait sa trouée chez les citoyens moyens ravitaillés en courage qui défoncent l'adversité. J'aime à la folie ces êtres qui se frottent à leur immensité et que la société torgnole.

Dans ce récit, tous compteront.

Les cramoisis, les bombardés d'infos qui vivent chichement dans les lotissements, les gendarmes à bout, les agissants tenaces, les suiffeux diabolisés, les gueulards si maltraités par l'État, l'éboulis des sans-logis, les Arabes à qui on dénie leur francité, les radiés de tout, les petits Blancs saturés de chagrin identitaire, les truqueurs de l'opinion, les séides du contre-peuple salafiste, les rembrunis d'origines lointaines, les racistes dégondés, les exténués de dettes de la ruralité, les titulaires de tous les désespoirs, même les richards crevassés d'exaspération et les sorciers de l'influence parisienne. J'explore ici tous les degrés de l'échelle sociale sur laquelle on ne grimpe plus.

Pendant vingt années, j'ai tâté de l'engagement civique[1] au

---

1. www.bleublanczebre.com, que j'ai fondé avec des amis, plateforme de solutions qui réparent les fractures de la société.

chevet de la mouise sociale. J'ai été obsédé par l'éducation populaire. Par les mots des gamins des autres qu'il fallait remplir[1]. La haine proliférante, ça me bousille les sangs. Alors j'ai fait ce que j'ai pu pour rapiécer notre pays délabré. Impossible de laisser le dernier mot à la discordance. Je voulais qu'en France la saloperie ne revienne jamais, que tout reste toujours ensemble. Et que les forces de désagrégation mordent la poussière.

Agissant là où mon milieu circule rarement, j'ai donc vu de près les angles morts de la France mal vue, vite jugée, interdite de quiétude. J'ai aussi œuvré avec les citoyens pugnaces qui, dos au mur, se cabrent contre la fatalité en fabriquant des solutions locales, en s'aventurant dans l'expérimentation.

Croyant le mal endiguable, je me persuadais qu'on pouvait encore agir collectivement, avant que la mécanique du fiel provoque le grand coup de torchon. Drogué d'optimisme, je tenais même pour psychologiquement délictueux de douter de l'avenir national.

Je n'imaginais pas qu'un jour tout serait dans l'irritation civile, au pire, en bordure d'une rage générale, et que le monde républicain dans lequel j'avais grandi pouvait succomber sous l'effet des détestations massifiées, clanisées. Je ne concevais pas que la boussole morale de mon adolescence puisse devenir non pas obsolète, mais inopérante.

Par ce roman tout de rage déboutonnée qui plante ses chicots dans le vrai, je m'engouffre dans l'écriture risquée et

---

1. www.lireetfairelire.com, association que j'ai cofondée. Elle réunit 20 000 lecteurs bénévoles de plus de 50 ans, qui font lire 740 000 enfants chaque année, une alliance entre les générations.

transgressive. Tout mon défi littéraire est de faire voyager à l'intérieur de la tête d'une héroïne radicalement vivante qui, à un moment, s'autorise à franchir les lignes rouges. Elle s'évade de sa bien-pensance et jouit en éprouvant la totalité des mauvais sentiments.

Pourquoi choisir le roman pour hurler le vrai plutôt que l'essai ?

Parce que l'émotion est plus subversive que l'idée.

Parce que le roman dit mieux par le microscope ce que l'essai voit dans un télescope.

Parce que la fiction seule peut redonner naissance et souffle au réel en montrant l'héroïsme des classes aphones. Nommer la réalité populaire dans un livre permet de lui donner une mythologie motrice.

Il ne s'agit pas ici de faire peuple afin de gagner je ne sais quels galons d'observateur au ras du réel mais de déployer dans la sphère littéraire une sincérité autre aux antipodes de notre pensée élitaire.

Victor Hugo, maître de la synthèse, m'a appris qu'un écrivain fasciné par notre espèce ne doit jamais choisir, qu'il y a autant de vérité chez Javert que chez Jean Valjean, qu'un porte-plume fou d'humanité ne doit rien condamner et tout comprendre au sens de « prendre ensemble ». Et qu'écrire en gardant une ouverture de compas maximale reste la plus belle façon d'honorer Montaigne.

Tout dans cet effort littéraire est tragique d'exactitude.

Sauf la localisation de l'action en pays virois, dans cette Normandie invisible que j'aime. Peut-être parce que mes racines sont normandes. Rien ne s'est passé comme je le relate dans le bocage de Vire. Le bourg qui m'obsède, Maisoncelles-la-Petite, est imaginaire. Mais il y a tant de Maisoncelles en France…

Qui suis-je donc, me direz-vous, pour disposer de la vérité des autres et prétendre peindre des malmenés très éloignés de ma condition ? On pourra à bon droit m'accuser d'une spéculation littéraire sur la misère pittoresque et le désarroi qui font vendre. Ou de traiter la déveine sociale comme un exotisme pour les beaux quartiers. Avoir vu n'est pas avoir vécu, encore moins avoir senti. Je répondrai que vingt années de combats de terrain m'autorisent à signer ce récit qu'une certaine mousse parisienne n'a pas voulu voir, admettre, ressentir.

Voici les vies en désordre de ces gens-là. En prêtant ma plume à l'impraticable Kelly, furieusement vraie, je cherche l'évidence des choses vues.

Et le roman français sauvage en plein réveil.

Ce risque me vaudra sans doute mille ruptures avec les friands de la distanciation, les résignés au capitalisme qui valdinguent les entrepreneurs et flambent les gens simples jusqu'au noyau, bref avec tous ceux qui ont des mois sans fins de mois. Et sans doute aussi avec des amis de lutte qui m'en voudront d'avoir écrit telle ou telle page trop lucide.

Comme disait Stendhal, « Je vais passer pour un mauvais Français ».

Alexandre Jardin

La plus-que-vraie

À force d'en voir de toutes les couleurs, mon cœur s'est grisé. L'impoésie de ma vie m'a foudroyée. Mais je reste nostalgique de la douceur du monde, d'une passion composée de pureté et d'une existence qui ne serait pas un long accident.

Je rêve de la plénitude du manque, d'un homme qui comblerait l'amour que j'ai imaginé. Être une femme c'est peut-être ça : être en proie à la croyance que l'amour existe. Avoir ce rêve moulé dans les os.

Ras le bol des cœurs intermittents. J'ai besoin de poésie vaste.

Mais ce matin-là, je me suis sentie une fosse vidangère, expropriée de moi en m'éveillant dans ma voiture sur le parking d'une boîte de nuit rouennaise. Un établissement poisseux où pullulait alors tout l'infime d'une société abonné aux embrouilles, saqué de la chance. Des filles osées, des pas sérieuses et des habitués des fluctuations sentimentales. Je n'aurais jamais dû y aventurer mes formes, mon mal-être et ma déveine.

Carencée de tendresse, je vivais de traviole depuis que mon homme *contraintophobe* (c'était son grand mot) s'était volatilisé sans un mot. J'éclusais un quotidien sans soleil ni mer bleue. C'est avec Gaspard que l'amour s'était posé dans mon existence. Il avait donné à notre sort rapide une cadence heureuse même si, VRP, il était souvent absent. Sa joie de vivre pressée lui faisait trouver les journées brèves. Gaspard se levait aux aurores pour vivre plus et brûlait les feux rouges par principe. Mais j'aurais dû me méfier de cet avare volubile au chic étonnant : quand on compte ses sous, on calcule aussi ses sentiments.

L'excès de cannabis consécutif à sa fuite m'avait détruit cette partie du psychisme qui s'appelle la volonté. Je me gaspillais en sorties, m'éparpillais côté garçons et ruinais ma vitalité. Ça m'était impossible de trouver assez d'intimité avec des individus sommaires, mal rencontrés. Je vivais des nouvelles, pas de ces romans auxquels on appartient.

Sans doute avais-je perdu mon fil à plomb avec la disparition de mon chéri. L'étincelant Gaspard (je l'appelais Poussin) avait décidé de s'évaporer en me laissant nos dettes, du crédit revolving à 17,5 % ajoutées aux siennes qu'il avait mises à mon nom en trafiquant ma signature. Sa fugue me laissait plus d'un an de salaire d'ardoise, tout l'héritage que j'avais reçu de mon père. J'étais paumée.

Mais je parlerai du fourbi de ma vérité quand j'aurai réintégré mon identité. Revenons à ce parking rouennais, bruineux et sale. Dans ma voiture, mon chien Léon gisait sans vie, déjà roide sur la banquette arrière. L'horreur. Mon fox-terrier, avec qui j'aimais jouer au poker (quand je n'avais pas de partenaire), avait dû être étranglé. Avait-il tenté de me défendre ?

Robe en lambeaux, eye-liner dilué, j'étais moite à voir, crasseuse à toucher, si éloignée de mon aspect usuel. On m'avait crevé l'oignon. Les vêtements saccagés, la culotte déchirée, je constatai à cet instant qu'on m'avait violée. En plein paroxysme, on avait dû me fouetter et me dérouiller aussi. Je n'étais plus qu'humiliation. Une honte froide m'empoigna. Qui avait pu me tataner ainsi, me profaner ?

L'histoire de ma laideur est plus longue que celle de ma beauté ; alors forcément, ce retour au souillon qu'on ne respecte pas me dévastait. D'ordinaire très pomponnée, je n'étais plus qu'une carcasse nicotinée, un rebut, des sueurs mêlées.

Mais par quels enchaînements m'étais-je retrouvée là dans cette nuit brouillée, alcoolisée ? Imbibée de casse-pattes du Calvados, j'avais dû échapper à la juridiction de ma morale alors que ce n'était pas dans mes habitudes. Je suis trop acoquinée avec moi-même pour me séparer d'une aussi sympathique personne. Plus rien n'était net dans mon souvenir kaléidoscopique, même si je savais mon itinéraire vers la vertu compromis depuis longtemps.

Résolue à conserver un petit pécule d'estime de moi, je me rajustai et pris une décision pour donner une ultime chance à ma fierté : ne pas porter plainte pour viol. Même si l'assassinat de Léon ne passait pas. Je résisterais à la pression des clampins qui enjoignent de se plier à la procédure et n'en causerais à personne. Même pas à Zazie et Leïla, les deux traductrices de moi-même depuis nos années lycée. Ma Zazou ne saurait rien de ma haine dont l'intensité était absolument ahurissante. Pas plus que ma Leïla, souvent lesbienne, déjà très fâchée avec la fourberie masculine. La mocheté de cette nuit rouennaise ne s'étendrait pas jusqu'au seuil de mes amitiés.

Pas question de m'étioler dans un rôle de violée.

Je voulais demeurer une femme puissante, entortillée de

plaisir, un soleil d'audace, l'un de ces êtres qui approvisionnent les autres de joie.

Intégrer cette saleté dans ma biographie officielle avant de m'en être vengée m'était, je le dis, impossible. J'y voyais une reddition. Me laisser siphonner mon orgueil, ah ça non. Je ne serais jamais de ces filles dont l'histoire se raconte à partir d'un abus et dont le récit intime se trame d'outrages – même si c'était exact.

Et puis on m'avait pris mon Léon, tout ce qui me restait de Gaspard Favre ; c'était lui qui me l'avait offert, pour compenser ses absences brumeuses de VRP.

Effarée par mon aspect, je décidai aussitôt de mener moi-même une enquête serrée, d'identifier mon violeur et de le zigouiller sans retard – en l'émasculant, l'immondice, et en lui arrachant la glotte pour tous les râles qu'il avait lâchés sur moi, cet assassin de chien. La sauvagerie du Bien, ça me plaît. J'étais pleine d'idées toniques. Plus question d'être l'otage de mes peurs. Parfois, la violence atroce ça sauvegarde, tandis que l'écrasement débine. C'est si requinquant d'attenter aux criminels. Aucune craintive mollesse dans ma volonté. J'en serais tracassée au possible de ce projet-là. Il faut dire que je suis un marteau sans maître, une flèche libre, une joie. Ce meurtre délicieux serait ma rébellion contre toutes les dégradations que j'avais déjà essuyées, cette avanie comme les autres. Délicieux, parce que j'envisageais de lui bouffer le foie, à cet aimable garçon, avec des fèves au beurre et une bonne bière.

À un moment, et sans l'aide de quiconque, j'entendais devenir une révolte tonique. Au diable ce monde qui insultait ma dignité, qui collait des beignes à mon honneur et cherchait à m'obscurcir.

Moi, l'intranquille Kelly Francœur, je ne rejoindrais pas le bataillon des filles violées qui, s'en remettant à la Justice (avec l'effet qu'on voit), se dérobent à leur droit de rendre la violence reçue. Mon violeur, liquidateur de chien, je le punirais avec liberté au mépris des lois et de manière stupéfiante. Basta les faux-fuyants. L'État, ce Meccano de comptables, ne protégeant plus notre intégrité des barbares, je le ferais sans me laisser canaliser par une procédure aléatoire, longuette et paperassière. Et qui au final, par ses méandres, laisse sur le front un tampon de « femme officiellement violée ». Comme il n'y aurait pas de dépôt de plainte pour viol, personne ne me suspecterait.

Je rentrai aussitôt dans mon F2 sans avertir Leïla et Zazou, comme je l'ai dit, au fond de la Normandie léthargique encore séparée d'Internet, tout en songeant que j'avais en moi d'immenses étendues, sidérales, que je n'avais pas encore talonnées. Ce n'était pas un goret qui allait me rétrécir, pas plus que l'escampette de Gaspard, ce fuiteux (quand il m'avait demandé d'être sa première femme, j'aurais dû me méfier).

Ce dimanche matin-là, les routes départementales étaient vides, luisantes, rapides. Je me suis alors souvenue que gaminc on me distribuait des surnoms qui tintaient la bonne humeur : *Clafoutis* lorsque je m'écorchais les genoux et les deux coudes, *Projectile* dès que je tâchais de me faire entendre, *Toutalafois* quand je ne renonçais à aucune parcelle de moi, *Pirate* dès que j'estourbissais un garçon par surprise. Et *Hiroshima* les bons jours. Déjà, je n'avais pas la bonne réputation.

En poussant la porte de mon HLM cubiste, aux portes de Vire, je relevai deux tags peu amènes : « Sale pute ! », « La maire tu vas mourir, c'est la guerre ». Souvenir d'un moment chaud où l'élue du coin s'était fait caillasser à coups de pierres de ballast.

Avant de me laver et de soigner mes hématomes, je résolus d'enterrer Léon sous un arbre à l'orée de la forêt, puis en larmes, les ongles terreux, je récupérai l'empreinte ADN de mon abuseur en glissant ce qui me restait de son sperme entre les cuisses dans un flacon. Je le scellai avec mon matériel à confitures, puis congelai le tout. Sans oublier d'en laisser quelques gouttes séchées sur ma culotte souillée.

Enfin je réalisai des *screenshots* de mon smartphone afin de garder trace de tous mes appels au cours des derniers jours. Je ferais de même avec mon relevé de carte de crédit. Un sacré traçage.

Méthodique malgré mon étourdissement de rage, je décidai de fracturer la porte de mon appartement riquiqui afin de faire croire à un cambriolage régulier. La besogne ordinaire des flics m'apporterait des compléments d'information pour ma propre enquête.

Afin de motiver les pas-drôles de la gendarmerie, j'écrivis au rouge à lèvres sur le miroir de ma salle de douche : *« Si tu cherches à me retrouver, je te tue. M'suis gâté sur ta culotte. »* Avant d'appeler la gendarmerie de Vire, je la laissai en évidence.

C'était simple, ça mettrait le temps que ça mettrait mais je savais que je supprimerais ce tueur de chien. Sans en parler jamais. De cette défaite physique, je ferais une victoire qui me regarderait. Que Gaspard, mon ex-Poussin dandy, réapparût ou pas. Je ne pouvais en aucun cas devenir la pauvre fille qui renonce à sa force de réaction. L'ensauvagement qui défigurait l'époque, je ne marchais plus. *Pirate*, *Toutalafois, Projectile* et *Clafoutis* étaient de retour, *Hiroshima* aussi.

Ma pomme

Où avais-je laissé mon bracelet dont l'agrafe fermait mal ? Ce matin bruissant de vent, j'étais tête en l'air… comme souvent. Sans doute étais-je alors trop imaginative, désajustée au mode de vie régulier du bocage. Tout ce qui n'est pas de la passion me semblait du temps gâché. Il me fallait toujours un surcroît de songes, des rafales de sensations. Parfois, je m'autofatiguais.

Peut-être suis-je ainsi parce que je suis née un 29 février, parce que je baffe trop mes contemporains, parce que l'amour était pour moi un espace où l'invraisemblable restait envisageable alors qu'en vrai plus rien ne m'était permis.

Pourtant, je suis une femme d'insoumission.

Je m'appelle Kelly Francœur et ne suis pas une automate bien élevée. Mes trouilles, même les plus denses, n'ont jamais tenu le volant. Mes amies les plus intimes répètent que je ne suis pas trop douée pour faire cheval de manège. Depuis que je raisonne, j'ai le sentiment d'appartenir à un autre système planétaire. Quand je suis vraie à plein, si mal fichu que soit mon sort, j'ai l'impression de mourir de poésie. Solide gifleuse, j'attente le plus souvent possible à la bêtise du monde.

Vivace, je tiens la colère en haute estime. Et les athlètes de la vérité pour des héros.

Fustiger les incorrects, ça me botte.

Professeure de français très estampillée par l'université, agrégative, j'ai grandi sur les docks de Cherbourg comme une mauvaise herbe. Ma langue est donc double. Je manie le classicisme Grand Siècle comme la tourbe populaire que l'on bavasse drûment dans les bistrots, impoliment, diront les délicats qui ont sué sur les mêmes pupitres que moi. L'idiome râpeux et sonore des établissements portuaires ou ruraux m'est aussi familier que la prose cristalline de Stendhal, ou que celle plus débraillée d'un Barbusse macérant dans les tranchées ou d'un Cendrars bourlinguant de par le monde. Au fond, je n'ai commencé à apprendre que lorsqu'on a cessé de m'enseigner.

Vous pardonnerez donc mon style métissé, mi-hard mi-distingué, populacier et maîtrisé mais tout de suite très relâché – voire vert, façon bistrot –, dès que l'émotion m'emporte le cœur que j'ai malcommode. J'attrape alors le style parlé. Les origines, ça s'agrippe aux émois qui partent du ventre. Et puis j'ai gardé de ma longue fréquentation de Victor Hugo la passion des patois de nos milieux les plus divers.

D'une manière générale, j'écris trop dense ; je devrais desserrer le tricot, aérer la maille. Ah, le naturel c'est ce qu'on met en dernier alors qu'il devrait être prioritaire.

Taillée pour l'emportement, j'ai parfois du mal à tenir la ligne de crête du beau style, nourri de livres, que je tâche d'inculquer à mes élèves. Même si mes études de lettres classiques m'ont appris que toute dérogeance à la langue de

Flaubert et aux règles du Grevisse est qualifiée de vulgarité par la police du bon goût, d'idiome veule indexé sur la crasse de l'homme. Même L.-F. Céline fut traité de monsieur Vulgarité quand parut la poésie grumeleuse de son *Voyage*.

Peut-être cela me qualifie-t-il pour m'adresser à la fois aux humiliés et aux dédaigneux de tout poil, des fois qu'il faudrait un truchement entre ces tribus qui se toisent.

Des claques, je vous dis

Hier à la grande ville, à Vire, un automobiliste vidait le débord de son cendrier sur un passage piéton, après avoir baissé sa vitre. Je traversais les embouteillages et vlan, ce triste sire a ramassé une belle claque sonore, sèche. Il a braillé, je lui en ai collé une autre. Ça m'a fait du bien de desserrer le frein à main. La rétention verbale et de gestes, c'est mauvais pour le moral.

Et puis j'aime étriller les casse-couilles sans parcimonie, frictionner les vilains qui salopent le globe. Pourquoi diable borner son plaisir ? et s'interdire d'être pulsion de vie, de générosité et de correction ? Entière, quoi ! La vie n'est pas un concours de calme. Surtout quand on m'agace les nerfs, que j'ai délicats depuis le décès de mon Léon.

Voyez, ma prose s'emballe, j'oublie mon français de prof guindée dès qu'il y a de la rage délicieuse à dépenser.

À la caisse du Super U, à midi, il manquait tout à l'heure dix centimes à un bougre, juste devant moi, dense de malheur. Dix cents. Rien qu'une piécette afin de ne pas abdiquer sa fierté devant la meute fulminante qui s'impatientait derrière son embarras. Avait-on idée de freiner ainsi la matinée des honnêtes gens au ventre plein ?

Pourquoi ai-je hésité à les lui donner, alors que l'homme âgé, les épaules rentrées, trifouillait dans ses poches ? Il le voulait son casse-croûte. Pour rabioter dix maigres centimes ? ne pas l'humilier trop ? Non, parce que nous craignons tous d'entrer en collision avec le réel tel qu'il est et, Dieu sait pourquoi, de quitter notre trajectoire confortable. Même une milliseconde. Alors qu'aider une panade avec simplicité, ça atténue les malaises. Parfois, ça rend même gracieux, oui, je crois ça.

Les dix centimes requis, je les ai finalement posés sur le tapis roulant de la caisse en lui flanquant une jolie bourrade. L'homme a fait mine de refuser ce sou, dignité oblige, puis il m'a remerciée d'une esquisse de sourire qui suintait la gêne. Un regard raphaélique. Illico, la vitre des solitudes s'est brisée. Chacun a paru quasi heureux, soulagé même, que quelque chose ait dégrippé la situation. La piécette a amorcé la parlote.

Fou comme le bonheur tient à de petits pas de côté.

On bavardait donc quand une femme acerbe, pleine de néfastes instincts, a eu le front de me souffler à pleines narines :

– Z'auriez pas dû, m'demoiselle. Ces Roms se croient tout permis. Il s'est conduit en juif, ce type, moi j'vous le dis... pfff...

Le malheur venait de parler, au nom du bien. Et l'alcool aussi un peu. La minerve que portait cette méchante devait aussi la rendre nerveuse.

Soudain, j'ai imaginé que cette teigneuse pouvait se reproduire des millions de fois. Et vlan, *Projectile*, *Pirate* et *Toutalafois* se sont réveillées, le poing levé. Fièrement, je lui ai administré une baffe bien nette, élégante, avec un plaisir libérateur. En me fichant de sa minerve. Un soufflet de mousquetaire, à lui terminer les cervicales !

– Ah je me sens mieux ! Ça soulage.

J'étais la vie, la revanche contre la vermine décomplexée. Toute la barbaque de sa figure molle en a trembloté. Ses lunettes ont vrillé. Ma joie a alors bondi dans ma poitrine, comme à chaque fois que je fais refluer la crasse montante. M'en fiche de la flicaille.

Pourquoi craint-on, parfois, de gifler la laideur du monde ? Bizarre comme on renâcle à punir les malveillants, à les bâcher comme il faudrait. Il reste souvent chez les courtois un résidu de politesse mal placée. Pas chez moi, j'aligne à l'emporte-joie, j'exécute, je dévisse.

La vipère avinée a moufté, grognassé et menacé de porter l'affaire devant les tribunaux. Sans tergiverser, je lui ai collé un taquet sur l'autre joue, encore blême, sous les applaudissements du Super U en ligne derrière les caisses. Une avoinée extra. Sa minerve en a vibré. Mon geste fut gracieux, souple, stylé. Les claques civiques, ça me connaît. Je raffole de ce plaisir gratuit. Les blessés acrimonieux, faut jamais les rater.

Ayant retrouvé quelques couleurs, elle a battu en retraite en rajustant ses bésicles. Puis la vipère a disparu dans l'opacité de Vire en cette saison, quand il fait nuit dès dix-neuf heures. Les démons, ça se chasse sabre au clair.

Je m'appelle Kelly Francœur et je suis intenable de franchise. Peut-être est-ce pour cela que mon Gaspard Favre s'est évanoui sur ses routes de VRP en produits pour les bars-tabacs, avec ses nœuds papillons, à moins que ça ne soit dû aux embrouilles qui l'assaillaient. Souvent, on me tance et on me rabâche que je ne sais pas être légère. En vérité, je prends très au sérieux d'avoir la responsabilité d'exister. C'est si bête de piétiner au bord de son caractère. Et de museler la vie qui pulse en soi !

À trente-trois ans d'après l'état civil, je n'ai jamais rangé mes ongles ni rongé mes angles, et je jubile d'insulter les mal mariés qui infligent aux autres, dans les repas de famille, tout le factice hypocrite de leur accolement. Oui, ça me fait jouir de redresser les faux-culs et de les gifler en public (afin que le plaisir soit maximal !). En toute chose, la porteuse de joie que je suis raffole du panache, de l'élan cyranesque. Pour ça que je me sens à l'étroit dans le français des manuels, toujours à me ligaturer dans des règles d'usage, des codicilles grammaticaux[1]. Et je vomis la délicatesse de lâcheté, la couardise ondoyante. Comme les gars qui me frôlent, alors que je raffole qu'on m'empoigne. On peut me faire marcher à l'intrépidité, moi. J'aurais jamais pu faire plante verte de couple.

Peut-être que la dernière folie de nos jours, c'est d'être authentique… sans économiser ses phalanges !

Ah bon Dieu, il faut tout de même que je surveille ma prose comme ma ligne. Si mes élèves ou mes professeurs de jadis me lisaient et me notaient, je serais crucifiée pour à-peu-près verbal ! Délitement grammatical ! Crime de lèse-Littré ! Et affaissement du sens de la nuance…

1. C'est pas Dieu possible comme j'ai pu potasser les remarques d'usage du Littré, les collationner, les commenter, les classer.

L'enquête

– Nos services techniques seront ici cet après-midi. Touchez à rien, madame Francœur. On va relever toutes les empreintes ADN et surveiller le secteur.

– Merci.

– En vérifiant qui vous en veut…, a conclu le gendarme, joli mec au ventre plat, succulent à regarder.

– Je ne vois pas trop qui.

– Dans le canton, vous avez une réputation.

– Laquelle ?

– Madame, vous devriez arrêter de frapper les hommes.

– Je ne frappe pas, je gifle.

– La nuance leur échappe.

– C'est un carburant pour moi.

– Carburez moins.

– Je suis comme ma voiture, sobre en déplacement mais je consomme en ville.

Le charme, tout le monde n'en a pas les moyens. Nicolas Grandjean disposait d'un pactole incalculable. Des yeux bleus un peu cochons, mes yeux préférés. Des mains à vous palper virilement.

– Ça peut pas être un métier de gifler les gens, a-t-il repris.

– Juste une profession provisoire.

– Quand on est nerveuse, madame, on porte un écriteau. On prévient. Ça évite les tracas…

Je l'ai raccompagné à la porte encore fracturée, qu'il a inspectée. On lui sentait l'esprit rayons X à ce major-là causant. L'officier Grandjean aux yeux très musardeurs m'a conseillé une nouvelle fois de faire poser un bloque-porte en acier.

– Ça tient pas, ces machins…, ai-je répliqué.

– J'ai été marié deux fois, colleur d'affiches électorales et gendarme depuis…, c'est dire si j'en ai entendu des âneries. Posez un bloque-porte.

Il excellait dans l'insipide, cet officier sexy doté d'une superbe paire de fesses.

Mon enquête clandestine pouvait démarrer, utilisant la sienne officielle. Le malheur, je n'allais pas le laisser s'établir dans mon destin riquiqui.

À trente-trois balais et demi (chaque mois de ma vie compte), professeure vacataire, affamée de verbe haut et hantée par le ciel romantique de Byron ou de Musset, mon emmerdeur préféré, je baigne depuis toujours dans le court-bouillon de la littérature qui aimante les passions. Alors qu'au départ on m'avait mise coiffeuse à Cherbourg. J'ai un goût extra-large pour les territoires de chasse littéraire majestueux, le béguin pour le lyrisme qui ne mégote pas. Moins pour les fredaines marginales qui font l'actu.

Lire pour moi, c'est une forme de dévotion, une exploration vorace de la vie sans s'en extraire. Vaut mieux, vu qu'à Maisoncelles-la-Petite on appartient aux oubliés de la modernité qui croupissent dans une « tache blanche », on n'a pas Internet[1]. Le fond de cuve, on y marine !

Dans les quartiers discrédités comme dans les districts de la chance où il m'est arrivé d'enseigner, je me suis toujours efforcée d'élargir le cercle des enthousiasmes, le club des applaudisseurs de cet enquiquineur de Musset. Lui et quelques autres m'ont initiée à l'errance sensuelle magique. Le cheptel littéraire que j'ai sur le cœur m'éclabousse de ses libertés, alors qu'en ce bas monde tout m'obstrue et fatigue ma faim de vie.

Écrivaine séculière au sens où je n'ai jamais pris les ordres, je ne signe que des nouvelles très libres de ton, des corps secs sans cellulite, des récits sans flâneries – avec une certaine frénésie formelle quand faut gagner un prix local. Je dilapide mon sang dans ces histoires de révoltées qui me soulagent, sans oser les publier. Ça me paraît dramatiquement prétentieux de ramener sa fraise sous casaque d'une maison d'édition parisienne. Alors je me contente de participer aux concours de nouvelles de la presse à péquenots réservés à mon format de fille normande qui baisse un peu les yeux devant les gratte-papier de Paris.

Peut-être parce que j'admire trop les auteurs qui font partie de ma colère et de mon amour, ces compagnons de vérité, tous ces lumineux XXL qui savent défaire mes chry-

---

1. En 2017, il était impossible de téléphoner avec un cellulaire et d'envoyer des SMS à l'intérieur des bâtiments sur 43 % du territoire français, un espace très mal couvert en… 3G. Orange ne couvrait parfaitement, avec accès au Net, que 57 % du territoire, SFR 54 %, Bouygues 48 %.

salides et réfuter les fariboles dont je me persuade : me faire naître, quoi ! J'aimerais tant que les livres prennent leur véritable place dans la vie des ados et des mollassons qui flétrissent mes écarts.

Mon vrai rêve ? Être la liberté d'un homme.

Et contre lui, ou devant lui en levrette pour l'éternité, ne vivre qu'une seule vie, celle d'épouse-amie-maîtresse-dépravée, au lieu de me gaspiller dans des existences bâclées, un peu timorées. En cueillant à son bras musclé (les mâles, je ne les aime pas trop flageolants) des joies éphémères et en capturant au lasso des instants sublimés. Même si ça peut me faire finir sur un parking de Rouen au petit matin, vu le taux de connards qui déambulent dans l'époque. Amour hypnotique, le mot n'est pas trop gros pour désigner ce que je veux.

Depuis que Gaspard n'est pas revenu après être sorti acheter des cigarettes, j'ai envie d'être rencontrée.

D'âme à âme.

Qu'un homme dépèce mes longs dimanches, qu'il me démasque, me démensonge au lit et, pourquoi pas, me révèle cochonne poétique.

J'ai envie qu'une passion éclaire ma vie, lui rende un cristal nouveau où l'orgueil et l'amour-propre, les lignes de force et de faiblesse de la vie en duo, s'entrecouperont sans se heurter. Au diable les demi-joies sans combustion, les ajustements pâlichons et les expédients raisonnables !

Mais pourquoi les hommes mariés sont-ils si nombreux à mijoter dans le malheur où la libido s'étiole ? à camper en lisière de l'ennui sexuel ? Pourquoi clapotent-ils dans une semi-fidélité qui les extasie si peu ?

Comme il me plaisait beaucoup, le petit major avec sa douceur en bandoulière, j'ai imaginé la sensation de ses baisers soyeux, la vigueur de ses coups de reins malgré ce que je venais de vivre.

– Beaucoup de meurtres en ce moment ? lui ai-je demandé en le fixant.

– Ça marche pas mal.

– Et les filles qui rêvent d'un gendarme ?

– Ça a l'air de marcher…

Alors, je l'ai embrassé, filouté, dégusté, dévoré.

Plutôt que d'en trouver un, peut-être rugueux, sur Tinder, comme les copines lassées de rêver, je l'avais à domicile, frais à ravir. Le sexe improvisé, primitif, y a plus que ça de gratuit dans nos vies déjetées et de vraiment bon. Je voulais réamorcer l'amour tendre, me laver de la violence.

Et effacer toute suspicion de viol à mon endroit.

Jamais le gendarme en charge de l'enquête n'irait échafauder que je sortais d'une nuit hideuse alors que je m'étais offerte à lui. Et puis j'en crevais d'envie, qu'on me dorlote à l'infini. Je fus claire, c'était de caresses dont j'avais la fringale. Il y a les amours prépondérantes et les amours de hasard. Les premières donnent un aval à la fiction que l'amour substantiel serait celui qui s'éternise, eh bien c'est archifaux.

J'ai fermé les volets pour que Nicolas Grandjean ne voie pas mes hématomes. Et j'ai oublié la misère du monde.

Surtout la mort de Léon.

Après l'amour

Après la tendresse, mon joli gendarme de clair-obscur m'a demandé une bière frappée avec des biscuits salés. Et pendant que je prenais une douche hâtive, il s'est mis à me détailler sa vie, sa honte nouvelle dans l'exercice de ses fonctions. Avec des bouffées de poésie, d'abandon, d'audace, comme si le plaisir que je lui avais donné l'avait un peu délivré.

– J'suis un gars positif mais mon boulot, il devient ouf, zarbi, pas net…

Nicolas venait de placer en garde à vue un artisan peintre qui avait demandé à son fils d'aller chercher du Placoplatre avec sa camionnette professionnelle. Il l'avait arrêté lors d'un contrôle conjoint avec l'Urssaf sur l'autoroute. N'ayant pas de contrat de travail, le fils ouvrier pâtissier qui désirait donner un coup de main à son père pour refaire sa salle de douche fut considéré comme travaillant au noir. Le père artisan, libéré au bout de quarante-huit heures, avait écopé d'une amende de cinq mille euros. Nicolas disait qu'il n'était pas devenu gendarme pour punir les fils d'aider leur père et décourager la solidarité familiale. Quelque chose ne tournait plus rond. Il comprenait cet homme choqué qui lui avait dit : « Ça suffit, je quitte le pays. »

– Là, j'enquête sur le gérant du Leclerc, a poursuivi Nicolas, celui qu'est à la sortie de Flers, et je dois l'habiller en criminel alors que…

– Qu'est-ce qu'il a fait ?

– Ses palettistes, les gars qui déchargent les palettes des camions, ils doivent suivre des formations pour être en règle.

– Normal.

– Non, y en a un nombre incroyable des formations – alors qu'en Allemagne y en a qu'une polyvalente, il m'a dit –, en fonction de la hauteur que le porte-palette peut lever. Jusqu'à 80 centimètres c'est une formation spécifique à Caen, au-delà de 1,20 mètre c'est une autre à Orléans, la moins chère, pour plus haut c'est à Tourcoing qu'il expédie ses gars. Il en a marre le dirlo, il a jamais un gars de dispo qu'est dans les règles au moment où les camions se pointent parce que ses salariés, ils changent tout le temps, z'ont la bougeotte. Les nouveaux sont tout le temps en formation ! Il est donc en infraction s'il veut qu'on puisse faire nos courses au Leclerc.

– Pourquoi tu me racontes ça ?

– Parce que moi je dois les établir ces foutues infractions débiles, le convoquer, le reconvoquer, lui lire ses droits, le mettre en garde à vue, ça n'a aucun bon sens ce cirque dément. Même le proc, il trouve ça délirant. Faut bien qu'on les décharge ces camions !

– Ben le fais pas.

– Verbaliser, c'est ma fonction. Mais moi j'suis pas entré dans la gendarmerie pour ces délires à la con… et pour taper sur les citoyens pour rien. Certains d'entre eux ont un quotidien déjà bien difficile, et moi j'en rajoute !

– T'aimes pas ton boulot ?

– J'aime pas ce qu'il devient. J'suis pas devenu gendarme pour devoir habiter super loin, pour que Maryvonne ait la trouille d'être une épouse de gendarme, pour qu'on nous crève les pneus et que mon Gilles il soit cogné au collège...

Il a soupiré et ajouté avec tristesse :

– Un jour, si ça continue, faudra des gendarmes pour raccompagner les gendarmes chez eux... et d'autres pour les conjointes.

Dans la douche, sous le filet de chaleur liquide, j'ai imaginé la vie à ses côtés, l'empilage de ses préoccupations, de ses actes vides de sens. Je les ai multipliés par 365 jours et je me suis dit qu'on ne peut pas aimer un homme comprimé par de tels tracas, exténué de figurer dans un film aussi absurde et qui... ne se révolte même pas !

Nicolas Grandjean ne pigerait sans doute jamais que ce n'est pas la révolte qui est noble, mais ce qu'elle exige, cette attitude de banqueroute légitime et superbe. Moi je dis que contester, c'est moins une douleur qu'un appétit, un sursaut de poésie.

N'empêche, j'avais joui de lui. Toujours ça de rabioté. Il ne faut jamais laisser filer un bel orgasme, c'est péché.

Une fois rhabillé, il m'a dit :

– Pardon de t'avoir parlé comme ça. En vrai, le monde se divise en deux catégories : ceux qui voient le verre à moitié vide et ceux qui versent le contenu dans un godet plus petit... Et not' pays, il mérite ça, qu'on positive. Moi, j'ai été acculé à l'optimisme...

– T'es un mec bien. Gémir un peu, c'est pas de l'apocalypsme.

– On se revoit ?

J'ai secoué la tête.

– T'as Maryvonne et ton Gilles. Faut pas que tu campes ici, dans mes bras. Ma croupe vivante, tu l'oublies. On a juste cueilli l'instant. Faut bien ça pour tenir, non ?

– Arrête quand même de gifler les mecs du coin. Sinon, faudra que je te convoque. Je peux pas tout classer sans suite.

– C'était bon. Merci Nicolas.

Les pneus de Gilberte

Ce matin-là, au voisinage de midi, je n'avais encore giflé personne. Aucun passant biaiseux, aucun ami faux-cul, aucune relation, aucun ex à portée de calotte. Rien.

C'est dire si j'étais désorientée.

J'avais juste accepté un café sur le pas de la porte de ma voisine bancale, Gilberte. On jouait au bilboquet. Veuve depuis 1991, à trente ans, elle avait été tellement pressée de rejoindre son Félix décédé sur un chantier en recevant un coup de pelleteuse qu'elle avait fait graver sur leur tombe commune, dans le cimetière champêtre de Maisoncelles, « Gilberte Petitdoux 1961-20… ». Elle avait tant misé sur l'amour qu'elle avait construit en secret cette passion posthume, au risque d'y laisser sa peau. Mais Dieu ne voulait pas de Gilberte, de sa peine acharnée.

Tandis qu'elle faisait fondre mon sucre, j'aperçus son jardinet de l'autre côté de sa maisonnette, à travers la porte ouverte. Il était plein à craquer de pneus usagés.

– Qu'est-ce qui s'est passé ? fis-je, étonnée.

– Bah… ils sont venus l'autre nuit, par la route de

derrière. Et ils ont vidé leur camion chez moi. J'ai entendu le bruit, ça m'a réveillée.

– Et ?

– Bah… rien.

– Comment ça, rien ? T'as pas appelé les gendarmes ?

– Pourquoi ?

Ce pourquoi me resta sur le cœur.

Gilberte, c'était une femme qui comptait si peu à ses propres yeux qu'elle ne se figurait même pas qu'on pouvait la défendre. C'était une veuve, une abîmée chez qui on pouvait se délester de ses pneus, comme dans une décharge.

En la quittant pour rejoindre la noce de ma sœur Cerise, moulée dans ma robe brève, je me sentis salie de vivre dans un pays où les Gilberte ne se défendent plus. À partir d'un certain coefficient de malheur, tout s'esquinte.

Mon enquête patinait. L'ADN retrouvé sur ma culotte ne correspondait pas à celui des clients de la gendarmerie – mon Nicolas Grandjean me l'avait tout de suite appris. Celui que je tuerais avec une éthique très sauvage n'était pas connu de leurs services.

La plus-que-jalouse

À vif de tout, vous allez saisir pourquoi, je continuais à jouer au bilboquet en me disant qu'il faut toujours être la boule qui court le risque, et ne jamais se tenir du côté du manche.

Pour la noce, on en était aux ultimes préparatifs. La fête était nichée dans une de ces vallées normandes qui unissent le paysage fastueux de la côte au chromatisme des paysages de l'intérieur du Calvados. Tout était surplombé de nuages nacrés, légers, des îles effilochées. Je tiens à ces terres incomparables, non par ce qu'en disent les cartes postales, mais par les plus beaux jours de mon enfance.

On sortait de la grelotte des mois où même les filles sensuelles se capitonnent en Normandie. Ma robe anticipait la saison. Moulante et assez indécente pour me plaire, elle dévoilait la nudité de mon dos. Ma peau glorieuse de printemps éclaboussait les garçons, tous sensibles à ça. Mes cheveux étaient coiffés en un chignon désordonné dont les mèches s'échappaient en cascade le long de mon cou. J'avais dessiné autour de mes yeux deux traits fins pour enjoliver mon regard et gommer le souvenir d'une insomnie. Ce n'était pas le viol de Rouen qui allait me faire renoncer au plaisir d'être une femme. Et puis il ne me déplaisait pas de plaire encore à Pierrot Lambert, alias Jojo Belle Gueule, une vieille aventure heureuse, un compagnon de poésie frivoleuse avec qui, jadis, j'avais fait l'amour sur un matelas constellé de poèmes. J'en avais gardé des étoiles dans l'imagination.

Mais maintenant parlons net : le mariage de Cerise avec son joli Didier me frappait dans cette région de l'impossible qui est le monde de la grande passion. Celle où rien n'est autorisé.

Didier et Cerise avaient déjà procréé une fille de deux ans, Shaïna. Cette noce-là, de régularisation en quelque sorte, me faisait une lésion au cœur même si j'avais aimé Gaspard. Didier, l'homme attitré de ma sœur, m'avait tant fait rêver ! Et procuré, en douce, cette qualité de jouissance sans laquelle l'existence ne serait qu'une maussade expérience. Mais pourquoi diable Didier se gaspillait-il avec Cerise, un caractère de berges immobiles plus que de torrent qui bondit ? Un marécage de culture psy qui s'intoxiquait d'interprétations au lieu de patauger dans le réel ?

Sans doute parce que Cerise était la plus jolie des trois sœurs Francœur. D'une beauté facile qui lui avait été donnée et qui remplissait l'imagination des garçons depuis toujours. Pas une beauté conquise comme la mienne, gagnée de haute lutte par l'effort de famine, une joliesse blonde qui tournait la tête aux hommes. Elle avait longtemps joui d'un magnétisme sexuel qui m'avait reléguée en troisième division, celle de l'indifférence des hommes.

Didier Dulac, maire de notre patelin fleuri (son père, ouvrier élevé sous le signe de la protestation sociale à Saint-

Nazaire, lui avait inculqué l'amour des gens), m'avait récemment ravagé les reins au cours de l'unique nuit que nous nous étions offerte, un soir de février. Pas longtemps avant mon viol. Faussement naïfs, nous nous étions convaincus que jouir à satiété une unique fois nous calmerait la peau et l'imagination. Après l'effacement soudain de l'élégant Gaspard, mon *contraintophobe*, j'avais eu besoin de ça.

Cette nuit-là, il avait neigé sur les quais de Nantes ventilés par l'air marin, où s'élevait le petit hôtel qu'on avait réservé. Des nappes de silence s'amoncelaient sur la ville.

On avait eu de la poésie. Ma liberté et mon impudeur n'attendaient que Didier et sa peau au parfum boisé. J'ai rarement autant crié. Une nuit paludéenne à vivre en hiver, remplie d'indécences. Quelle mise sur orbite ! Cette *noche* nous a fait voir que notre érotisme serait un édifice illimité. Un océan de pièces abandonnées à découvrir trempée. Didier administrait si bien la fessée, la délicieuse, et il avait le talent des caresses incomparables, cette jolie manie. Quel boucan de plaisir sexuel nous avons fait quand il m'a submergée, absorbée et enfin démasquée ! Quel méli-mélo de folies folles nous a alors liés, révoquant toute pudeur réglementaire et nous emportant toujours plus loin dans la voltige sensuelle. Il faut bien que l'amour roi exige tout. Sans ces parcelles de démence sexuelle, la pulsion de vie se sauve de nous.

Ce fut si bon qu'à un moment je l'ai attaché avec les liens des rideaux. Je ne voulais plus le rendre à personne, ni à Cerise, ni à toutes les greluches qui en voulaient à sa vertu.

– Détache-moi…, avait-il fini par m'ordonner.

– Non.

– Comment non ?

– Je te garde à ma merci. Je ne veux plus que tu baises personne d'autre que moi… que moi, que moi.

– Détache-moi…

– Non.

Cette nuit-là, Didier m'avait introduit partout son membre robuste, comme il avait dû le faire avec entrain à ma sœur, même si Cerise a toujours fait la délicate. Pardonnez ma verdeur mais Dieu que j'aime ça, une belle queue élitaire, un vit puissant pour moi, une nique dérobée à ma trop jolie sœurette. Mes orgasmes en rafale m'ont éveillée tout autre, affranchie, épanouie.

Nos heures nantaises ont épousé les dieux.

Didier est devenu cette nuit-là le nom de ma liberté.

Pris dans des volées de poudre blanche neigeuse aperçues par les fenêtres givrées, féeriques en diable, on n'imaginait pas les embrouilles qui allaient suivre ce pic d'impudeur.

Cette lumière tamisée, hivernale, dissimulait les douleurs crues du repentir à venir. Mais comment pouvais-je renoncer à m'asseoir au seuil du merveilleux avec un tel homme ? Si je n'avais pas eu la religion de la famille, je l'aurais attaché définitivement et gardé de force.

En retournant à Vire repue de frissons, dans cette Normandie bocageuse où Didier rejoignait Cerise pour l'épouser bientôt, Cerise la plus-que-jolie, nous nous étions juré de ne plus jamais évoquer cette parenthèse. Il retournait à sa Cerise et à ses sermons psy qui réduisaient la question sociale à un sujet de développement personnel (« Ce qu'il faut, c'est travailler sur soi pour changer le monde », comme si ça allait changer les règles de rentabilité des fonds de pension !), Cerise, la mère de leur petite Shaïna.

Didier marinait déjà dans la plus vive culpabilité, moi aussi, ayant de véritables scrupules familiaux. Une absence ç'avait été, vous dis-je. Quelque chose qu'il ne fallait pas que ça ait eu lieu. Pardon, je ne devrais pas écrire comme ça, aussi veulement, mais l'ardeur me regagne rien qu'en y repensant.

J'y avais pas droit, à cette déferlante d'extases.

Non, je n'avais pas goûté à la tonicité de son membre, je n'avais pas été saillie avec la dernière chiennerie en m'offrant comme la plus volontaire des gourmandes – avec toutes les satisfactions afférentes ou annexes qui appartiennent au bagage d'une femme déverrouillée. Non, je n'avais pas voulu le garder attaché, lié, ligoté à moi.

Voilà ce que je pensais en remontant la Loire qui débordait, le seul fleuve européen qui vive à l'américaine en vomissant dans son embouchure des millions de mètres cubes d'eau. Et aux courants si épais qu'ils semblent des sous-produits oléagineux. J'aime cette force large qui est notre Saint-Laurent à nous et qui, lorsqu'elle crève ses digues par liberté, emporte des villages et tord des ponts dans l'ondoiement des vagues. Et puis j'exècre les sots ruisseaux que sont la Seine ou le Cher, incapables d'excès monumentaux.

Préserver l'unité de notre famille, c'était alors notre credo douloureux. À tous les deux. Gaspard parti, Dieu sait où sur le globe tant son destin centrifuge pouvait l'exiler loin, ne me restaient plus que les miens, ma tribu irritante.

Donc, bouche cousue.

Dire le vrai, oublions ça à Maisoncelles-la-Petite, un patelin qui se présentait gentiment, dans une vallée de misère, où mûrissaient tant de mensonges.

Infliger une telle déconvenue à la pureté de Cerise, éprise d'ingénuité, de justice immanente, de conscience et de confiance totale en notre clan, nous paraissait inconcevable.

Nous n'allions pas lui faire payer la cécité passagère du désir. Inapte au compromis, adepte de tous les gourous de la candeur du marché, ma petite sœur était l'être le plus entier que la Terre ait porté. Sous influence de ses manuels de méditation qui faisaient allégrement l'impasse sur la financiarisation du monde, elle pensait dur que chacun peut réinventer sa vie et atteindre le meilleur de soi en adoptant, ben oui, un regard plus positif. C'est comme ça qu'elle prenait la déroute cérébrale de notre mère, l'horreur économique qui ravageait le globe et le foirage des classes moyennes de l'Occident.

Cerise ne considérait pas le bonheur comme l'effet de moments heureux, mais comme la conséquence fatale d'un mode de pensée. Avec elle, la logique bénigne s'était inversée. Si elle se montrait positive, la vie la récompenserait immanquablement, pardi. Dans le cas contraire, une sorte de prédiction autoréalisatrice la broierait. Voilà ce qu'elle se figurait, sans jamais sortir du long corridor de son idéologie simplette.

Pour ma Cerise, la poursuite du bonheur, c'était donc un style de vie, avant tout une manière d'orienter sa pensée, une culture à part entière qu'elle appliquait dans son boulot auprès des gamins handicapés. Réguler sa vie émotionnelle, c'était son job à plein temps. Elle se gorgeait de mots, d'un rata d'interprétations qui se fichaient bien des faits.

C'est dire si nous n'avions pas envie de la déranger dans sa bienveillance doctrinaire et son ouverture sincère aux autres. Même si ses idées débilettes lui permettaient d'accepter l'inacceptable avec le sourire.

Pour moi, sa manière d'envisager le destin n'était qu'une manière de survivre à la précarité endémique qui ravageait notre génération, une forme d'obéissance sournoise et d'étrange conformisme plutôt que le chemin courageux de la révolte.

Cerise, c'était une fille facile à berner, une aisée à emballer dans une rhétorique de la résilience-forcément-possible, une militante de l'effondrement général de la dimension sociale de nos soucis au profit de leur dimension psychologique qui envahissait tout.

Jamais je n'avais osé la réveiller tout à fait de son somnambulisme, reconvoquer rudement le réel en sa présence.

Sœur jusqu'à la moelle, je possédais encore trop de délicatesse pour fracturer le cœur de Didier, mais pas assez pour m'en éloigner. Je savais seulement que je ne devrais l'aimer qu'en imagination ou en pointillé, par inadvertance. Mon souhait n'était pas de le lui piquer. Chose ignoble, tâchais-je de me persuader, même si l'ample respiration de Didier aurait suffi à deux femmes complaisantes. Ce gars était si grand qu'il en méritait bien deux, pensais-je parfois quand je rêvais.

Surnuméraire dans l'histoire, je devais me tenir à carreau. Arrêter d'imaginer, juste penser à leur petite Shaïna. Et oublier sa manière superbe de déranger la fatalité.

Ça tombait bien, le Pierrot Lambert était là, lunatique, charmant et indécis, sans regard, sans opinion, dégingandé, la tête entraînant comme un fruit trop lourd la branche flexible de son corps délié. Surgissant parmi les invités, il me glissa une feuille de papier sur laquelle je lus en douce une citation qu'il avait tracée :

« Il faut aimer la vie… beaucoup. Ne jamais avoir peur de trop aimer. C'est ça, le courage. Ne sois jamais égoïste avec ton cœur. S'il est rempli d'amour, alors montre-le. Sors-le de toi et montre-le au monde. Il n'y a pas assez de cœurs courageux. Il n'y a pas assez de cœurs en dehors… », Samuel Benchetrit, *Le Cœur en dehors*.

Je repliai la feuille et décidai de me conduire comme si je n'avais pas lu ces mots. L'heure de Pierrot Belle Gueule n'avait pas encore sonné, même si ce garçon portait en ses flancs une promesse de bonheur frais, ce qui n'était déjà pas si mal.

J'ai toujours eu une telle soif d'extases, une telle allégresse d'être contradictoire, une telle frénésie de rompre avec le rôle asphyxiant que l'on croit devoir jouer en société, un tel entrain à me couler dans l'instant présent, à désengourdir mes désirs. Traverser mes gouffres ne m'inspire que de la joie.

Monsieur le maire

Soyons cash, je vomis les politiques gominés d'importance qui multiplient les interviews et s'entourent de bruit. Mais Didier Dulac, c'était une autre sauce. Furieusement libre, il n'avait aucun talent pour la prostitution républicaine. En lui brûlait un pouvoir quasi spirituel. Rien à voir avec les m'as-tu-vu des tréteaux ou avec cette cohorte des pauvres d'esprit qui squattent les télés. Comment pouvait-il gober la religion psy de Cerise, lui si puissant face au réel parce qu'il ne laissait jamais le dernier mot à la fatalité ?

Maire de Maisoncelles-la-Petite, incorporée à la commune nouvelle de Vire, un ancien bourg du bocage virois incrusté en plein Calvados, Didier était l'édile de sept cent trente-deux âmes qui résistaient aux abus d'une « interco » rapace et pinailleuse. Charge dont il s'acquittait avec une anxiété de tous les instants, qu'il apaisait en grillant deux paquets de clopes par jour. C'était le tarif de son altruisme. Permettre à chacun de compter, c'était son ambition d'homme, sa charge morale.

Son sourire était pour beaucoup dans son foutu charme.

Homme de souffle, Didier Dulac portait en sa poitrine

plusieurs cœurs. Son verbe saupoudrait sur les gens du village l'esprit de confiance, d'initiative et de concorde. Chacun savait que son indemnité ne couvrait pas ses frais de maire ; il y était de sa poche. Notre patelin de modestes, on savait qu'avec lui il deviendrait un jour un centre-bourg. Obstétricien respecté, mon Didier pratiquait alors dans un hôpital rural au seuil d'être fermé, sur la route de Flers. Paris avait fixé la toise à trois cents naissances par an minimum, comme si la vie dans nos campagnes ça se comptabilisait façon guichet. Didier aimait voir les êtres accoucher d'eux-mêmes, et les femmes d'ici naître mères.

Avec son courage, rien ne faisait naufrage.

Sa pugnacité faisait pièce aux lâchetés minables de Gaspard, tout juste capable de s'enfuir (en me laissant ses dettes).

Avec lui, les difficultés communales étaient des occasions de solidarité. À la municipalité, quand on manquait de sous pour changer le car de ramassage scolaire, on vidait gaiement les étangs pour les curer et les rendre poissonneux, puis on organisait des concours de pêche à la mouche célèbres jusqu'à Rouen ou au Havre. L'élan renflouait nos caisses. On vendait alors des cartes jusqu'en Bretagne Sud. Et lorsque les plages des villages des environs étaient à nettoyer, après les grandes marées, il entraînait toute la commune le dimanche avec des paniers, juste pour embellir la vie. Et vider ensemble des godets de cidre.

C'était dans cet esprit que Didier avait accepté de servir Maisoncelles-la-Petite, de guider une commune non reliée à la Toile, et donc en contravention avec les réglementations qui imposent des liens financiers communes-État numériques.

Pour sauver notre école, Didier le désirable avait eu une incroyable idée : faire racheter pour rien par la commune les bâtisses détruites et les ressusciter en des chantiers d'insertion, puis y loger des familles nombreuses. Pour les attirer, il avait passé des petites annonces dans *Ouest-France* : « Cherche familles nombreuses. »

Didier avait donc importé du Breton chez nous – avec plein de *ec* ou *ker* dans leurs patronymes – et sauvé l'école. En ramassant au passage une condamnation coûteuse, car un garçon de campagne en réinsertion, pété d'alcool, avait glissé d'un échafaudage non réglementaire, et il en était resté un peu bancal. La loi punit sévèrement les maires pas assez riches pour disposer de services juridiques de multinationales. À se demander si, dans notre système, on peut encore être maire au service des gens et s'inscrire dans la légalité.

Ensuite, Didier le sexy avait ouvert un bar associatif où trinquaient toutes les initiatives qui revitalisaient le bocage, sous la houlette de mon amie Leïla. Cette délurée bisexuelle aux gros seins, c'était le courage et l'optimisme chantant, une impliable qui ne supportait plus mes colères intempestives, artificieuses et vaniteuses. L'évanouissement de Poussin, ça ne lui semblait pas suffisant pour tout me pardonner.

C'est là, dans ce bar bariolé d'affiches, qu'elle m'avait fait cadeau d'une bande, une petite société d'attention mutuelle. Amoureuse d'une fille éblouissante de Rouen, Leïla faisait alors don d'amitiés, de celles qu'elle glanait dans son engagement, notamment dans son deuxième métier : Leïla avait monté une association qui transformait les garages du département en « garages d'insertion ». Ses membres réparaient à prix coûtant les guimbardes de gus en réinsertion, pour régler un souci majeur : pouvoir aller trimer.

Côté charme, elle ne craignait personne ma Leïla. Je dois avouer que sa sensualité ensorcelait hommes et femmes. Mais notre maire sexy n'avait jamais eu un geste déplacé à son endroit. Sinon elle me l'aurait cafté. On se disait plus-que-tout.

Didier avait même eu du respect pour Leïla, lorsqu'il avait compris qu'elle était le cœur, dans notre département, de ce mouvement écolo – poursuivi par les tribunaux pour « vol en réunion » – qui décrochait dans les mairies le portrait du président du moment. Il fallait, disaient-ils avec hargne, « laisser un mur vide, aussi vide que sa politique climatique ». La désobéissance civile rejoignait sa manière d'être, tout comme son effort pour redonner des voitures à ceux qui voulaient retravailler, reprendre le train en marche.

Voilà ce qu'était le genre de Didier Dulac.

Rien à voir non plus avec un Pierrot Lambert, même si ce dernier avait ses engagements.

Pour Didier l'humaniste, l'Homme, c'était toutes les âmes dont il se sentait responsable. Républicain, ce fesseur admirable tenait chaque personne pour responsable de tous. Dans son cœur, une certitude était scellée : un maire était forcément un type qui se sacrifiait pour le sauvetage d'une parcelle de la nation, et qui avait le sentiment de sauver l'Homme. Sa liberté à lui, c'était cette servitude modeste à des années-lumière du tapage d'audience de Paris.

Résister aux abus de pouvoir irritants de l'intercommunalité, c'était son taf.

Didier pensait que son action devait faire régner la

concorde et que les rages de l'époque ne disloqueraient jamais sa commune. Pétri d'un véritable amour politique, cet amant superbe s'était peu à peu changé en graine d'espoir. Il ne lui manquait que quelques faiblesses pour être sublime.

Ma sœur Cerise, fanatique de justice, elle-même engagée dans une institution locale à l'entrée de Caen, qui veillait sur le destin de polyhandicapés, ne s'était pas trompée en choisissant cet homme au cœur glorieux. Et à la bite qui ne l'était pas moins, je peux l'attester sur l'honneur, ce qui compte sacrément.

Même si le désir, me direz-vous, est d'une fragile substance si vite décomposée.

Malade de la vérité

Tout aux préparatifs de cette noce agaçante, chacun s'agitait dans le joli hameau ponctué de pommiers en floraison. En Normandie, le printemps est une saison de volupté, une oasis de douceur qui rompt les mois humides, un moment parfumé égarant les sens par sa mollesse et invitant par sa douceur aux nudités délicieuses dans les rivières et aux exaltations sensuelles sous les colombages.

On avait presque fini de dresser dehors une table recouverte d'une nappe fine mais reprisée, dans une atmosphère de faste ébréché. Il soufflait de nouvelles brises, des odeurs charmantes, un vent de pétales. Les assiettes provenaient de services disparates, c'étaient les survivantes de banquets de famille massacrés par les mariages, les baptêmes et les enterrements.

On sortit enfin un cortège de plats dépareillés et les victuailles abondèrent. La cuisine ruisselait d'amitiés venues aider, de rires à la bonne franquette.

Dans un coin, Cerise finissait de recopier des citations d'Eckhart Tolle – son dieu –, qu'elle déposerait sur chaque assiette, viatique indispensable pour une noce « centrée », disait-elle tout en surveillant sa Shaïna.

Notre autre sœur, Cindy, s'était déplacée sans Yassine, son compagnon établi comme elle à Rouen, où elle s'essayait sans conviction à l'état de post-étudiante.

Cindy avait signé sa neuvième « convention de stage », comme si le pays tout entier avait décidé de la bloquer au stade « stage sous-payé » et de dégoûter ses vingt-cinq ans du monde du travail. Neuf, soit presque autant de conventions l'exploitant qu'il fallait de signatures sur une seule convention ! Et comme il en manquait toujours une, le début de stage était systématiquement décalé d'une semaine, ce qui entraînait des retards de paye (déjà maigrelette), retards qu'elle évoquait sur sa page Facebook en mettant des *smileys*, alors que Cindy était au bord de la haine contre la France qui, sans honte, l'assignait à ce statut désespérant. Souvent, elle se disait que sa retraite, c'était comme le mariage. Elle risquait d'être morte avant de la toucher.

Pourtant, elle déployait à Rouen un amour aussi dense qu'opaque dont elle gardait jalousement le secret, ça se sentait. Se jeter dans l'irréalisable de la passion durable avait toujours obsédé Cindy. Son homme et elle étaient trop pauvres pour avoir un enfant, alors ils se contentaient d'un chien, moins cher qu'un minot. Un teckel sournois qui leur rappelait chaque jour qu'ils ne pouvaient pas se payer le luxe d'une progéniture sentant le talc.

Lorsque notre Cindy à peau mate remonta l'allée fleurie dans l'ample balancement de sa jupe claire, sous un chapeau de paille qui ombrageait ses tresses, nous devinâmes tous à son épanouissement – sourire d'affamée, chaloupé des hanches, un roulis délicieux – que l'impétrant devait l'aimer à hauteur de ses songeries, même s'il ne l'avait pas encore épousée. À n'en pas douter, il s'agissait d'un grand cru classé qu'elle avait mis au frais à Rouen – du moins l'imaginais-je. De Yassine, Français musulman d'origine kabyle, on ne savait qu'une chose : il était fils de sous-préfet.

Quand Cindy parut dans la cuisine, arborant des épaules florissantes, je fus frappée par l'arôme de sa peau soyeuse qui montait de son décolleté. L'élégance lui venait toute seule à Cindy. Elle soignait le vague lointain de son regard de femme-fruit. Comme toujours, elle négligea le trouble des mecs pris dans l'onde de sa présence fluide. La moins belle d'entre nous était peut-être la plus irrésistible par ses timidités, son zeste de chiennerie élégante. Yassine avait bien de la chance.

Depuis que Cindy avait appris que notre mère, Lucette, avait sans doute été un peu putain (à l'occasion) sur le port de Cherbourg, du temps qu'elle faisait des ménages, sa soif d'idéal s'était encore affermie, comme si elle avait voulu s'établir encore plus loin de ce passé. Lucette yoyotait désormais un peu. Un alzheimer précoce lui travaillait le bulbe, aggravé par un début de démence à corps de Lewy que de nouveaux médicaments stabilisaient mal. Elle commençait à éprouver des difficultés à planifier des tâches et souffrait, de manière aléatoire, d'hallucinations soudaines qui nous laissaient dans la sidération. Même si elle parvenait à vivre encore chez elle seule, Maman avait cessé de nous apparaître comme une mère courage endiguée par de forts principes. Enfin, vivre chez elle, c'est vite dit. C'était plutôt chez moi, vu qu'une année faste, j'avais emprunté pour faire l'acquisition de ce toit de sûreté. Il me restait encore dix-sept ans de crédit à tirer.

Verveuse alors qu'elle avait été économe d'aveux, elle évoquait désormais son passé sans trop de filtre, dès qu'un souvenir lui recavalait dans la mémoire. Et des arpents de souvenirs réels ou imaginaires, elle en avait ! Du stock explosif ! Comment faire le tri entre l'imaginé et l'avéré ? Crachait-elle n'importe quoi ou les morceaux d'une existence dissimulée qui, soudain, débordait des placards ? Rouerie vengeresse ? Festival d'aveux ou de vacheries gratuites ? On ne savait trop. Toute aux rosiers dont elle avait le culte, Lucette outrepassait gaillardement les bornes du digérable par les siens.

On ignorait, désormais, si mon père biologique, Lucien Voilier, avait ou non été « possédé solidement » par le maire de Cherbourg un soir de 14-Juillet dans les travées du bal des pompiers, comme Lucette le prétendait régulièrement entre la poire et le fromage en affirmant qu'il fréquentait les back-rooms de la capitale, où il ne dédaignait pas les enclaves collectives.

Depuis un an déjà, notre passé ressurgissait dans une logorrhée qui nous laissait abasourdies, inquiètes et pâles de nervosité. Et perplexes soudain devant les cantons d'abjection qui se découvraient à nous. Je vous dis ça alors que moi-même, j'en ai vu du pays.

De son gosier décoincé et intarissable jaillissait une dictée tortueuse de révélations. Nous, les trois sœurs Francœur, n'avions pas forcément envie de savoir qu'Albert, notre meilleur beau-père, tout mignonnet dans ses petits vestons, Lucette l'avait rencontré un soir de triolisme, alors qu'elle se faisait posséder par deux hommes en sandwich. Albert faisait le troisième à l'époque, l'impromptu côté verso. L'image, peu raccord avec ce que nous connaissions d'Albert et d'elle, jadis gourmande de messes et de vêpres, nous chagrinait l'imagination. Était-ce exact ? Ou cette acrobatie ternaire était-elle le fruit de ses neurones endommagés ?

La vérité, surtout sexuelle, ça tracasse toujours un peu le cœur, ça vous conspire la tranquillité. Et les mariages sont toujours des occasions de mises à jour.

Lucette, très maigre et en grande tenue blanche à chapeau, naviguait donc dans la maison de Didier et Cerise, une longère prétentieusement simple, un trésor de pauvres jadis, héritée de la mère de Didier (elle s'y était pendue dans la salle de traite, la misère traînait là depuis longtemps), en lâchant ci et là des confessions sans précaution :

– Le curé, il viendra ?

– Bien sûr.

– J'y ai goûté à sa violence jadis, dit Lucette. Il était si demandeur. Un séminariste magnifique… qu'aimait la cravache. Ou qu'on lui donne la règle… J'faisais des ménages chez lui.

– Maman, intervint Cindy, outrée, maintenant ça suffit les cochonneries.

– Mais moi j'adore ça les cochonneries…, protesta notre maman. Pourquoi avec vous ce serait beau et qu'avec moi ce serait forcément des saletés ? Mais c'est délicieux les cochonneries ! Même avec un apprenti curé ! J'en reprendrais bien, moi, de ses coups furieux ! Dans le postérieur, parfaitement ! Et de la cravache aussi !

Ses grands feux étaient passés, pas sa libido.

On eût dit un fétu salace perdu dans un océan d'indignité, tellement elle s'était déplumée depuis que des dépôts dans les neurones (appelés corps de Lewy) d'une protéine tenace activaient sa dégénérescence mentale. Dans la combine de cette vie âpre, calée pour la faire souffrir, Lucette dépérissait et le sexe d'autrefois lui paraissait un morceau de paradis, surtout ses vices éteints, du temps qu'elle s'allait faire fouetter. Détails pénibles pour nous autres.

– Maman ! ai-je crié pour la faire taire enfin.

Trop c'était trop, même pour moi.

On l'avait connue chérissant les euphémismes, poudrée de vertu et choyant la pudeur. La vérité soudain étalée (s'il ne s'agissait pas d'un délire additionnel), forcément ça inquiétait un peu la tribu décharmée, vu que chacun ici avait du lourd à dissimuler. Mais Lucette, sujette parfois aux hallucinations, continua en m'avisant :

– Toi aussi t'adores ça les chienneries, ma chérie. Je vois bien que Didier tu le suçoterais bien un peu… rien qu'un peu, à la fraîche, hein ? lança-t-elle en allumant ses prunelles de paroissienne endiablée. Entre nous…

– Maman ! tonna Cindy, effarée.

– Lucette, s'il vous plaît, pas aujourd'hui…, la pria aimablement Didier, sanglé dans son costume de marié, en médecin habitué aux outrances ordinaires de ses patientes les plus nerveuses.

– Oui, c'est vrai qu'aujourd'hui ça ferait désordre…, convint Lucette. Mais tu vas pas me dire, Didier, que ma petite Kelly, elle ne t'aiguise pas la libido, hein ?

– Maman, ça suffit maintenant. STOP, asséna Cerise, qui

passait avec un plat d'écrevisses péchées dans le ruisseau voisin.

Mais Lucette ajouta :

– Moi je dis ça..., je dis rien, hein les filles ? Mais à Cherbourg, quand en fin de mois on était un peu justes autrefois, je ne disais pas non à un beau client... Qu'est-ce que vous voulez, j'aime la biroute et l'argent. J'suis comme ça !

– Maman !!!!! s'écrièrent Cerise et Cindy.

Disait-elle vrai ? Son cerveau, sans cesse soumis à des tensions, partait-il en charpie ? Leïla ne put réfréner un fou rire qui m'arracha un sourire complice.

Le brouhaha des préparatifs nous absorba tous et épongea les insanités de notre mère, squelette qui se posa sur un canapé avec lassitude, comme si elle sentait sa vie s'enfuir en larges vagues dans un effritement ininterrompu de sa personnalité. Lucette n'était pas sur le bord de sa tombe, seulement au bord de se quitter.

Avait-elle trouvé cette maladie pour filer loin des fractures de sa vie ? Comme Gaspard qui avait pris l'escampette, sans doute loin du réel français, à l'aise dans un autre méridien avec ses nœuds papillons. Comme Cerise s'échappait – sans rire – dans la conviction que le réel n'était qu'un effet direct des idées qu'elle chérissait et des pensées – forcément « pleines d'ondes » – qu'elle transportait.

Gifles après claques

Je n'ai jamais trop su discerner les moments où on a le droit de cueillir les félicités de la vie. Les autres ont l'air de savoir, moi pas.

Au fond du cellier, parmi les tonneaux de cidre et les alcools rangés, je retrouvai par hasard Didier. Cigarette au bec, il me dévisagea. Avait-il tiré du cidre au tonneau pour la noce ? Didier était bien l'homme le plus gracieux du département, des traits quasi féminins. Même si ses yeux bleus rappelaient son extrême virilité, incontestable, qui semblait jaillir de son regard céruléen.

Isolés, nous restâmes un instant interdits, heureux et pleins à ras bord de malaise. Éros se tenait à nos côtés, malicieux. Les mirettes et tous les pores ouverts, je dégustais sa beauté exagérée, les sucs de son charme ensorcelant ainsi que l'appel de folies que transportait à fleur de peau ce naufragé de tant de souffrances.

Malgré moi, et le solennel des circonstances, j'étais empoignée par l'envie qu'il mêle son corps au mien sur-le-champ. Debout, là tout de suite, croupe tendue. Désir urgent dont je ne m'étais jamais guérie depuis nos invocations coquines de Nantes, sans pitié pour mes sens.

J'imaginais à fond les ballons.

Mais je songeais à la famille, notre radeau.

– À la mairie, lui demandai-je un peu sottement, ça se passe bien ?

– Non, fit le presque marié avec dépit. Y a encore eu un pépin…

Confus d'émotion, évitant de caresser du regard mes seins, pas mal galbés je l'avoue, et mon fessier d'honnête facture, Didier s'emberlificota afin de m'expliquer sa désolation. Les chiffres abondaient dans son propos, comme s'il se protégeait de ses émotions par un excès de précision.

Alors que le manque de logements sociaux dans la commune hurlait – cent soixante-dix demandes pour vingt-sept places libérées cette année, sept ans d'attente ! –, Didier était parvenu, après moult efforts durant trois années, à boucler le financement de la réhabilitation d'un ancien hôpital qui avait été la propriété d'une congrégation désargentée. Le superbe bâtiment, remanié dans les règles, pouvait satisfaire au moins quatre-vingt-sept familles déplorablement logées – d'un coup. Et soudain, au fil des procédures visant à exténuer tout édile saisi d'altruisme, une administration archaïque en mal d'utilité venait de mettre son veto absolu sur ce projet, au motif que ses agents avaient trouvé dans un recoin de l'hôpital un *Hibiscus sodomus,* sorte de rosier rabougri endémique qu'une liste officielle qualifiait de « plante à protéger ».

– *Sodomus ?* répétai-je.

– Oui, et il nous la met bien profond, le *Sodomus* ! lâcha Didier en écrasant sa cigarette.

Ce végétal ne devait à aucun prix être déplacé, afin de ne pas stresser la plante verte. L'être humain, on s'en fichait bien. Du haut de ses quarante centimètres, l'*Hibiscus sodomus* anéantissait tous les efforts de Didier pour une durée indéterminée ou pour toujours si, par malheur, il décidait de ne pas se représenter à la mairie. Quel nouvel élu accepterait de mener à bien un tel dossier gangrené de chausse-trapes et de risques délictuels susceptibles d'envoyer un maire honnête en correctionnelle ? L'administration – spécialement inventée pour contrarier l'homme – menaçait la commune de reprendre l'ensemble du chemin administratif si elle dérogeait à ses oukases. Dans un pays ligaturé de procédures, le chétif rosier triomphait du mal-logement local. Quatre-vingt-sept familles fragiles n'avaient plus qu'à gémir. Au nom du bien, la loi s'en prenait au faible, et cela l'abattait.

Comment en était-on arrivé là ? À ce niveau de délire généralisé devenu, peu à peu, acceptable et accepté ? Partout, l'Homme était négligé.

Tandis que Didier parlait, je devinais bien que sa déploration n'éteignait pas nos sens aiguisés qui reprenaient le dessus. J'imaginais… Indécis, il s'efforçait de ne pas remarquer mes jambes, s'appliquait à ignorer mon décolleté ensoleillé. Je le sentais à ses mines que j'étais à son goût, qu'il m'avait à la bonne.

Chassant tout à fait son trouble, Didier déclara être également secoué par la nouvelle qu'il avait reçue la veille, une nouvelle si injuste que Cerise, saisie d'indignation malgré ses méditations opiniâtres, avait failli annuler leur mariage.

Lors de la fusion forcée de Maisoncelle-la-Petite au sein de la commune nouvelle de Vire, on avait retiré à Didier toute possibilité d'agir directement sur les services municipaux chargés de réparer la chaussée. Pourquoi pas, après tout. Mais il avait toujours la responsabilité des accidents de la route si le bitume municipal laissait à désirer. Or un nid-de-poule non comblé malgré ses suppliques réitérées au maire de Vire (qui tenait à lui faire sentir sa tutelle) avait envoyé à l'hôpital une vieille automobiliste myope, la très acariâtre Angeline Sauvé. Sa famille – une dynastie d'avocats illustres dans le district – avait fait condamner la commune et, après deux ans et demi d'espérances, la cour d'appel de Caen venait de confirmer la décision qui lui créait mille emmerdes, à lui, si dévoué aux siens, tout entier avalé par les soucis d'autrui.

L'altruiste avait été puni de sa compassion.

Sous le coup, Cerise l'avait sommé de rendre son mandat :

« Y a des limites à l'altruisme. Ils vont finir par te mettre en taule. Viens faire avec moi un stage sur le monde et le couple. »

Pauvre Didier désirable. Après la gabegie publique, le développement personnel allait l'achever.

Et puis, ajouta-t-il en s'obligeant à ne surtout pas parler de nous, la préfecture venait de faire casser son arrêté municipal qui interdisait les pulvérisations de pesticides ou l'épandage de nitrates à moins de cent cinquante mètres des habitations. Didier perdait ses batailles les unes après les autres et fumait de plus en plus.

– Aimer, dis-je alors sans réfléchir, c'est désobéir ensemble à la bêtise du monde.

– Ouais.

– Alors…

– Quoi ?

– Imagine qu'on se barre loin, tout de suite.

– Arrête, Kelly…

– Maintenant. Au bout de la terre, dans notre cyclone sensuel. Sans explication à personne. On ouvrira une gargote. Je veux être le nom de ta liberté.

– Kelly…, soupira Didier en baissant les yeux.

Ce refus souffrant était-il une invite ?

Je nous voyais bien improviser un bonheur équinoxial parmi des habitants des tropiques teintés d'humour, aux basses latitudes où se pratique une hospitalité de jadis.

Didier répliqua :

– On n'est pas comme Gaspard. On assume, nous.

Sa retenue se changea soudain en tourment et mon désir freiné en impatience.

Pourquoi lui avais-je murmuré cette ouverture, ce jour-là ? Peut-être parce que en sa présence je me sentais en vacances de la sottise du monde, comme une fiancée permanente absorbée par l'amour fou. Et allumée, je l'avoue, par l'envie que reparte entre nous l'épidémie de feu, celle qui sauve des gris de la vie. Même traqué par la sottise administrative, Didier respirait la licence, la gloutonnerie d'horizons sensuels nouveaux. Il y a des hommes, comme ça, qui vous rendent imaginative. Didier se hâtait toujours de transmettre sa part de merveilleux, de bienfaisance. La vie ne se fanerait jamais en lui, c'était évident, malgré les peigne-culs officiels, les interdiseurs de vivre.

Mais pouvait-il se dérober aux pressions de notre famille et m'enlever sur-le-champ pour m'offrir une vie tout en fleur ?

– Je veux être le nom de ta liberté, répétai-je, à demi folle. Celui de tes fantasmes. De ton illimité érotique… de tout ce que tu ne connais pas encore.

– Kelly, reprit-il, affreusement mal à l'aise, ça suffit.

– Pourquoi ça suffirait d'être vrai ? De vivre ses amours quoi qu'il en coûte ?

– Cerise est mon amour.

– Alors, pourquoi tu bandes, là ?

– Kelly…

– Sais-tu pourquoi ma culotte n'est pas mouillée ?

Sidéré par ma franchise, Didier resta coi.

– Parce que pour venir ici, à ton mariage, je n'ai pas mis de dessous sous ma jupe-jupon. Néant. J'ai trouvé ça plus bandant qu'un manuel nordique de développement personnel.

– Le jour de ma noce avec ta… ?

– Au cas où… Une culotte mouillée à l'église, ça fait désordre. Et je suis convenable, moi, digne. Tu discernes ?

– Arrête…

– J'aime le sexe heureux avec toi, Didier. Il sollicite à l'extrême tout ce que je suis. Me faire baiser partout par toi, j'en ai le caprice pour la vie, à toute heure. Envie que tu m'assailles là, que tu me submerges.

Essayant d'extraire une pensée ferme de je ne sais quelle profondeur de son cerveau, Didier me fixa et pesa chaque syllabe :

– La grande évasion, ça n'existe pas, Kelly. On ne peut pas s'échapper de la vie, se barrer comme ça des choses, tout détruire, déchirer. Il y a Shaïna au milieu. Arrête d'imaginer !

Ah, l'incroyable fardeau des familles, il allait me faire ce coup-là en citant tous les processionnaires de « la pleine conscience » des choses ! Fallait qu'on oublie nos dispositions infectes, l'abomination de mon goût certain pour sa peau. Et l'horreur de sa trique devant mes petites lunes. Je le sentais pas chiche sur la question, alors j'ai pris les devants :

– Qui me dit ça, sur ce ton ? lui lançai-je furibarde. L'homme qui m'a prise sept fois à Nantes en hurlant sa liberté ? en pleurant dans mes bras son chagrin d'avoir perdu sa mère ? L'homme qui en me prenant m'a fait savoir ce que donnerait, physiquement, en beaucoup plus raide, un air d'opéra ? Qui es-tu, là, pour me dire des trucs pareils, sans exubérance ? Qui me parle, là ? Le vivant, le mort ? Le Didier qui croit tout possible ou le toutou du préfet de région ? l'athlète du culot ou le piteux ? Oui je t'aime et j'aime celle que je suis par toi ! Submerge-moi, Didier ! Acharne-toi sur mon corps...

– Kelly..., hésita-t-il, frappé à cœur. J'ai suffisamment d'emmerdes en ce moment...

– Maintenant..., fis-je en soulevant ma jupe pour lui dévoiler l'arrondi de mon derrière offert.

La clarté de mon invite était sans appel.

Je savais que sa décision ne naîtrait pas dans son esprit, mais dans tout son sang. Dieu que j'aimais être radicalement sexuelle avec lui, en route vers l'illimité.

Et j'ajoutai :

– Je suis ta novice...

– Kelly, l'amour ne peut pas jeter tout le monde dans la guerre. Le tous contre tous, ça ne peut pas être le résultat de nous.

– Je t'aime de toute ma chair, de tout mon cœur.

J'étais prête à me sortir la rate pour qu'il m'entende, y avait pas de limite à mon élan. Ma fraise, je la ramènerais jusqu'à ce que s'effondrent les murailles de sa petite raison. L'esquintement de ses arguments, j'en faisais mon affaire. Du moment qu'il fallait le convaincre, j'étais inusable.

– Non, c'est non, fit Didier en rabaissant ma jupe d'un geste franc et en caressant ma joue. Tu es invivable, Kelly, ça suffit le mécanisme broyeur, plus on se rapproche, plus on s'effraie.

– Non... ? bredouillai-je.

– Plus jamais.

– Tu es sûr ?

– La folie, c'est fini.

– Je t'offre toute ma douceur.

– Non, répéta-t-il, le salaud.

Prise d'un soudain coup de colère, je lui administrai alors une extraordinaire paire de gifles méritée, soulageante en diable, qui le laissa extatique. Non mais et puis quoi ? Il n'allait pas me la jouer pote compréhensif sous prétexte qu'une cour d'appel délirait à Caen et qu'un *Hibiscus sodomus* l'enquiquinait dans ses ambitions immobilières !

– Je te hais, Didier. C'est clair ???

– Arrête, chérie.

– Tu vois, tu dis chérie !

– Je ne voulais pas... plus.

– Viens... filons. Ce seront les plus beaux jours de notre vie. Je te ferai connaître tout l'érotisme que tu ignores encore...

– Non.

– Tu es une merde, Didier Dulac, une grosse bouse. Tu es vieilli par un rôle que tu ne désires pas. Jamais tu ne ressembleras aux êtres de rupture que tu admires, à tous les irréguliers qui sont le siège d'une sorte de court-circuit, à tous ces caractères vrais d'une inadaptation vraie. Ta lâcheté t'a sucé ce qui te restait de jeunesse. T'es devenu un adapté, un soumis à la communauté de communes, un ajusté à la débilité administrative. La vraie liberté, c'est pas ton pays, juste une rêverie que tu greffes sur tes illusions ! Le ciment de ton mariage, c'est ta couardise ! C'est pas une noce que tu vas célébrer, juste une mise en nourrice !

Je n'arrivais pas à me tarir, je tournais fontaine de rage, source à venin, du coup je portai l'estocade :

– Ah ça oui, Cerise possède toutes les qualités pitoyables que j'ai pas ! Constance, prévenance, docilité ! Aucune imagination. Et en bonus, des manuels pour apprendre à bander en méditant ! Tout ce qui habille l'ennui ! Tu t'adjoins un soliveau ! La vie s'est fanée en toi, pour ça t'es fortiche ! T'es un mec de beaucoup de passé et de pas beaucoup d'avenir ! De soumission rantanplan ! Je vais te dire, c'est juste un labeur de se laisser aimer par toi ! Je n'ai jamais vu contraste plus frappant que les deux êtres enfermés en toi, le rêveur et le faible, le toutou ! Ouah, ouah, ouah !

Fusillé pour médiocrité, Didier ne répondit rien.

Ah que ça me faisait du bien de l'ouvrir largement ! Pourquoi hésiter à entrer dans l'hostilité quand un être vous blesse à mort ? Pourquoi s'interdire de jouir au moins de son dépit ? Vivre, ce n'est pas réduire la voilure.

Je lui allongeai une seconde paire de claques, démesurée de rudesse.

Les yeux bleus fixes, comme s'il avait voulu me regarder

pour la dernière fois, le marié pivota et sortit somnambulique.

C'est alors que retentit du fond du cellier une salve d'applaudissements. Un homme allègre, allongé entre deux tonneaux de cidre, avait tout entendu, tout vu, tout savouré : ma croupe dénudée, mon avilissement, ma riposte, mes gifles sportives.

Jaillissant de la paille, élégant jusqu'au dandysme, parfumé de charme, il resplendissait. C'était bien le journaliste-animateur parisien de cette émission populaire qui, sur une chaîne d'info, englobait les contradictions du temps. Un type qui aurait pu faire un bel inventaire de la mascarade contemporaine.

– Bravo ! Bravo surtout pour le « je veux être le nom de ta liberté » ! s'écria ce joli trentenaire d'une voix allègre, le sourire narquois aux lèvres.

À la vérité, l'impromptu était séduisant de trop, d'un éclat foudroyant qui aurait jeté n'importe quelle jeune fille dans l'intranquillité. Un surgissement de la beauté. De quoi rendre imaginative. Des traits délibérément virils, un éclat au-dessus de tout ce que j'avais vu jusqu'à présent dans le bocage. Des yeux noirs dansants qui s'approchaient de ma peau, avec un air de désordre dans son vêtement. Il avait dû dormir dans la paille, entre deux tonneaux de cidre fermier. De ma vie, une sensation aussi purement agréable ne m'avait autant émue.

– Mais… mais… vous êtes qui ? demandai-je d'un air assez rogue en feignant de ne pas le reconnaître.

Sa beauté plein soleil m'exaspérait.

– Pierre-Esprit Sauvage, pour vous servir et admirer vos formes. Mais vous pouvez m'appeler Pierre.

– Qu'est-ce que c'est que ce prénom ?

– D'origine québécoise… je descends du Pierre-Esprit Radisson, un coureur des bois qui explora l'Amérique iroquoise au XVIIe siècle. Un opportuniste rusé, caméléon, achetable, fripon !

Le Parisien partit à rire. Mozart était là. Une apparition séduction. Une belle tête à cheveux fous éclairée d'un sourire. Même timbre dans les aigus que le musicien, même excès dans sa cataracte de bonne humeur enfantine. Un des hommes les plus vivants qui soit. Un être en fleur.

– Vous êtes gonflé, vous.

– Je n'ai jamais vu une femme offrir son cul et sa douceur, puis son mépris, à une telle cadence ! Frénétique ! « Acharne-toi sur mon corps »… c'était, comment dire… tout à fait rafraîchissant !

Le trop beau Pierre-Esprit recommença à rire.

Je lui expédiai une baffe très sonore, qu'il reçut avec sidération. Fallait qu'il dérouille, ce morveux télévisuel, cet anti-moi qui jacassait dans le poste, yeux baissés et voix dans la cravate. J'ignorais que Pierre-Esprit était sans doute l'un des aventuriers les plus heureux du globe, un syncrétisme de fou rire, d'enthousiasme, de lucidité démesurée et de fatalisme parfois.

– Moi aussi ? s'écria-t-il. Vous giflez donc tout le monde ?

– Par nécessité ! Mais d'ordinaire je m'économise.

– Mais nous nous connaissons à peine, Kelly… Attendez de me connaître plus pour me baffer davantage, et mieux. Avec plus de pertinence !

– Je vous méprise, monsieur Sauvage ! Vous n'aviez pas le droit de vous planquer !

– Pour profiter du spectacle en voyeur expérimenté ? du peep-show annoncé ? Appelez-moi Pierre-Esprit, mon prénom...

– Oui, pas le droit. De me parler comme ça non plus.

– Je ne dis pas toujours ce que je pense, je ne pense pas toujours ce que je dis, mais je pense toujours ce que je ne dis pas.

– Vous n'aviez PAS LE DROIT !

– Rassurez-vous, j'ai tout raté puisque le marié a eu le mauvais goût – la décence peut-être ? – de négliger votre petit derrière nu, délicieux, tentant..., qui dans ce décor rustique n'aurait pas manqué de vous rendre à votre chiennerie, n'est-ce pas ?

Je tentai de lui expédier une nouvelle avoinée, décisive et conclusive, mais il arrêta net ma main encore brûlante. Puis éclata de rire :

– Quelque chose me dit que nous nous ressemblons, Kelly... et que je vais devoir apprendre à intercepter vos claques en m'amusant.

– Vous vous amuserez ailleurs, monsieur le voyeur. Je déteste la fausseté des hommes, leur lâcheté prévisible...

– Mais rassurez-vous, je n'aime pas l'amour. C'est trop profond pour moi... Je préfère le vélo !

– J'adore les cyniques ! À distance...

Mon esprit un peu romanesque eut soudainement l'idée saugrenue que ce hasard était peut-être une chance. Ce Pierre-Esprit hilare m'avait vue sans aucun fard, postérieur offert, mais peu m'importait la décence extérieure. N'était-ce pas ce que je désirais au fond, être vue au-delà de toute comédie ? dans toute ma vivante netteté ? Ce rieur mozartien, même s'il était de la télé, pouvait-il être le garçon par qui je découvrirais mon étrangeté légitime, celui qui me ferait accepter ma romanesquerie ?

– Alors vous allez m'adorer, répliqua le jeune homme sexy. Dans ma vilenie, je suis d'une probité absolue : désencombré de convictions, j'ai le mépris facile, le cynisme répulsif, et je suis aussi intéressé qu'il est possible de l'être... mais avec transparence. Rien de roué en moi ! Je mens comme un démon. Je suis filou, siphonneur de bakchichs, manipulateur avec délice, mais je le suis... ouvertement !

À nouveau, Pierre-Esprit rit légèrement, mélodieusement.

– Vous auriez tout de même dû vous signaler.

– Je siestais... mal à la tête... Vous m'avez guéri et rendu à ma bonne humeur.

– Et alors ?

– J'ai ravagé une ambitieuse la nuit dernière, comme un ours... Votre *candeur d'amour,* ironisa-t-il, m'a rafraîchi. Surtout au début de la scène.

– Je ne vous permets pas.

– Oh mais je m'y autorise, *darling* ! J'ai trop besoin d'être libre !

– Et moi d'être respectée. Même par les Parisiens.

– Je n'avais pas vu une telle dose d'élans contradictoires depuis...

– J'étais sincère, moi aussi !

– Vous faites souvent volte-face quand on vous dit non ? Surtout que... c'est bien votre sœur chérie qu'il épouse aujourd'hui ?

– Qui vous a invité ?

– Je me suis invité ! On n'est jamais mieux servi que par soi-même.

– Comme ça…

– J'aime être grossier et pique-assiette. Mais dans le bocage, on me connaît. Vieille habitude du temps où j'écrivais pour *L'Écho de Vire*… sous le pseudo de Pascal Zorille.

– Ah… c'était vous… Zorille le Gorille…

– Le délateur de Vire, l'exécuteur de réputations, oui.

– Et vous en êtes fier ?

– Ma conviction est que la presse de proximité ne pourra plus survivre sur un mode consensuel. Sinon elle finira dans les mains sèches d'un milliardaire avide d'influence. Fini le journalisme à l'ancienne qui cavale derrière la vérité profonde, ça perd trop de sous. L'actionnaire m'avait compris.

– Vive le cash du trash !

– J'aime écrire en traître, bétonner ma carrière en me conduisant mal… dans un monde immoral.

À nouveau, il éclata de rire.

– Et maintenant, vous faites quoi monsieur le délateur, ou plutôt le voyeur ?

– L'écouteur… Eh bien, je vous donne le bras pour aller à la noce, sans string puisque vous n'en portez pas – vous voyez que je vous écoute. Nous sommes en retard, n'est-ce pas ?

– Non.

– Si… Si nous voulons empêcher votre sœur d'épouser le giflé.

– Je vous l'interdis.

– Mérite-t-elle d'épouser un homme fou de votre popotin ?

– Didier a assez d'emmerdes comme ça...

– La vie est une chose sérieuse, non ? Vous n'allez tout de même pas laisser faire...

– Je ne peux pas blesser ma sœur. Je ne peux pas !

– Vous croyez ? me lança-t-il avec une affection moqueuse, comme doit l'être toute affection véritable.

Les yeux de Pierre-Esprit me criaient qu'il aurait bien croqué mes fesses entraperçues. Ses pupilles mobiles me disaient aussi que ma liberté rencontrait la sienne. Il en avait toute la bouille écarlate. Moi, j'avais l'allure égarée.

On s'aperçut alors que quelqu'un nous épiait et n'avait rien perdu de notre conversation : le Dudule, l'idiot du village. Effrayé qu'on l'eût repéré, ce garçon d'une vingtaine d'années aux gestes désordonnés et à la psychose évidente fila se réfugier dans les combles du cellier.

Que faisait-il donc là ?

À Maisoncelles, on ne savait jamais où était niché le Dudule, toujours à scruter la vie des autres, à s'étonner de nos sorts en vrac, et à noter ou dessiner Dieu sait quoi dans ses petits carnets. L'agréable, c'était qu'il n'avait pas de rancune. Cet esprit simple ne tripotait que des bons sentiments. Didier lui avait fait attribuer un petit logement, un fatras incroyable d'objets, de l'extrêmement bon marché ; il fallait bien qu'il dorme quelque part. Il y stockait sa collection de petits carnets. Souvent, les uns et les autres l'invitaient à dîner. Le Dudule, peu loquace et au cœur vaste, était partout chez lui.

Les gens très bien… de Normandie

Devant la mairie de Maisoncelles-la-Petite, on me vit débouler au bras de ce trop joli monsieur Sauvage rayonnant d'aura et de rires légers. J'ai toujours trouvé un petit air de paradis à cette commune exténuée de misère.

La notoriété télévisuelle de Pierre-Esprit fit bruisser sur notre passage. La plèbe rurale et bafouillarde ainsi que les autorités locales assurées de leur verbe l'identifièrent aussitôt, comme si tous avaient été honorés de sa très parisienne présence. Son rire reconnaissable le dénonçait. Leïla, invitée, me regardait déambuler aux côtés de Pierre-Esprit comme si je l'avais trahie. Direct de style à l'écran, jouant l'incendiaire des beaux quartiers, Pierre-Esprit était parfois grand dans ses aperçus, souvent futile et désinvoltement drôle, faussement distrait, disant n'importe quoi en apparence. La vie même, quoi qu'en dise Leïla.

On murmurait que cet élégant à pochette travaillait à présent pour la grande chaîne d'info de la capitale aux habitudes chocs. Surveillant peu les écrans de la polémique et me fichant totalement du caquetage de l'information calibrée, je le savais sans trop le savoir.

– Qui sont ces gens ? me demanda Pierre-Esprit en scrutant la foule.

– Des gens, des gens…, ce ne sont pas des gens. Des gens, c'est tout le monde et personne… Les gens qui montent, ça c'est des gens… Comme lui, par exemple, le banquier.

Amusé, Pierre-Esprit s'éclipsa.

Le banquier frêle s'approcha de moi, l'air libidineux. Marc-André Mévente, directeur de la succursale locale du Crédit Agricole. La paresse du crédit en Normandie, c'était lui. Bon nombre de chômeurs lui devaient leurs tracas.

– On se connaît, non ?

– Je suis occupée, lui rétorquai-je. En fait, comme vous le voyez, je ne suis pas occupée, c'est une façon polie de vous dire de dégager.

– On ne peut pas faire un brin de causette ?

– Monsieur Mévente, nous ne vivons pas tout à fait sur la même planète. Je m'ennuierais terriblement sur la vôtre !

Mon oreille traînait partout.

– Ça paye bien la désinformation ? demandait, très pince sans-rire, le successeur de Pierre-Esprit à *L'Écho de Vire*, le petit Martin Lepoint, dit Tintin, si livide de tronche qu'il semblait décédé malgré le maquillage qui retapait son aspect.

– L'info non, répondit le Parisien, mais l'influence ciblée, astucieuse, ironique… dans un contexte où la vérité ennuie les élites…

Pierre-Esprit rit.

– Ça t'emmerde désormais de dépenser ta paye ? s'enquit Tintin.

– Pas avec une très jolie fille…, lâcha Pierre-Esprit en me

dévisageant. Trop de pognon facile à ramasser dans Paris, ça en devient irritant… Même si je n'ai qu'un capital à risquer : ma peau.

On riait, lui pas.

Tintin, reporter local au teint de cadavre donc, avait été formé par Pierre-Esprit, déséduqué par lui de toute politesse, et surtout délivré du poids de la moindre éthique encombrante. Il leur en était resté non une amitié – ces garçons-là n'y croient plus –, mais une complicité de forbans, une manière commune d'être aux aguets.

La maladie tapie dans les profondeurs du sang de Tintin, une spondylarthrite articulaire, lui donnait une aigreur assumée, féroce. Ce voûté souffrait jusqu'à la moelle. Il en éprouvait mille fatigues. D'où cette poudre qui le rosissait facticement. Les opiacés n'atténuaient plus ses accès de douleur, tout le monde le savait. D'où certaines rages journalistiques qui le saisissaient quand, à bout, il craquait et se vengeait en torpillant le destin d'un bien-portant.

Mais Tintin dissimulait son état chronique dans ses sourires et son haleine lourde d'alcool, de dépits sédimentés, de tout le tintouin qui cerne les souffrants. Lorsque ses articulations se bloquaient exagérément, on disait qu'il s'obligeait à marcher jusqu'à en avoir les pieds en tisons. Il dissimulait alors son corset – comme ce jour-là. Une coupe à la main, le Marat du bocage semblait à la noce alors qu'il habitait l'enfer des os.

Avait-il tué Léon ? M'avait-il, l'insinueux Tintin, déchiré la croupe sur ce parking blême de Rouen ? Juste pour se venger des filles qui avaient dû l'éconduire, tellement il suintait le mal-être, le tremblotement épileptique, comme s'il sucrait en continu. Effet des médocs, de sa maladie rongeante ? Sûr que cet ami des puissants, retors et prudent, n'avait jamais laissé son ADN dans les fichiers de la gendarmerie.

J'écoutais, je zyeutais.

Le Dudule était là, silencieux. Qu'avait-il rapporté de ce qu'il avait entendu ? En général, il se taisait et se contentait de griffonner sur son carnet du moment. Qu'imaginaient-ils donc les uns et les unes ? Sur notre passage, on papotait de cette voix creuse qu'ont les Normands soupçonneux. Tout le monde me crut accommodante aux désirs de Pierre-Esprit Sauvage, comme s'il allait de soi qu'une petite enseignante du Calvados devait être honorée d'être distinguée par ce ravissant péteux au rire trop sonore.

Il fallut mettre les choses au net.

Le gracieux ne fit rien pour soutenir mes dénégations. Pierre-Esprit distribuait ses bons mots, ricanait sur les choses du cœur, traitait l'amour de « fluide antisolitude », d'« inconvénient majeur ». S'esclaffant, il racontait comment il n'était pas devenu l'amant de la femme du président, et semblait appartenir à un film qui aurait pu exister.

Et moi je m'interrogeais. Le violeur de Rouen était-il parmi eux tous, là, sous mon joli nez, non répertorié par le major Nicolas Grandjean ? S'était-il faufilé jusqu'à cette noce pour voir sur ma face les effets de mon avilissement ? Cette pensée me donna envie de redresser les seins, de maquiller ma peine. Arborer de la pimpance, c'était ma riposte.

Devant l'étroite mairie aux portes grandes ouvertes, la mariée apparut, délicieuse, très française. Sur le mode populaire, avec des fautes de goût très marquées pour une Parisienne. Ébloui, le Dudule fixait Cerise serrant le plus possible autour d'elle les plis bruissants de sa robe. Son cou laissait paraître un collier de perles intentionnellement modestes (et fausses), raccord avec une image de film US qui avait eu son influence sur son aspect. S'y ajoutait un collier chargé de signes cabalistiques rapportés d'un stage chez un chaman de Niort. Un parfum ténu de rose s'exhalait de sa nuque. Pour ma Cerise, ce mariage était une fête, et non un fastidieux devoir mondain politique du fait des fonctions de Didier le désiré.

Ma sœur étincelante ne pouvait se figurer tout son bonheur, même si, à y regarder de près, l'ovale de son visage reflétait une mélancolie métaphysique. Sa bouche de fraise dédiait des sourires éphémères, des mimiques nerveuses, un mélange peu spontané mais très réussi de modestie virginale, de hauteur néobourgeoise (son époux était tout même « le maire », terme qui rayonnait encore d'un inexplicable prestige) et de grâce authentique.

Prenant un air de feinte gaieté, Cerise s'étonna que son fiancé eût pour l'occasion les deux joues aussi écarlates, alors que l'on voyait encore la marque de mes doigts. Marque qui signait une gifle de femme excédée. Signe qu'elle s'empressa sans doute d'interpréter dans son fatras théologique spiritualo-chamanique. Didier certifia qu'il était resté trop longtemps sous une lampe à bronzer à Caen, histoire d'avoir meilleure mine pour ce jour béni.

Pour le reste, le monde d'hier était au complet.

On se bousculait autour de Pierre-Esprit qui, sûr de plaire aux filles pouffantes et de distraire les hommes qu'il intéressait, ne se départait pas de son ton goguenard, rompu à la raillerie de bon aloi. Les femmes, surtout, faisaient cortège à sa bonne humeur sonore et à sa beauté soignée. Je le surveillais. Brodé d'histoires, il se pavanait en petit mâle méritant des claques. On n'avait pas tous les jours à Maisoncelles un monsieur de la télévision qui maniait l'ironie frondeuse et cinglante. L'artillerie de ses mots d'esprit (mille fois replacés) faisait mouche.

Pierre-Esprit avait-il oublié son projet d'embrouiller ce mariage en direct, et de le faire péricliter ? Que trifouillait-il dans son imagination ? Entre ses éclats de rire, je le sentais pétiller. Jacassant trop haut, Pierre-Esprit semblait éberlué de constater que l'on pouvait encore berner la province avec quelques images en trompe-l'œil glissées dans des émissions caquetantes. Des donzelles riaient à l'excès pour attirer son attention.

– Vous vous amusez ? me glissa-t-il.

– Je me disais que je deviendrais barge si j'étais avec vous. L'amour n'est pas censé avoir cet effet-là.

– C'est vous qui êtes en train de me rendre barge, Kelly. Et c'est précisément l'effet que l'amour est censé avoir. Alors, ne vous approchez plus de moi, OK ?

– Avec plaisir !

Il y avait là, au centre, le massif préfet du Calvados, qui avait fait annuler l'arrêté de Didier Dulac sur les pesticides. Il reluquait mon fessier. Alban Grandvoisin était de ces abrupts entrés dans la vie par les grandes avenues – Sciences po Paris, l'ENA –, que ne tracassent aucun doute sur leur légitimité. Grandvoisin, on le sentait bardé d'autorité, armé de compétences tatillonnes et d'un caractère intraitable. Il venait de

Seine-Saint-Denis et en avait eu ras la casquette – répétaient les élus normands – des cérémonies où, après avoir fait des discours sur les hautes valeurs de la République, il avait dû remettre des décrets de naturalisation à des femmes en niqab. Était-ce exact ? Ça me semblait exagéré. Le Calvados, en tout cas, ça lui faisait des vacances.

À quelques pas, je les écoutais.

Tandis que Grandvoisin évoquait « le gouvernement » d'une voix rauque, Pierre-Esprit le coupa :

– Monsieur le préfet, vous savez comme moi que c'est l'administration qui gouverne… quand elle ne sieste pas !

– Pardon ?

– Les directeurs de cabinet des ministres français ne sont plus choisis par eux depuis belle lurette, mais par celui du Premier ministre. Vrai ou faux ?

– Euh…

– Il ne nomme, en réalité, que des profils issus des grands corps de l'État. C'est tellement plus commode, l'entre-soi absolu ! Pourquoi s'embarrasser d'intelligences diverses ?

– Et alors ? fit ce fonctionnaire, qui pratiquait la rétention de sentiments comme une hygiène.

– Ces hommes de sa caste se réunissent entre eux le mardi à Matignon lors de la discrète « conférence des directeurs de cabinet », où tout est arbitré – sous la tutelle des conseillers de l'Élysée, entre hauts fonctionnaires – à huis clos.

– Et alors ?

– Tout ça est invisible du grand public, ces circuits de responsabilités non élus… ! Si les gens savaient…

Tout ce que disait Pierre-Esprit semblait lourd de la

science du monde, des affaires réelles, des silences d'État, qu'il paraissait avoir souvent percés.

– Et nos ministres, qu'en faites-vous ? reprit le préfet, narquois.

– Leur Conseil du mercredi, dessaisi dans les faits, entérine forcément pour donner un air de respectabilité démocratique. D'ailleurs, les « bleus », ces ordres donnés à l'État, sont rédigés dès le mardi soir… Les auxiliaires sont devenus les chefs.

Les faits que Pierre-Esprit présentait avec acuité étaient si nombreux et si hallucinants que j'en oubliai son corps, sa peau exquise, ses mains.

Les élus locaux tendaient l'oreille.

– Ça se passe comme ça… pour de vrai ? hasarda l'un d'eux, un éleveur pour qui la démocratie n'était pas une plaisanterie soluble dans les tripatouillages administratifs.

Pierre-Esprit répondit par un fou rire mozartien.

– Et les députés, là-dedans ? demanda une dame.

– Les quoi ?

– Les députés.

– Ces provinciaux mal fagotés qui lisent *Ouest-France* ou *L'Écho de Vire* ? rigola Pierre-Esprit. Ces bavards ne sont pas les fils légitimes de l'administration.

Pierre-Esprit rit encore, musicalement. Il semblait que la vérité des choses ne l'avait jamais gainé de dégoût.

– Indécent…, grogna Didier en allumant sa centième cigarette de la journée.

Mon délicieux beau-frère devait songer à tout ce qu'il avait engagé à la sueur de son front pour que notre vallée normande échappe à son lent pourrissement.

Le préfet Alban Grandvoisin maugréa mollement, ironisa sur le journalisme simplificateur (le fameux « tout ça n'est pas si simple... ») et laissa entendre que les serviteurs de l'État veillaient au moins, par atavisme, à l'intérêt général de long terme et non aux versatiles intérêts partisans.

C'était lui, ce bloc de glace aux allures d'élégant de choc (quoiqu'il fût chenu et ventru), qui avait contraint le conseil municipal de Maisoncelles-la-Petite à rejoindre la commune nouvelle de Vire en menaçant de tarir les subventions à sa discrétion. Une brute pleine de tempérance. Ce gars volumineux était un expert en soumission de péquenots voteux.

Ce monde-là m'effrayait.

Le préfet Grandvoisin, personnage tout en graisse, éclaboussait l'assistance de sa prestigieuse présence, tandis que le sec Mahaut de Coislin aux jambes arquées, présent dès qu'une mairie de sa communauté de communes frémissait, se tenait aux aguets à l'entrée de la salle des mariages. Son crâne trop gros lui faisait paraître les épaules étroites. Nimbé d'airs importants et luisant de sueur sous cette canicule, Mahaut ricanait nerveusement, jusqu'à l'étrangeté, comme à son habitude, en faisant craquer son squelette (ses doigts).

– Alors mademoiselle, me lança-t-il, vous avez l'air soucieux. Qu'est-ce qui ne va pas ?

– Demandez-moi plutôt ce qui va si vous voulez une réponse courte.

Je m'éloignai.

Doté d'une face de méduse pétrifiée, ce type avait des poils en vrille dans le nez et les oreilles, le sourcil chargé et les pupilles agiles. Ses traits flasques étaient dessinés avec une brutalité sans indulgence, bien qu'il ait une lymphe de dandy et une gestuelle de chat. On voyait bien que c'était une crapule irrémédiable, un sac de vices. Qui croit au mal en est l'accrédité, ça se voyait. Les méchants de cinéma, ça pousse dans la vie.

Jamais ce calculateur irrité de tout ne pénétrait dans ce type de salle festive, par principe, depuis que son épouse éteinte, Hélène de Coislin, se dérobait à ses sollicitations de solide sodomite. L'amour, il ne connaissait ce mythe ancien que par ouï-dire, en tournant les pages de certains romans de haute réputation. À la com-com, il ne mariait plus – ou alors avec un dégoût affiché.

« C'est avec dépit et colère que je marie aujourd'hui une non-vierge et un futur cocu », l'avait-on entendu déclarer un samedi en salle des mariages avec distinction, dans une chemise framboise, comme si les intéressés étaient absents.

Puis il avait éclaté d'un rire sonore qui disait : Je suis libre, et vous ?

« Monsieur le maire ! avait protesté la secrétaire de mairie.

– Avancez, je vous prie… et procédons à l'extinction officielle de votre érotisme, à cet acte irréfléchi que je vais vous aider à commettre. »

Mahaut de Coislin, aristo de très mauvaise branche et personnage atypique, ne cachait jamais ses opinions tranchées. L'impolitesse, ça excitait ce taciturne.

Baladin du désespoir, ce vite lassé descendait trop souvent chez les escort girls de Rouen (avec qui il épuisait les liturgies masochistes) pour complaire à sa femme légale.

Sous ses airs dormants, félins et malgracieux, Coislin excellait à repérer les futures victimes de son *Écho* – une boîte à cash qui siphonnait alors toute la réclame locale et les graissages de patte les plus divers (l'achat d'un encart publicitaire absurde, ça blanchissait le tout), sorte de caisse noire politique à son usage exclusif.

Son canard à sa solde se vantait à qui mieux mieux de « défendre la démocratie » – ainsi que les opportunités grassement rémunératrices.

Quand on lui reprochait d'utiliser l'argent de la mairie pour rémunérer les prostituées dont il faisait un usage excessif, afin d'assouvir sa chair torturée, Coislin répondait avec tact : « Au moins, les citoyens de Vire savent que je ne suis pas gay ! Que ma virilité est intacte ! » Un type bien, comme vous voyez, racé, élégant malgré son faciès de méduse, et adepte des amours obsolescentes – puisqu'il n'y croyait pas.

Mon Pierre-Esprit, je le surveillais dans ses déambulations, l'air de rien.

– Comment faites-vous pour vous en tirer aussi joliment à Paris, Pierre-Esprit ? demanda Coislin avec un brin d'amusement.

Je m'approchai discrètement pour les écouter.

– Comme vous, mon cher Mahaut… Je sais que la loi est vouée à être violée.

– Comme les bons principes, lâcha Coislin avec un sérieux un brin désolé.

– Non, pas violée… plutôt utilisée avec doigté.

– Oui…

– Comme vous, je me tiens à l'entrée des endroits où ça se passe… Puis j'écoute. Tout est dans l'observation. J'ai été à bonne école avec vous.

– Et que voyez-vous dans le Paris tutélaire ? ricana-t-il.

– Ce que je ne dirai jamais.

– À ce point ?

– Tous les matins que Satan m'accorde, je prends mon petit déjeuner au Café de Flore, table numéro 4, pile en face de l'entrée principale. Le cœur du cœur de Paris, de l'amicale des oligarques.

– Et qu'y voit-on ?

– Les aristos de l'influence, les sorciers de la presse, des agences de pub et de la politique politicaillerie. Des serviteurs de la mondialisation friquée, prochinois sans le savoir, du beau monde qu'on retrouve bronzé à Davos[1]. C'est là qu'on apprend avant que ça se sache les *jointures* entre politique et business. J'écoute, je salue, flatte beaucoup… J'suis assez calé pour ça.

– Et ?

– Je recoupe et j'hypothèse en buvant du chocolat, excellent. En passant pour un niais. Et je fonds sur mes proies… L'information qui anticipe, ça vaut un pactole.

Pierre-Esprit partit d'un rire allègre, dilaté et amusé, d'un rire fou qui signifiait « comme tout cela est amusant et facile ». J'en restai baba. Jouait-il pour amadouer la fripouille ?

– Le métier vous est venu facilement ? demanda Coislin en se retenant de rire.

– C'est chez vous, à *L'Écho*, que j'ai fait mes classes, je vous le redis avec gratitude… Je m'y suis rempli de savoir-vivre.

1. Forum économique mondial qui réunit des dirigeants d'entreprise, des responsables politiques du monde entier, ainsi que des intellectuels et des journalistes, dans la station de ski helvétique de Davos. Entre puissants.

– Mon petit Pierre-Esprit, j'aime que vous estimiez vos instincts les plus égoïstes et que vous parliez sans faux-semblants. Il n'y a que les esprits faiblards pour s'empêtrer de moraline.

D'une voix bien haute, afin que personne ne puisse échapper à ses mots acides, Mahaut ajouta :

– Tous ces faux-culs n'ont pas votre style !

Et il se paya un ultime fou rire de mépris.

Pimpant, Pierre-Esprit avait l'air d'apprécier ce vicieux dépourvu des entraves de la décence. Ou cachait-il son dédain ?

D'une manière générale, Coislin, ce faux républicain, ne s'intéressait qu'à l'opinion de ceux qui l'intéressaient, soit pour les tondre sur-le-champ, soit pour leur faire perdre le goût de la vie. Le reste, ça ne le turlupinait pas. D'ailleurs, cette canaille n'avait d'estime que pour les métiers où l'orgueil s'hypertrophie et où l'égoïsme s'affirme. Une ouvrière remplaçable, une boulangère, une infirmière polie ? Ça n'existait pas. Sa « philosophie du moi prioritaire » n'offrait aucune place au moindre relativisme. Sûr de la souveraineté de son esprit, péguyste hautain, barrésien par l'antisémitisme, Mahaut se permettait même de parler de ses interlocuteurs à la troisième personne en leur présence, de les évaluer à haute et intelligible voix : « Ah, mais c'est qu'il est plus débile qu'il n'en a l'air, le petit Maurice ! On l'a monté sans cerveau ! »

Il n'engageait pas les gens, il possédait leur vie.

Un peu plus loin, trois employeurs de Flers se plaignaient sous le regard du Dudule perplexe qu'ils ne pouvaient pas développer leur entreprise, faute de bras, de candidats à l'embauche. Ils avaient la vitupération sonore. On les sentait très excédés d'être français.

L'humble Gilberte, elle, n'était pas là. Elle ne se serait pas vue parmi ces importants au poitrail fier.

Quant à Pierrot Lambert et à ses jolis mots sucrés, je les esquivais.

Non éloigné, Didier discutait avec ardeur de la « dotation forfaitaire des communes » des zones rurales – qui permet aux villes et villages de vivre des subsides de l'État central qui les garrotte – en récriminant fort devant Grandvoisin au visage clos :

– Trouvez-vous normal, Monsieur le préfet, qu'un rural vaille la moitié d'un urbain ? Qu'on verse pour nous autres, les culs-terreux, cinquante centimes, quand l'État verse un euro pour un Parisien ?

– Oui… car personne ne le sait en France ! s'écria Pierre-Esprit qui passait par là. On s'en fiche des gueux ! Les ruraux, vous êtes nos tribus autochtones, nos Indiens !

– On vaut la moitié d'un urbain ? C'est un mirage auditif ou j'ai vraiment entendu ? lançai-je avec stupeur.

– Bienvenue dans le monde réel. Ça craint, tu vas adorer ! s'exclama Pierre-Esprit.

– Ce monsieur plaisantait ! rectifia Grandvoisin. Ne nous agaçons pas le jour de votre mariage, Monsieur le maire[1]…

En s'éclipsant le visage impassible, le préfet rappela à l'oreille de Didier qu'un maire n'est pas compétent en matière d'utilisation des pesticides et qu'il ne tolérerait aucune

1. Hélas, c'est vrai.

épidémie d'arrêtés antipollution chez les maires de ses amis. Le bocage devait le savoir.

D'une nervosité anxieuse en apparence, Didier lui répondit que l'épidémie contestatrice vertissime ne faisait que démarrer.

– Monsieur le préfet, un maire n'est pas un rouage administratif, mais un élu politique qui porte la parole des gens.

– Je vous somme également de cesser de soutenir ce genre de personne remuante que nous avons dans le collimateur, ajouta le préfet en désignant Leïla qui, légère, s'esclaffait avec des invités joyeux, notamment un concessionnaire Renault qui avait rejoint son association.

– Leïla Sallem est une personne de cœur qui a toute mon estime.

– Vous savez ce qu'elle a commis ?

– Je n'ai pas été élu pour intégrer la Stasi. Seulement pour aider. Ce qu'il y a de bien avec vous, Monsieur le préfet, c'est qu'à chaque fois que vous me donnez un conseil, j'ai envie de suivre les flèches, mais en sens inverse !

– À votre égard, monsieur Dulac, nous pourrions perdre patience sur certains dossiers…, menaça l'homme de l'État et de la police.

Le préfet Grandvoisin eut un rictus, une esquisse de garde-à-vous qui révélait un passé sous les drapeaux, et il s'échappa. Parfois, cet autoritaire se paumait dans l'amphigourisme, d'autres fois, il était sec comme une trique.

Tout cela, Didier l'avait proféré en m'ignorant ostensiblement. Et moi je l'espionnais en biais, à quelques pas de sa peau, en me laissant aller à songer que j'aurais bien vécu tous les soirs dans le sortilège de sa douceur.

En pénétrant dans sa petite mairie, fourbu de contradictions, il m'envoya un coup d'œil azuré désespéré, comme si de tout cela il était spectateur, comme si l'amour le harassait.

Lucette, un peu fantôme, était posée sur une chaise dans la salle des mariages, perdue. Un petit tas de regrets notre vieille maman, ex-putain en bien mauvaise forme qui faisait une halte. Le Dudule la choyait, lui apportait à boire, des tartines de rillettes. On sentait que le réservoir de la vie en elle fuyait et que le fracas de ses désirs allait diminuant, laissant couler la vitalité hors de son pauvre corps mité par l'âge et la maladie insidieuse. Maigrelette, elle ne pouvait plus se rempiffer en kilos. Fatiguée d'exister, tel un petit diesel en fin d'usage, la Lucette murmurait :

– Moi, pute, j'ai bien aimé ça... Il m'arrivait des trucs dans ma vie à Cherbourg, pas trop marrante... Pis les sous faciles qu'affluaient... j'ai aimé ça ma liberté. Même si j'étais qu'une *occasionnelle*, précisa-t-elle, comme si ça changeait tout.

– T'aimais ça ? s'enquit le Dudule en articulant avec difficulté.

– Oui. Les billets en vrac, la fête.

L'asservissement aux hommes, c'en était arrivé à lui sembler une liberté tellement sa vie avait tourné âpre, comme une fenêtre sur un peu d'espace pour elle qui la travaillait encore le jour de la noce de sa fille avec un médecin accoucheur, un médecin des femmes. Même avant d'être atteinte au cerveau, Lucette ne voyait plus le malpropre des choses, la toile émeri des rapports. Elle en était à se dire qu'être *une occasionnelle,* ce n'était pas si moche que ça après tout, mais une manière de décompresser. Le mal n'était plus pour elle qu'une incartade du soir, pas si grave. Peut-être que c'est ça une société qui tourne sinoque : une ambiance générale qui fait que ce qui blesse et humilie devient régulier pour ceux qui encaissent. Ma Lucette, on avait pu lui passer sur le corps à n'en plus finir avec son assentiment rémunéré. Les types du port avaient profité de sa jeunesse flouée. Un coup de ginglard et hop, ils l'avaient tous tamponnée. Et ouste, au suivant. À se faire ravager par le client.

Alors, même si ça me fendait le cœur, je n'étais pas complètement triste que l'une de nous trois, les sœurs Francœur, s'établisse dans un beau mariage avec un chic type, propre dans l'âme, un mariage qui éviterait à Cerise de devenir *une occasionnelle,* même si ce n'était pas moi la gagnante du Loto. Il fallait qu'au moins une Francœur s'apaise côté sous et côté cœur. La plus jolie de naissance, c'était régulier.

Alors j'ai jeté un regard noir à Pierre-Esprit qui riait encore façon Mozart. Pas question qu'il embrouille cette noce inespérée pour nous toutes ! La sensualité de notre Didier, je l'oublierais à force, comme la joliesse de ses attentions.

In extremis

Dans la salle des mariages, le monde ameuté se pressait. On se hâtait de trouver une place pour bien voir l'heureux événement quand soudain, comme dans un cauchemar, je vis Pierre-Esprit s'emparer du micro et fixer les mariés tout beaux.

– Chers amis, voulez-vous connaître la vérité avant de… ? avant qu'il soit trop tard et que tout le monde perde son sens de l'humour ? Ce qui serait dommage, non ?

Le beau Pierre-Esprit éclata de rire.

Un petit brouhaha d'étonnement glissa sur l'assistance et interloqua la mariée. Le marié, lui, était pâle à contempler, saisi même. Je jetai un regard de blâme à Pierre-Esprit. Il arrêta de rire et continua :

– Il y aurait comme un malaise… Moi je dis que vous devriez renoncer tout net à cette plaisanterie parce que le marié… il n'est pas blanc-blanc, reprit-il sur le ton de la plaisanterie. Il doute sévèrement.

Égayée par ce contretemps, Lucette se permit d'applaudir. Pierre-Esprit précisa alors sa pensée :

– Il en aurait une autre dans le collimateur, une qui serait ici sans culotte sous sa robe, une fille poétique qui aime les moments peu communs. Et si je ne le disais pas, je m'en voudrais à mort… L'amour mérite mieux qu'une poltronnerie, non ?

– Comment oses-tu dire absolument n'importe quoi ? dis-je fermement.

Pierre-Esprit rit encore, de son rire déployé.

Je m'avançai et avec soulagement lui collai une tarte monumentale. Ça remit la cérémonie dans l'axe, proprement, et l'intempestif rigolard de la télé fut évacué avec sa trop bonne humeur. On peut être professeure de français et aimer la rusticité, de verbe et d'action.

Cerise me remercia d'un regard.

Les consentements déclinés ensuite me chassèrent le cœur du corps, mais je restais sœur avant tout. On entendit le rire frais de la petite Shaïna. Cerise avait l'air si heureux, l'air surtout. Sur les joues de Didier, on voyait encore la trace de mes doigts fins. Une fille venait de le corriger, ça éclatait sur sa face que tout le monde voyait, mais, douée pour le déni enveloppé d'interprétations « liées à l'enfance », la plus-que-belle fit comme si la quiétude flottait au-dessus de leur union désormais légale.

Au fond de moi, je ne pouvais m'interdire de penser que nul ne descellerait jamais mon accord charnel avec Didier. Certaines amours décident de nous plus que nous n'en décidons.

Puis la noce se désagrégea pour aller se reformer à l'église. Je réintégrai une langue soignée, sans négliger les liaisons ou écorcher l'imparfait du subjonctif. On peut gifler les malotrus et savoir se conduire.

Une dernière claque

Sur le parking de la mairie de Maisoncelles, je retrouvai l'ironie de Pierre-Esprit.

– Quoi, on ne dit plus la vérité ? On n'a plus le droit d'être des vitamines ?

– Vous êtes franchement une tête à claques.

– Parce que j'ai dit votre vérité avec le sourire ? Ça vous choque, vous ? Pas vous, Kelly…

– Vous n'aviez pas à l'ouvrir sans ma permission.

– On ne va rien dire à votre sœur ?

– Non, on ne va rien lui dire.

– Vous voulez que je lui mente, c'est ça ?

– Ça pose un problème ?

– Non… enfin oui.

– Tout le monde ment, moi la première ! Si mentir était un crime, on serait déjà tous en prison. Cerise a envie de croire aux contes de fées, et elle a raison. Au moins, tout finit bien dans ces histoires-là.

– Vous l'avez dans la peau cet homme-là… j'ai tout entendu.

– Oh les hommes, ça va ça vient, et je trouverai bien à me marier dès aujourd'hui !

– Qui voudra de vous ? Soyez un peu lucide, Kelly ! Avec vos élans pas contrôlés, vos humeurs acides…

Il rit, le saligaud.

– Oh mais y a de la demande, Pierre-Esprit, rassurez-vous !

Il ricana doucement.

– Oui, y a de la demande, répétai-je.

– Qui ?

– Vous vous souvenez du gars qui nous épiait dans le cellier ?

– Oui.

– Eh bien un autre !

– Qui ????

Blessée et imaginative, j'insistai par bravade en désignant le joli garçon de la noce venu en stop de la région parisienne, un gars délicieux et de belles valeurs, plein d'ingénuité juvénile, avec qui j'avais eu une passade – mais vous le savez déjà – et qui m'avait montré par deux fois de continuelles ardeurs.

– Lui, là, Pierrot Lambert, eh bien je vais l'épouser ! Et ça va pas traîner. Vous allez voir comme personne ne me veut ! Mais bien sûr qu'y a de la demande !

– Faites pas ça.

– Qu'est-ce qui m'en empêche ?

– Après avoir aimé Didier, ce vin solide, charpenté, ce serait boire de l'eau !

– Oh mais il n'y a pas que du dépit chez moi. Et puis vous vous trompez, c'est un type épatant, Pierrot ! Réglo, poète, remarquable et passionné ! Engagé aussi. Propre. Beaucoup mieux que vous avec votre métier d'hyène ! Et votre arrogance de Parigot baveux qui rit comme un crétin ! Vous me faites chier avec votre belle gueule !

Pierre-Esprit me rit au nez, comme si me voir sortir de mes gonds l'amusait. Il faillit reprendre une claque sérieuse, mais, instruit de mes habitudes, il l'évita à temps.

– Qui vous dit qu'il désire être placé sous votre domination, ce pauvre garçon ? poursuivit-il. Si gentil…

– Vous verrez bien !

– Voyons, Kelly, soyez lucide… Quel homme sensé voudrait d'un sac à emmerdes, d'un stock d'embrouilles ? Et d'une machine à claques !

Ma dernière baffe, véloce, fut méritée. Pierre-Esprit n'eut pas le temps de l'arrêter. Toujours ça d'envoyé. Posté dans un arbre, le Dudule applaudit, il m'aimait bien. Il savait que j'étais juste avec les gens.

Quand tout le monde fut sorti de la mairie, Cerise lança son bouquet de mariée et… je l'attrapai fissa.

C'est comme ça que j'ai épousé Pierrot, Jojo Belle Gueule, trois mois plus tard, et que je me suis exilée loin de la sensualité sublime de Didier et des sourires purs de ma sœur. Loin, très loin de ses caresses étourdissantes que j'avais tant aimé recevoir. Pour sauver l'unité de notre famille tressée de souvenirs, pardi. Leur bonheur étalé à qui mieux mieux dans Maisoncelles me laissait en vrac de jalousie, gavée de colères rentrées. Je l'avais effectivement dans les sens mon Didier, plus encore que le trop mignon Pierre-Esprit, agaçant de sûreté de plaire. Sa sorcellerie perpétuelle agissait sur moi.

Son rire, je le lui aurais fait avaler.

De surcroît, mon gentil Pierrot possédait une maisonnette près de Mantes-la-Jolie, en bord de Seine, là où flotte un air de vacances dans un air fluvial et où il y a même la 4G. Ça m'en a fait, des vacances brèves, même si au loin on apercevait le paysage strié d'autoroutes, balafré de grandes surfaces. Un décor qui sapait toute rêverie, mais Pierrot voyait toujours les choses par leur côté le plus imprévu ou le plus drôle. Et puis, il vivait avec presque pas de souvenirs, et ça m'allait, cet oubli qui nous environnait, notre enfouissement du passé.

Par ailleurs, Pierrot Lambert embrassait subtilement, en usant avec délice de ses lèvres fines. Ce qui ajoutait encore de l'agrément, car pour le reste, au lit, j'avais décroché un compagnon de plaisir plein de fougue.

Avec Pierrot, la vie se liait sans cesse à la poésie. J'ai aimé ça tout de suite. Souvent, on s'appelait pour jouer à rebondir sur les mots de l'autre. Il poétisait pour rire, poétisait comme on se marre au ping-pong.

– Allô ? Est-ce que je parle à la plus belle ? m'a-t-il demandé un jour.

– À l'auteure de ton bonheur insurpassable ?

– À la doublure de la perfection ?

– À celui qui veut tresser nos sèves ?

– À celle qui concasse l'ennui ?

– À celui qui ne sait filer que sur des voies parallèles ?

– À celle qui pigmente d'infini ma vie ?

On s'aimait bien, alors on a continué :

– À celui par qui la vie devient courage et fierté ?

– À celle qui est mon donjon de princesse ?

– À celui qui est mon pont-levis ?

– À celle qui me fait sauter la barre de mes ennuis ?
– À celui qui ne sera jamais à l'ancre dans cette vie ?
– À celle qui dit ce que le feu hésite à dire ?
– À celui qui est amoureux de la dynamite ?
– À celle qui ne m'a pas encore giflé aujourd'hui ?

Avec Pierrot, exister c'était conquérir les pouvoirs poétiques extraordinaires dont on se sent traversé les jours de sensibilité. La transhumance du jeu, du pas sérieux, était souvent au programme de nos conversations du dimanche, quand on respirait.

Fallait ça pour sauvegarder la famille Francœur, la longévité de mes liens avec mes sœurs.

Alors je n'ai pas fait attention au SMS que j'ai reçu de Pierre-Esprit : « Je vais vous envoyer une longue lettre car en fait tout commence. L'essentiel ne peut pas être raté. »

Survivre ici ? Compliqué, je vous dis !

De toute manière, je n'avais plus trop le choix.

Je devais déguerpir de Vire et imaginer la suite de ma vie ailleurs. Mon métier de remplaçante professeure de français, toujours à la merci d'une pénurie de boulot, m'avait estourbie de tracas. Les vacataires, l'administration usante fait volontiers joujou avec ce fretin, alors ça ne suffisait plus pour payer le quart de loyer à ma charge que je devais à la société HLM qui me tolérait encore. Le reste, les trois quarts, c'était la CAF[1] qui le réglait, au titre des APL[2].

Ce système de vacations précaires pour l'Éduc nat, ça vous rapetisse le revenu comme de rien. Gaspard m'avait achevée financièrement. À sec depuis le départ du Poussin, j'étais dans le rouge carmin à la banque. Au point que je n'arrivais plus tous les mois à couvrir le crédit[3] que j'avais contracté

1. Caisse d'allocations familiales, terminologie en usage au début du XXIe siècle.

2. Aide personnalisée au logement (APL), somme égale sur l'ensemble du territoire français, quel que soit le coût des loyers locaux.

3. La maisonnette m'avait coûté 89 000 euros avec les frais de notaire, soit 354 euros de remboursement par mois.

pour la maison de Lucette. Je n'osais plus les appeler ni décacheter leurs lettres reçues en rafales. Les pâtes, depuis un moment déjà, je les avalais avec des sauces courant d'air, en rêvant de côtelettes. Les farineux récupérés en loucedé à l'épicerie solidaire (on a son honneur), j'en avais fait le tour. Je n'avais pas de garantie d'impayés pour mon quart de loyer, je ne sais plus trop pourquoi, tout ça m'échappait.

Et comme le système est machiné pour t'assassiner quand tu te noies, j'étais au final archibloquée. Au bout de six mois, automatiquement, mon défaut de paiement me rendait redevable de la TOTALITÉ des six mois de loyer en retard, m'avait-on expliqué – et non du seul quart à ma charge –, ce qui aggravait sacrément ma dèche. Ah ça, ils m'ont fadée bien raide avec le coup des APL à rembourser dans leur globalité ! Et bourrée de lettres recommandées, à n'y rien comprendre, un tournis de paperasse. J'ai eu beau envisager de les gifler, je ne savais même pas qui gifler.

Qui a bien pu inventer une telle machine à péter l'espoir, à sophistiquer les emmerdes des filles seules ? Celles qui chipent un peu les maris des autres… Peut-être que le monde leur en veut pour ça.

Je savais parfaitement que le tintouin était absurde puisque, lorsque mon bailleur social demanderait à un juge mon expulsion de mon F2 de Vire, l'agacé requerrait la force publique. La musique du coup de pied au cul administratif, je la connaissais bien. À ce moment du délire procédural, le préfet Grandvoisin mettrait une condition à mon virage légal : que mon bailleur me dégote un nouveau logement… Comme toujours, il ferait alors un accord crapoteux avec un autre bailleur social qui avait son petit lot de mauvais payeurs. Eh oui, ces gens-là godillent dans l'absurdité en se refilant le stock des fauchés de France. Mais le résultat de ce bonneteau légal, c'est qu'il me faudrait changer de quartier ou de commune, et Dieu sait où le hasard administratif allait me limoger.

Nous vivons dans un pays où la bêtise – cette tentation irrésistible – aime à gouverner et enliser les petits dans des procédures qui justifient l'existence de l'État. Comme si le rêve de ces gens-là était de nous métamorphoser en fonctionnaires remplisseurs de dossiers jusqu'à l'infini, informatisés s'il vous plaît, parce qu'on a raffiné la torture et modernisé l'obsession du coup de tampon espéré. Pour essuyer ce calvaire, il faut dominer la bête informatique !

Alors épouser Pierrot Lambert qui avait un toit bien à lui, échappant à l'administration, pas loin d'un joli fleuve, c'était une sacrée bonne solution. J'en avais la tête tournée, d'apaisement.

Et puis j'étais quand même un peu enceinte par-dessus le marché.

Quand je suis partie, le Dudule m'attendait devant ma voiture. Il m'a offert un oiseau qu'il était allé dénicher dans un arbre, comme si je pouvais emmener la liberté de notre Normandie.

L'oiseau s'est envolé, le Dudule aussi, en larmes de mon départ soudain.

Pourquoi suis-je aussi touchée par ce garçon mystérieux dont personne ne connaît grand-chose à Maisoncelles ?

Le Dudule, il savait tout de nous. Il nous dessinait, nous chroniquait à pleins carnets.

Pierrot et ses potes

Pierrot Lambert, c'était un gars délicieux, poétique je l'ai dit, sensible aux papillons, amoureux des pétales et fortement burné – ce qui compte quand on les aime athlétiques et qu'on l'assume. Jojo Belle Gueule donnait son attention, son regard, donc sa valeur, à tout ce qui était vivant. Une graine de luzerne, mes lèvres douces, un ciel étiré, l'incendie de la lune, l'entremêlement de nos corps, ma manière bien à moi de soupirer. Pierrot machinait même des verbes avec les noms qui nous émouvaient : « Je te ciel mon amour », « Tu m'atmosphères mon amour »... L'enfance était pour lui une vertu poétique, pas l'enfance qu'on relègue dans l'ombre de l'oubli, celle qui surnage en nous et qui sauve par l'imagination des déconvenues qui nous désossent.

Lui ne disparaîtrait pas un jour au bout du globe en allant cueillir des cèpes.

Et puis, cerise sur le cake, je partageais ses valeurs, aux antipodes de celles d'un Pierre-Esprit, qui jamais sur sa maudite chaîne – que je regardais de temps à autre pour mater son physique croquignolet – n'évoquait les initiatives qui nous remuaient les tripes, à Mantes.

Chez Pierrot, rien ne ralentissait l'amitié. Lui et moi tenions en grosse estime sa tripotée de copains qui soignaient les déchirures françaises. Notamment Alaoui, un gars du Havre qui avait réinséré grâce à son club de boxe plus de mille mauvaises herbes, rien que ça. Remis au taf, les sauvageons ! Pourtant, il ne s'attardait pas à l'ornière des résultats. Alaoui agissait par élan, chevauchait son cœur. Des amis rebeus, blacks ou gaulois dans ce style, Pierrot en avait des caisses qu'il avait réunis dans une association au nom tout simple et digne : « Faire sa part ». Une bienveillance pleine de noblesse semblait rayonner par tous ses pores, à Pierrot.

Avec lui, j'étais écartelée entre l'avidité de connaître ses camarades et le désespoir de les avoir connus, car les rencontrer était toujours une collision avec l'étonnement. Ces astucieux-là s'étaient fabriqué une identité de secouristes de la société qui augmentait faramineusement leur valeur morale, ça c'était un fait. Une valeur certaine qui intégrait bien dans ce monde dur où faut avoir l'air gentil pour être invité à prendre le crachoir. Comme si la souffrance générale n'était plus tolérable qu'en faisant parler des escouades de boy-scouts.

Le principe de responsabilité individuelle ne fonctionnant plus trop, il fallait qu'en France des altruistes l'incarnent pour qu'on ne finisse pas tous trop désespérés.

Et puis ils étaient si différents de Pierre-Esprit. Ils ne croyaient pas tous, les potes de Pierrot, que la démocratie bienheureuse s'accomplirait en se convertissant au post-nationalisme diversitaire cool ou en s'engageant (sans trop d'humour, faut bien le dire) dans la déconstruction du masculin et du féminin (avec un e obligatoire à la fin des mots genrés et autres griseries modeuses), ou qu'on devait marquer sa rupture avec l'ethnocentrisme parce que tel était le sens obligatoire de l'Histoire qu'il fallait réciter désormais.

Ces rigolos trouvaient surtout jouissif de se poiler, de se faufiler loin des pensées des casse-couilles multiculturalistes ! Ils étaient libres, dépourvus de panoplie idéologique, affranchis des tics intellos. Ça me faisait des vacances.

La lettre de Pierre-Esprit

La lettre que Pierre-Esprit m'avait expédiée, je ne vous en ai pas parlé parce que je ne savais pas trop quoi en penser. Un texte véhément qui m'avait laissée rêveuse, et le bas du ventre...

Les hommes et leurs désirs, j'avais appris à m'en méfier. Aucun type poilu ne peut imaginer ce que c'est que d'avoir été grasse de chez grosse, fille qui s'empiffre comme si elle avait le ténia, invisible pour ainsi dire, et puis d'avoir une beauté conquise. Ça vous fout la colère dans le sang tellement l'injustice d'être obèse, ça carnage le cœur pour toujours. Pendant les années décisives d'esquisse de ma féminité, la rondelette que j'avais été avait essuyé le dédain masculin, façon t'existes-pas.

Sur l'ami Tinder, la demande de filles raffinées comme moi était plutôt mince. On tombait dans une trappe d'algorithmes, alors que moi qui aime frivoler et ne méprise pas la soumission espiègle, j'aurais bien voulu être une tentante, la damnée chérie des boys du canton. Il faut avouer que la gent masculine niqueuse, du Calvados ou des autres départements mitoyens, ne convoite jamais mon âge ni mes formes.

Passé vingt-deux balais – le début du grand âge, me direz-vous –, on vous y black-liste sans préambule. Sur la Toile, vous disparaissez l'air de rien dans la brume où gisent les vieilles pommes qui se réfugient dans la philosophie de haute volée, garnie de citations zen partagées en vrac sur les réseaux entre copines un peu girondes. Même votre corps, soudain, n'est plus consommable ni même vendable sur le marché de l'orgasme au temps du capitalisme dévorant. Comparatif oblige avec les seins neufs et les gonzesses qui ont des coiffures genre calamar sexy sur le crâne. L'offre et la demande, ça marche pour tout… Et quand je franchissais l'étape du coup de fil introductif, mon reste d'accent du bocage réduisait direct mes prétentions. Pour avoir envie de croquer, il leur faut du simili-Parisienne, les salauds, pas de la rurale blette.

Alors, ça m'avait rendue circonspecte face aux mâles en chasse. Au point que cette lettre de Pierre-Esprit, pas trop mal tournée, je l'ai lue avec distance :

Impossible Kelly,

Femme de contraires, de synthèse, rejoignant les oppositions, je n'ai jamais jeté sur le monde un regard inattentif.

Moi non plus je n'aime pas qu'on nomme « populisme » toute tentative de restaurer une vraie démocratie, que l'on qualifie de « tyrannie de la majorité » les envies de la nation ou que l'on traite de « déchéance réactionnaire » l'appétit de cadre national républicain – même si je suis européiste par toutes mes fibres.

Malgré mon métier d'épileptique, je ne vis pas sous la dictature de l'instantanéité, rassure-toi. Certes, l'extractivisme hystéro du journalisme prélève chaque jour des fragments du réel, des rations d'infos non connectées, mais cette débilité m'est étrangère.

En fait, j'ai toujours goûté les leçons de choses larges et précises qui relient les points, qui font sens. J'aime entrer dans le dessin ample de la vie – « the big picture » *– en accueillant les faits d'observation comme ils viennent sans les typologiser.*

Je suis d'une étrange nature, en fait.

Double comme toi, je suis d'un côté un pur idéaliste, de l'autre un obsédé d'observation méticuleuse, habité d'un rare réalisme sensuel, émotif à l'extrême, disent certaines. À la vue d'une personnalité brute dans ton style, non taillée par une éducation sèche, j'éprouve un ravissement intérieur dont peu de gens sont capables de faire l'expérience. J'aime le poème des êtres entiers, en détailler chaque vers.

En te découvrant sans fard – oui je te tutoie puisque j'ai vu ton derrière rond, exquis – dans le cellier l'autre jour, voilà ce que j'ai aperçu : une femme impossible car plus-que-vraie, un Mikado d'incompatibilités. Tout ton être exaspère et s'exaspère d'exister, vadrouille dans l'incohérence, rouscaille dans des élans contraires qui te freinent. Tu ne désires, Kelly, que pour te brimer, ne déclares que pour te contredire et ne bondis dans une direction que pour piler. Tu te vantes pour sombrer ensuite dans l'excès d'immolation.

*Tu es à la fois une brise de Stendhal et des embruns d'*Hugo *qui n'est pas de notre taille, qui voit trop grand pour nous. Tu as une ouverture de compas extraordinaire.*

Tu es odieuse.

Tu n'es qu'une liberté factice, un enfermement cultivé, un réservoir de fantasmes qui resteront des fantasmes (à moins que...), un sac de peau douce qui regorge de contradictions urticantes, un oxymore humain, une dépressive enthousiaste, une cynique ingénue, un mensonge ambulant qui affirme dire la vérité, une somme d'autopersuasions, une inattentive surattentive, une addition d'allers et retours, une infidélité honteuse à ta sœur égale à ton taux d'adhésion aux valeurs familiales, un coefficient d'incohérence inouï, une hystérique qui met la décence en vacances dès que cela l'arrange et... une gifleuse de quiconque lui parle net.

Mais enfin, que veux-tu, petit hiéroglyphe ? Énigme au joli cul ! Adepte du trifouillage affectif ! Toujours à énerver les êtres clairs !

Derrière les tonneaux de cidre, en planque, comme on dit dans mon métier, j'ai bien compris qu'il y a pour toi une part d'insoutenable dans le réel. Il te faut tout réinventer, refignoler à ta façon, sublimer. J'ai bien deviné que pour toi l'essentiel, c'est de savoir vivre follement. Je l'ai vu à tes volte-face que tu ne peux pas te contenir sans avoir le sentiment de te dégrader. Tu aspires à l'intensité à gogo où rayonnent le sublime et la grâce, où exultent le désir et l'érotisme, où s'élèvent vérité ardente et liberté frénétique.

Tu ne veux que ça, un amour qui désavoue la tempérance, quelque chose qui renonce à une tranquillité agréable. Tu vomis les cœurs rigides, affligés de déceptions, fossilisés. Tout chez toi exige la passion, un flot de démesure. Tu es au-delà des inhibitions des amours d'occupation, de l'érotisme avare. Pour toi, la pudeur n'est pas une vertu, mais un fardeau.

Pour toi, ne pas aimer en liberté n'est pas aimer.

En gros, tu es... la dernière des emmerdeuses.

Un gisement de reproches, un catalogue de chienlit.

On te croit jonquille, alors que tu es cactus.

Tu as la crampe de l'inconfort, la passion du compliqué, le gène du cafouillage.

Alors je te quitte avant de t'avoir aimée, Kelly. Parce que je suis vacciné contre l'emballement, et contre la sottise des transports déments.

Je te quitte préventivement pour ne pas laisser s'évaporer notre amour éventuel. Peinard, je vais laisser dessécher ma folie, à la cool. Je ne veux pas finir hurluberlu en face de toi. Parce que je t'aime trop pour tomber sous ton joug de midinette inqualifiable de niaiserie.

Si je te dis que tu es dingue, tu me répondras que tu es une amoureuse et que c'est bien la même chose.

Tu m'es insupportable.

Pourquoi diable ne plies-tu pas comme tout le monde devant la médiocrité ? Tu me fais chier avec tes élans béliers, tes rêves excitants et tes yeux qui crient braguette.

Je plains quiconque t'aura sur les bras plus que dans les bras.

Un jour, lorsque tu auras fini de te raconter des histoires, tu rencontreras un homme, mais pas avant que tu sois morte de faim – carencée d'amour et d'authenticité réelle, simple. Cet homme-là suspendra en toi un fil à plomb qui t'alertera dès que tu ne seras plus droite.

Pierre-Esprit qui ne t'aime pas.
Pierre-Esprit qui ne t'aime pas,
qui ne t'aime pas.
Et qui ne t'aimera jamais.

« Des yeux qui crient braguette... »

Ça se voyait donc tant que ça que je le désirais et que j'étais désireuse d'être empoétisée par un baiseur d'élite ?

Cette lettre, je ne l'ai pas jetée.

Non mais de quel droit me tutoyait-il, ce prétentieux ?

Il aurait mérité quelques claques, ou des roucoulades tendres, ou les deux.

Cet homme-là, je ne comprenais pas tout ce qu'il me voulait, mais Dieu qu'il était beau. Et puis intense comme j'aime. Quand on me cause comme ça, mon cœur bat la breloque. Je m'anime d'une double vie, sans le vouloir. Je suis incorrigible. Je n'osais même pas le raconter à Leïla et à Zazie, mes potesses de cœur toujours à me gourmander, à me traiter de sagouine sensuelle.

De toute manière, depuis Gaspard et ses entourloupes, elles me disaient que je ne pariais que sur des fuyards, des petits esquiveurs, l'écume de Tinder, les rogatons de la Toile, des dériveurs en vrac qui se maquillent des profils trop avenants. Que des pauvres gars dont on ignore bien le pedigree, de la rencontre non filtrée par des amitiés communes.

Alors que pour mon Poussin, ce n'était pas le cas.

Le chic Gaspard, je ne l'avais pas pêché sur une appli de rencontres, mais dans un groupe Facebook de soutien à la permaculture. Un groupe que je fréquentais dans le McDo de Vire, où il y a du réseau et le Wifi gratuit. Un groupe où on demande conseil à la communauté, à la cool, pour identifier une plante, connaître une technique de semis ou de remplissage de bac hors-sol. J'avais lancé un appel à l'aide pour garnir un bac, justement, que j'avais installé dans le jardinet de Leïla. Sur l'herbe gazonnée, je voulais déposer une couche de cartons, puis du bois de forêt ou des copeaux obtenus par la taille des arbrisseaux de Leïla, puis de la paille, puis une couche de terreau, etc. Ayant indiqué que je respirais (mal) dans le Calvados, je reçus aussitôt un commentaire :

« Vous êtes de quel coin du 14 ? J'habite Saint-Michel-de-Montjoie.

– Mon bac est à Saint-Michel ! Waouh ! » avais-je aussitôt répondu, guillerette.

Un amateur de permaculture de Saint-Michel-de-Montjoie à nœuds papillons, ça ne m'avait pas paru un gros compliqué doté d'un passé complexe, frauduleux. Plutôt un profil rural de bonne compagnie, en paix avec mère Nature comme avec lui-même, vu l'ambiance fleurie et horticole de ce groupe Facebook.

Mais qui de nos jours a encore une trajectoire apaisée ?

Ma Zazou

Zazou, elle était établie près de Crozon, dans le Finistère. Son Loïc à elle était CRS, eczémateux, souvent parti en mission loin de son cœur (et de ses urgences sexuelles, Zazou elle avait des fringales pas dicibles qu'elle éteignait de façon créative). Pas simple d'aimer un mâle dont on planque le boulot. La boule au ventre ne la quittait pas trop, Zazie : un banal contrôle routier pouvait si vite virer au cafouillage sanglant. Mais elle avait toujours réussi ses couples car elle offrait aux hommes ce qu'ils voulaient ces simplets : une dévotion admirative exempte du moindre reproche, purgée du moindre désir de les changer. Ce qu'ils aiment, quoi. Aucun de ses chéris ne l'avait trompée !

Quand je l'ai appelée, elle était rétamée d'émotion au bout du fil. Le cousin de son Loïc était décédé le matin même en chutant de son toit percé qu'il réparait vaille que vaille – trop cher de faire intervenir un artisan, même au noir – et elle ne dégotait pas de médecin pour constater le décès au domicile. La grande formalité qui empêche d'entrer spontanément dans l'éternité, l'ultime coup de tampon de l'État centralisé.

Gwen, l'épouse du cousin, se sentait abandonnée.

Le SAMU refusait de se déplacer pour « ça », l'équipe ne se spécialisait que dans les vivants, vu ses maigres effectifs. Les cadavres, ça pouvait bien attendre.

Douze heures s'étaient écoulées, par 37 degrés, et toujours pas de toubib pour signer les papelards autorisant l'inhumation légale. L'odeur montait. Bientôt les vers ? C'est que ça rapplique vite et en grand nombre, ces bébêtes, par temps d'orage pour s'enfiler nos chairs.

Elle vivait dans « un désert médical », le marigot dangereux quoi, cette sorte d'alentour où on peut calancher d'un infarctus réparable à Paris. On y mourait d'être provincial dans ces zones, victime d'actes qu'on n'aurait pas commis si on avait eu les moyens de ne pas les accomplir. La Gwen désemparée de chagrin se sentait délaissée, soudain dans un drôle de monde, complètement déshumanisé, m'a dit Zazie tout émue. Même le respect des morts n'existait plus dans ce recoin plumé de France, où séchaient des résidus de toutes classes.

Le curé du cru les avait juste rappelées vitement, Gwen et Zazou, pour leur déclarer que la messe d'enterrement ne pourrait pas avoir lieu dans l'église de leur village. Le diocèse regroupait les enterrements dans des communes dites de référence. Même Dieu, on le rationalisait pour la populace, fallait faire des économies sur les sacrements.

Cet enterrement « délocalisé » la bouleversait. Dans la famille de Loïc, on avait pourtant toujours dit adieu aux siens au son de la cloche fêlée du village, fêlée en 1794 par les Bleus qui avaient fait irruption pour écorcher du catholique insoumis.

Mais Zazou a fondu en larmes au bout du fil pour une

autre raison, plus embêtante et récente. Pourtant, c'était une dure ma Zazou. Aux urgences où elle faisait des remplacements, elle se faisait insulter journellement en se demandant chaque jour si quelqu'un allait la frapper. Les temps d'attente lui avaient forgé le caractère, comme les souffrances de son CRS d'époux. Mais là, ça passait les bornes.

Infirmière libérale d'origine slovène, de Ljubljana, belle bourgade, fille d'un professeur de français fou de Queneau, exerçant en France depuis dix-sept années déjà, mariée à un flic breton et mère de deux minots français (Marie-Annick et Erwan, pas plus beurre salé), on venait de lui refuser sa naturalisation au motif... qu'elle travaillait trop la racaille maudite. La Direction des migrations et de l'intégration de la préfecture de Quimper était formelle : Zazie, c'était une hors-la-loi. Une fieffée contestataire de l'ordre légal, ma tendre amie.

La lettre officielle signée « Pour le préfet et par délégation » qu'elle m'a lue au téléphone m'a laissée sans timbre, carrément estomaquée :

Outre l'emploi que vous exercez en qualité d'infirmière au sein de la clinique Armen depuis 2011, vous effectuez en parallèle des vacations au sein du Centre hospitalier intercommunal de Quimper et à la Fondation A. de Mortebise sise à Douarnenez. En 2018, vous avez effectué en moyenne par mois 119 heures de vacations. Vous cumulez donc trois emplois pour une durée mensuelle de 271 heures de travail. Vous êtes ainsi en infraction au regard de la réglementation sur le temps de travail en France. Nous ajournons donc votre demande à deux ans en application de l'article 44 du décret n° 93-1362 du 30 décembre 1993 modifié. À l'issue de ce délai, vous pourrez déposer un nouveau dossier.

Ma courageuse Zazie était en larmes.

Elle avait trop bossé la fripouille, trop soigné son prochain catholiquement, trop payé de cotisations sociales la garce, la brigande, l'incivile citoyenne qui avait piqué le boulot des bons Français !

Naïvement, Zazou avait cru que son opiniâtreté à bosser serait récompensée et non sanctionnée par la République, fière de compter parmi les siens quelques obstinés. Que nenni ! La France moderne, en perdition, préférait des chômeurs sans aucune formation qui ne travailleraient sans doute jamais et qui vivaient d'aide sociale que les Zazou payaient, ou bien de rapine et du shit. On était chez les dingues saturés de règles, les courtelineux qui ont oublié à quoi sert un État, la finalité de l'édifice dispendieux quoi.

Quand elle s'était déplacée à la préfecture, tourneboulée à bloc, croyant même à une boulette, une telle décision ça ne se pouvait pas sur la terre de Jaurès, ma Zazou avait eu le sentiment de paraître totalement étrange au fonctionnaire Tartemolle du Service des migrations et de l'intégration. Le rouquin propre sur lui, quarante ans d'observation des réglements, se tenait parmi les classeurs dans un décor de verre, infiniment pur à voir. Ce perfectionneur d'emmerdes avait insisté sur l'absolue nécessité d'observer les lois avant de solliciter une naturalisation, que c'était comme ça pis voilà.

Le courage ? L'élan altruiste ? Ce n'était plus d'actualité dans cette République paperassière. Il fallait juste être conforme aux normes qui empêchent les gens de vivre.

Inaccessible à son petit dévouement, aux valeurs qu'exprimait son dossier noble, à la vérité de son ardeur donc, le rouquin l'avait même enguirlandée, chiffres à l'appui, martelés comme autant de clous pour crucifier son inconduite vérifiable :

« 271 heures par mois, ça fait 60 heures par semaine, vous êtes même au-dessus du maximum fixé par l'Union européenne, soit 48 heures. Vous voyez l'infraction, l'énormité de la faute ? Donc oui effectivement, madame, vous travaillez TROP avec les risques que ça représente pour votre santé et votre vie personnelle. Vous êtes hors la loi !

– Je n'ai rien commis de mal, monsieur, rien d'incivil : j'ai pris soin de patients, de gens souffrants. Je n'ai pas troublé l'ordre public. J'apporte au pays mon courage, ma motivation.

– Vous devez, madame, vous mettre en règle en demandant l'autorisation de cumuler les emplois et réduire drastiquement votre temps de travail. Est-ce si difficile à comprendre ?

– En libéral, comprenez monsieur qu'on fait des heures parce qu'on a des charges. Et puis y a des heures de trop qu'on doit faire, fatalement, pour les patients qu'on ne peut pas abandonner à leur souffrance. Les effectifs sont réduits dans tous les services, surtout aux urgences. Et on ne lâche pas un patient en cours de soins comme on éteint un PC, vous comprenez ?

– Je comprends que vous dépassez la norme européenne », lui avait rétorqué le type de la préfecture qui, lui, devait travailler moitié moins qu'elle.

Ce dialogue de frappadingue l'avait glacée, Zazou, tout comme l'impossibilité de trouver un médecin pour constater le décès du cousin de Loïc dans un délai décent, par une journée caniculaire.

Au téléphone, Zazie avait causé de ce refus de la préfecture avec Loïc, en déplacement pour contenir un flot de paysans rebelles. Mais son gars, me disait-elle, ne pouvait pas l'aider pour qu'elle travaille moins. Son employeur, l'État, refusait de lui régler son ardoise formidable. Loïc avait déjà accumulé un stock de 1 400 heures supplémentaires, car dans sa section il y avait toujours des gars blessés, tousseux ou en formation. 111 000 policiers et gendarmes attendaient comme Loïc que l'État leur paye 274 millions d'euros d'heures sup impayées[1], accumulées depuis des lustres. L'État, lui, s'était donné le droit de s'installer dans l'illégalité longue durée, peinard.

Son Loïc n'en pouvait plus de ses conditions de travail imprévisibles, de ses horaires effarants, des week-ends qui sautaient, de ses heures sup jamais payées, même si dans sa compagnie républicaine il n'y avait eu qu'un seul suicide depuis le début de l'année, qu'il disait pour se réconforter. Pensez donc, qu'un seul ! Maigre chiffre, à peine funèbre. Un petit gars du Berry dont la chérie, fragilette et vagineuse, avait craqué. Elle s'était barrée avec un dealer qui claquait à profusion à Rennes, lui, un rupin bardé de biffetons qui n'était pas toujours à rabioter sur tout.

Loïc s'inquiétait aussi qu'on les eût dotés d'un fusil de guerre HK G36 qui équipe la Bundeswehr, tirant du 5,56 mm en rafales, sept cent cinquante coups par minute, plus fait pour exercer une pression de type militaire sur une population

1. 19 décembre 2018, *Le Monde* : https://www.lemonde.fr/police-justice/article/2018/12/19/le-gouvernement-prevoit-un-calendrier-pour-le-paiement-des-heures-supplementaires-dans-la-police_5399679_1653578.html.

à asservir, envisagée comme un adversaire guerrier, que pour encadrer les citoyens d'une république ordonnée par un État de droit gentillet. Le HK G36, ce n'était pas un truc de Playmobil qui fait trempette dans un évier. Était-il normal de faire d'eux, les CRS, une troupe d'occupation ainsi outillée ? Sans que rien n'ait été discuté au sein des compagnies dites républicaines.

Mais elle a ajouté au téléphone que son Loïc s'angoissait surtout parce que sa compagnie, toujours à transhumer, à surveiller la Bretagne en pétard larvé depuis la grande révolte des Bonnets rouges et les humeurs des écolos rebiffards de Notre-Dame-des-Landes, avait touché une poignée de véhicules dits de reconnaissance qui avaient un maudit souci au niveau de la sortie des gaz d'échappement.

La tubulure était trop courte, figurez-vous. Elle laissait pénétrer des gaz dans l'habitacle quand le camion était à l'arrêt, moteur tournant. Ça les gazait à petit feu, les gars. Surtout quand la clim tournait fort, pendant les canicules où le climat se détraque de trop. Loïc avait dû aller consulter le médecin de prévention de la zone ouest pour nausées et troubles de la respiration. Loïc, fils de pêcheur, ce n'était pas une nature fragile, mais là, il avait tourné de l'œil, gazeux. Son syndicat avait exigé le retrait des véhicules foireux le temps de la réparation, mais ça ne bougeait pas. Aucune réponse de sa hiérarchie. Fallait-il que son unité invoque l'arme atomique des CRS, le droit de retrait, avant d'être gazés ? se demandait Zazou, rongée de trouble.

– Qu'est-ce qui se passe en France ? a-t-elle murmuré. Qu'est-ce qui ne tourne plus rond, tout à coup ?

– Je ne sais pas…

– On était quand même le pays de la liberté.

– On était. La demande de sécurité est passée par là… emportant les digues.

– Et toi, au collège ?

– Euh… Y a un voyage linguistique de programmé, à Londres. Mais pas pour les élèves cabossés qui sont en Segpa. Ils resteront seuls à tournoyer dans la cour, punis d'être pas comme les autres. L'administration a dit que pour ceux-là, y avait rien de prévu parce que les déplacer suppose des tas de trucs réglementaires. Ils seront dans la cour.

– Un jour, ça va mal finir… Loïc le dit aussi. Pourtant, on espère en Dieu. Parfois, j'ai peur qu'il fasse une connerie avec son arme de service, comme les collègues qui craquent. Ou qu'il imite Gaspard[1]. Je supporterais pas ce qui t'est arrivé, un départ sec, sans explication. Comme si t'existais pas, Kelly.

Pour lui dire qu'elle existait bien ma Zazou, je lui ai fait expédier un bouquet de roses par Internet, le premier prix, mais ça n'avait pas d'importance. S'entr'aimer, c'est faire des petits pas de côté, se distribuer des attentions qui sont autant d'étincelles du feu de l'amitié qui embrase nos âmes, et de plusieurs n'en fait plus qu'une.

---

1. En France, 40 000 personnes disparaissent chaque année, dont 10 000 définitivement, soit 100 000 tous les dix ans.

Le 6 h 12 de Mantes

Mon gentil Pierrot, c'était un prévoyant. Mal lui en a pris.

Éclairagiste pour des salles de spectacle à Paris, il avait eu l'idée pas bête de s'endetter pour monter un lucratif commerce de fleurs dans un recoin des Yvelines qui en manquait, en bordure d'un champ. À un jet de pierre d'un quartier coquet où les dames s'en faisaient offrir à pleines brassées près de Mantes. Dans ce coin, il y avait encore des femmes qu'on chouchoutait.

Naturellement, il avait fallu respecter les normes coûteuses à un degré de malade, se plier à l'insensé administratif qui est une taxe invisible, vu le temps que ça dévore le soir ou en journée. Une taxe insoutenable pour ses finances au ras de la faillite.

Tout avait failli tourner désastre quand un fonctionnaire avisé avait mis son veto pour bloquer l'ouverture du magasin, étant donné que le plan incliné pour les fauteuils roulants était en infraction de 0,8 degré. Ah ça, il nous avait pas loupés, des fois qu'on aurait été heureux de nous en sortir. Or on n'avait plus de blé pour réparer l'erreur criminelle à châtier, le 0,8 degré. Et impossible d'assurer le stock et les murs et le toutim sans ce maudit papelard autorisant. Impossible aussi d'ouvrir légalement pour faire rentrer des sous afin de mettre ça aux normes... Alors on avait décidé d'ouvrir à la sauvage, avec la terreur que l'État nous redresse de façon létale. Mais on avait été chanceux, on était passés entre les gouttes, on avait réussi à vendre assez de bouquets pour se payer le 0,8 degré à réparer qui faisait de nous de sacrés délinquants. Pour réussir ce tour de passe-passe, on avait dû mentir à quelques administrations, en fripons.

La folie de nuire aux gens, ça s'arrêtera un jour ?

Mais finalement ça roulait bien, le petit business parallèle de Pierrot rempli de pétales, et ça lui faisait un fonds à revendre plus tard quand il aurait épongé ses dettes, un pécule à venir pour sa retraite maigrelette. J'en tirais aussi un petit bénéfice : des bouquets jolis gratos, j'aimais ça. C'était pas Didier qui m'en offrait, occupé qu'il était à être fidèle à Cerise et à son catéchisme pychologisant tout.

Mais on vit en France, alors ça s'est gâté.

La commune jouxtant Mantes n'était pas dans les clous quant à son quota de HLM. Elle avait dû bâtir à la hâte, l'indocile rétive aux réglements, une cité d'immigration pas trop clapier, jolie d'aspect même, mieux que le Val-Fourré maudit, juste en face du champ où Pierrot avait établi son petit commerce. Une cité trop vite érigée, vite décatie, vite transformée en « four » (supermarché-libre service de la came). Une cité qui a illico ramené une faune pauvre et humiliée, rebelle à nos usages, rustre à l'endroit des militantes féministes et des flics mal élevés inquiétant les mères, avec des rodéos le samedi soir et des mômes dealers par nécessité qui barbouzaient la rue en soumettant les adultes à leur loi pas chiquée. À douze ans, ça prétendait déjà être victime du système, de racisme frontal, de discrimination à l'embauche, à douze piges ! Ces gamins tôt humiliés, privés d'enfance, viscéralement homophobes et parfois misogynes, avaient intégré des discours qui les dépassaient. Dans le lot, on comptait pas mal de parents miséreux aux pieds fourbus venus de l'enfer, poussés par l'ouragan de la misère africaine. Des hommes d'arbres et de cognées pour beaucoup, capables de tenir tête à la nature.

Pourquoi ces adultes-là, si solides là-bas, avaient-ils à ce point baissé pavillon ici face aux ados ? et renoncé à cette sûreté qu'on appelle la paix civile ? Fallait-il qu'ils soient perdus au-dedans d'eux-mêmes, et méprisés, assignés à leur identité de misère et comme voués aux tafs de merde.

Au final, les lampadaires du quartier furent détruits. Dans le noir, il y eut pas mal de voitures incendiées avec prise à partie sévère des équipages de la BAC lorsqu'ils repéraient les lieux avant l'intervention des pompiers qui ne sortaient plus qu'escortés, assorties d'attaques au mortier et de tirs tendus de feux d'artifice sur la police, de jets de cocktails Molotov et de pierres avec attaques de véhicules par des individus cagoulés ou masqués. Pris dans des guets-apens guerriers, les policiers équipés mais mal ignifugés reçurent également des palanquées de pavés stockés dans des caddies. Une plaque d'égout fut jetée d'un balcon sur les pompiers. Les assauts furent à chaque reprise repoussés grâce à des grenades de désencerclement et des lanceurs de balles de défense. Les réseaux sociaux ameutèrent des grappes de jeunes masqués, le shit dans la chaussette, victimes du seum.

On était encore dans la fiction de la production d'un désordre. Puis ça dégénéra volontairement.

Un bâtiment tout neuf d'une association de cirque flamba nuitamment, privant la population de cet équipement. Des scènes de sédition relayées sur les réseaux décrivirent la cité comme « Gotham City », la ville où respire Batman et où sévit Joker, en répétant « chez nous ça brûle » et en dénonçant « la faute aux contrôles d'identité ». La rue retentit d'incessants et sonores « fils de pute », « enculés », « Joker vaincra ». Les nuits de guérilla s'accumulèrent à Grigny (91), à Étampes (91), aux Muraux (78), à Émerainville (94), à Noisy-le-Grand (93), à Champigny-sur-Marne (94) et à Mantes-la-Jolie (78). La ronde banale, partout la déferlante de haine des forces de l'ordre et l'obsession de la « défense de son territoire », partout l'idée manipulée par des idéologues cachés derrière des cartes de presse que ces actes « de résistance » contre « un corps hostile aux libertés » étaient légitimes, ben voyons.

Tout le monde savait que pour « infraction volontaire envers une personne des forces publiques », les prévenus – si on en chopait – s'en tireraient avec deux rappels à la loi et un petit mois avec sursis, pas avec les cinq ans de prison prévus par le code pénal. Et que le droit à la légitime défense, les flics n'y avaient pas droit dans les faits. Leur hiérarchie – ou qui ? – préférait qu'ils brûlent de temps à autre dans leur bagnole usée.

Il y eut alors assez de poursuites avec les flics à paye de merde – deux en gardèrent le visage gravement calciné – pour qu'il y ait accident de scooter. Choc tellurique de la folie et de la préméditation. Un jeune perdit la vie comme de coutume, Alassane, écrabouillé par le poursuivant. Les os de la colonne craquèrent. Son ami Alahou en réchappa de justesse. Fallait en sacrifier au moins un sur l'autel du business de la dope. Émeutes organisées, d'une violence non domestiquée. L'enfer s'en est réjoui. Le tintouin méthodique afin que les dealers puissent cartonner tranquillou, à l'ombre du décès d'un beau jeune homme. Réglé comme du papier à musique funèbre. L'affaire avait fait du petit bruit sur la chaîne de Pierre-Esprit. Les poulets du coin s'abstinrent de remettre les pieds dans cette cité, même casqués, et la clientèle de Pierrot déguerpit du quartier. Tu parles d'une atmosphère ! Ils n'allaient pas tous les jours monter des opérations de contre-guérilla analogues à celles des militaires en OPEX dans le Sahel, pas tenables sur le long terme. Les flics de la PJ, y en avait même qui réclamaient pour les pots de départ que les merguez des barbecues ne soient pas touchées par des mains de femme.

Et puis un préfet, c'est aussi noté sur sa capacité à garder le calme dans son département – au prix d'incroyables compromissions et arrosages coûteux d'associations douteuses censées *calmer les esprits.*

Privé des bienfaits de la diversité heureuse, victime directe de l'immigration turbulente et shiteuse, avec trafics tolérés par la République juste devant sa boutique, c'est lui, Pierrot, qui avait dû régler une partie de la note. Il a donc fait faillite mon Pierrot, et les dettes, il allait se les manger gentiment pendant les dix-sept prochaines années, à rembourser un bien qui avait disparu de la circulation, du pur néant désormais. Puni d'avoir entrepris, il a été, en galérien victime de l'État. Comme ma Zazou avait été sanctionnée de « travailler trop » par la préfecture sourcilleuse, ivre de règles. Et moi je ne pouvais pas l'aider, parce que j'avais déjà le crédit de la maison de Lucette sur le dos.

Mais qui donc, en France, pense aux conséquences des lois gentillettes ? Y a-t-il encore un pilote tout en haut à baffer, quelqu'un qui s'avise de ce que le peuple tendu endure de tous ces textes empilés ? de toute cette chiasse législative qui enraye nos vies et qui les bousille lentement ? Comme ce décret qui empêchait Zazie, prodigieusement intégrée, épouse de CRS dévoué à sa matraque, de devenir française car elle trimait trop.

La législation bienfaisante avait eu la peau de Pierrot. En France, c'est toujours une loi qui veut votre bien qui vous tuméfie, puis vous punit. Une loi de plus qui, isolément, aurait pu avoir ses jolies raisons mais qui, couplée aux autres, fabrique l'écheveau du délire et ses contrecoups, et finit par nuire aux vivants. Et par empaffer les braves gens.

Pierrot croulait donc désormais sous une dette bien réelle qui, mois après mois, érodait son petit pécule habilement gagné. Tout ça pour loger de l'aussi miséreux que nous en fait, désormais. Faudrait-il qu'on se sépare de notre maisonnette pour faire face à cette créance désormais vide de sens ? Lui, sans relation aucune, qui entendrait sa détresse de miteux ? et le poids extraordinaire de sa dette provoquée par la politique d'immigration sans limite ?

Des emmerdes, on croyait qu'on ne pourrait pas nous en fourrer davantage.

Mais au même moment, le Paris des écolos qui ont peut-être raison de vouloir déranger l'avenir – je sais, « on ne négocie pas avec la cata climatique » – a eu l'heureuse idée de changer les règles de stationnement dans le 75, au motif verdoyant que les transports en commun, c'est mieux pour nos bronches gavées de microparticules. Pierrot et moi, on n'avait rien contre l'idée de sauvegarder l'aération du globe et un peu de glace sur les pôles, mais dans les faits, Pierrot ne pouvait pas les prendre après le boulot, ces transports usés, mités, pas climatisés comme les TGV qu'utilisent les heureux des grandes villes. Au sortir des spectacles qu'il éclairait dans la capitale, il n'y avait tout bonnement plus de trains pour Mantes-la-Jolie. Trop tard. Pierrot devait donc faire usage de sa Peugeot pour rentrer s'affaler chez nous et m'aimer un peu au passage. Pas le choix, donc. Mais il devait casquer le tarif extraordinaire des non-résidents. Un tarif risible tant il dévalisait le pékin qui moisit hors périph. Un tarif parisien si disqualifiant pour le banlieusard que ça lui a diminué d'un quart son revenu de 1 400 euros. Comme ça, 350 euros d'un impôt qui ne dit pas son nom ! Ciblé sur les gueux sans riposte. Sans coup férir, à la loyale, dans la bonne humeur des écolos et dans l'indifférence de la presse plus tourmentée par la qualité de l'air respiré par le bobo que par nous autres, les refoulés au-delà de la petite ceinture par les mâchoires de la spéculation. Au moment où les dettes de sa boutique disparue nous tombaient sur le râble, ça a nettement érodé sa poésie et tempéré la mienne. J'en devenais nostalgique des fous rires de Pierre-Esprit, de sa légèreté andante.

D'autant que j'étais de plus en plus enceinte, un tantinet nerveuse donc, en quête d'un lopin de sécurité. Et que moi j'avais un revenu plus qu'aléatoire, selon les remplacements dispos. Remplacements que j'avais un mal de chienne à prévoir. Des heures que je passais à attendre sur le disque du standard du rectorat pour plaider ma cause avant de me faire raccrocher au nez. L'État, c'est le pire des employeurs, le plus usant. Sans compter les heures à préparer mes cours en m'escrimant sur les sites opaques et byzantins des éditeurs scolaires qui rendent tortueux l'accès aux exercices corrigés ! À vous donner des envies de pendaison.

Alors, sur le quai du 6 h 12 de Mantes pour aller trimer à Paris – je m'étais levée à 5 heures, on avait donc peu aimé l'amour (je l'avais juste gâté prestement mon Pierrot dans mon demi-sommeil, pour l'apaiser) puisqu'il était rentré à 1 h 32 –, j'ai éclaté en sanglots quand j'ai appris qu'il était annulé, ce foutu train, à cause des travaux sur la ligne. Une fois de plus, celle de trop. Ça faisait déjà trois fois cette semaine que j'encaissais cette info de dernière minute. Un article du *Parisien* édition locale m'avait bien avertie que la rénovation de la ligne ne pouvait pas être accélérée car les travaux se hâtaient déjà pendant la coupure nocturne, entre 0 h 10 et 5 h 10, avec toujours de légers retards techniques crispants, mais qu'est-ce que ça me faisait à moi de le savoir ?

Autour de moi, le climat était orageux dans la gare.

Un piano en libre service avait été défoncé, comme s'il avait fallu faire taire la poésie dont il était porteur.

Ce matin-là, aucun agent d'accueil n'était présent pour vendre des billets derrière le guichet. Je vous laisse un peu imaginer l'état d'énervement de certains passagers. Un vitupérateur s'est même mis à taper sur la vitre quand une nana fluette s'est pointée avec une casquette : « Je vais te tuer, je vais te tuer ! » Choquée, elle a tenté de s'expliquer. La fille, je l'ai réconfortée, comme ça, un câlin sans réfléchir. Elle a eu l'air étonnée qu'on la considère. Un jour, ça va mal finir dans cette gare-chenil.

Il me restait le choix entre le 6 h 23, qui était un train court, forcément surbondé puisqu'il devrait éponger les voyageurs du 6 h 12, ce qui m'obligerait à voyager debout, façon sardines, et sans doute à filer une claque à un palpeur libidineux comme chaque semaine, ou alors tolérer le 6 h 32 qui, très omnibus, s'arrêtait dans toutes les gares d'Île-de-France, ce qui me ferait arriver très en retard au collège Blanqui, au pied d'une cité du XVIIIe criarde, tout en me laissant le temps de potasser mon *Grevisse de l'enseignant* (tip top avec ses exercices). Un établissement sans magie, républicain de façade, qui, d'évidence, regroupait par classes les noms à consonance étrangère, notamment les enfants d'un squat de migrants très proche. Un bahut isolant les non-racailles blanches, les bien-causants, ceux qui avaient des pères qui baffaient pas. Un petit apartheid, l'air de rien, qui renforçait le consentement lâche au déterminisme social, identique à celui qui régule dans l'ombre les prisons de la République.

L'administration ne me trouvait que des postes de remplacement dans Paris ou dans des banlieues cimentées qui font ramadan, juste à l'opposé de la mienne, ce que j'acceptais, compte tenu de la faillite qu'on avait déjà jusqu'au trognon.

Sous un ciel lourd à subir qui bavait des nuages gras, j'ai essuyé mes larmes et opté pour le 6 h 23 – on m'avait trop tancée au collège pour mes retards répétés dus aux travaux –, et je m'apprêtais à filer une tarte sévère à un serreur de culs à l'haleine déjà lourde d'alcool quand j'ai senti avec émotion un coup de pied de mon bébé.

Quelque chose de pur, d'une beauté immémoriale.

Était-il de Pierrot ce bébé au coup de pied si doux, ce qui

m'aurait simplifié la vie, ou de Didier, ce qui m'aurait enchanté le cœur ? Malgré le doute, cruel à vivre, j'avais décidé de le garder mon bébé à moi. S'il était né de cette nuit nantaise, pas question d'attenter au fruit de mon Didier. Lui avait-il refilé sa faculté d'être pleinement présent à lui-même ? sa densité tendre ? Je ne parvenais pas à me faire à l'idée que ce petit pied douillet pouvait être né du viol sur le parking de Rouen, à la sortie de cette boîte dont j'avais enfin récupéré les vidéos de surveillance vissées sur le parking.

Impitoyable, j'allais être, dès que j'aurais pris le temps de les visionner attentivement.

Cette idée fixe me procurait du réconfort dans ma déveine, presque un air de joie. Il fallait que quelqu'un paie pour tout le peu ragoûtant de ma vie, pour les claques monumentales que j'aurais dû administrer au destin saligaud.

Au collège

Finalement j'ai sauté dans le 6 h 23, un train bref, bondé à la japonaise – en retard « pour cause de malveillance », indiquaient les écrans d'information.

Mais sans Japonais dedans. S'y pressait le peuple aux origines mouvantes du 6 h 23, une tambouille serrée de malheureux basanés et de Subsahariens essorés de fatigue, qui s'en allaient à leur turbin comme moi, cent trente-cinq nationalités, dont une seule avait presque disparu, la mienne, je le dis (malhonnêtement, il y avait quand même quelques Blancos impécunieux, il en reste là-bas, des interdits d'optimisme, comme les autres ethnies), même s'il faudrait ne pas voir ce que constate l'œil, au motif que ça serait « irresponsable ». Parce que dire le vrai sans offenser, c'est devenu stigmatiser, il paraît. L'inquiétude légitime que les valeurs universalistes deviennent minoritaires sur ma terre de naissance, ça ferait de moi, dit-on, une grosse merde d'avoir peur que ma francité soit sur la défensive et capitule en rase campagne sa culture égalitaire, féministe et laïque, une raciste patentée, qu'ils disent même avec effronterie, quelque chose comme le démon officiel, le germe même du Mal.

Foutaises ! Crétinerie !

Halte au brouillard de la bêtise, je ne suis pas une buse.

J'ai juste vraiment peur que l'égalité hommes-femmes perde du terrain, et je ne sais pas comment le dire. Puis j'y crois pas à leurs balivernes post-nationales enthousiastes de diluer nos valeurs issues des Lumières.

Oui j'ai la trouille, là où je survis, pour notre liberté de pensée que je chéris, notre licence de dire ce qui ne va pas.

Peur pour moi et les filles que j'aimerais élever dans la France de Voltaire. Je veux à toute force que Marianne garde le sein nu, qu'elle ne soit pas voilée parce qu'elle est libre ! Que le nudisme et l'insolence restent possibles. Que le blasphème demeure un petit plaisir fripon.

Même si j'aime les hommes de toutes les couleurs dans mon lit ou croquer à loisir les beaux gosses de Tinder multiraces qui diversifient les extases, ça me jette dans des imaginations inquiètes qui me bouffent les sangs, la raréfaction des Blancs de culture humaniste qui tiennent les femmes pour leurs alter ego et les homos pour des humains. Raciste ? Non, juste amoureuse de la France universaliste. Même si je vois bien que ça en excite certains de me voir en lectrice de Gobineau. Même si j'entends de temps à autre à la télé des statisticiens démographes lyssenkistes qui, tout à leur chronique, tripatouillent les chiffres pour nous dire que ce qu'on voit, ça n'existe pas.

Les passagers déconfits du 6 h 12 se tassaient donc dans l'abrégé d'une rame incomplète. Pas un ne fut effleuré par l'idée de me laisser m'asseoir, alors que j'étais d'évidence très enceinte. Je sentis soudain, serrée contre mon derrière en pâte d'amandes, la proue de la queue d'un gars peu préoccupé par mon assentiment. Comme souvent sur la ligne, dès que je m'habillais en femme heureuse d'avoir un corps.

Ce loustic, je l'avais repéré sur le quai. Un loup qui fonctionnait à l'instinct, un râpeux pas cadré, une âme affamée d'excès, ça se voyait. Il avait collé une claque mi-gentille mi-terrifiante à une vieille dame et sifflé le café en gobelet d'un ado à casquette, comorien, comme pour lui faire comprendre qui était le patron. Il sentait Fleury-Mérogis dans sa démarche souple, ondoyante.

Cet homme aux yeux obliques et plutôt intenses me collait donc, sexe tendu, motivé, en poupe. Au troisième frottement appuyé, je lui balançai à haute et intelligible voix :

– Monsieur, vous bandez raide.

– Quoi ? protesta-t-il, bougon, en faisant avec ses lèvres un petit bruit de suçon d'une distinction contestable.

– Je vous prie de ne plus frotter votre pénis contre mes fesses. Compris ?

– Sâ-lope ! Comment elle me parle, cette petite pute ? Raciste ! éructa-t-il. Céfran ! Traite-moi de bougnoule pendant que t'y es !

– Vous êtes vraiment con. Le déni de francité, c'est pas mon truc. Si ça se trouve, votre grand-père a libéré la France ! Comme le mien.

– Islamophobe de mes couilles !

– En république, monsieur, on a le droit de critiquer les religions sans passer pour raciste.

– Raciste !

– L'islam n'est pas une race.

– Fille de pute !

Je corrigeai ce malhonnête d'une gifle sèche. Clafoutis était de retour, Projectile se réveillait.

Il me la rendit, puis une deuxième.

Ma lèvre saignait un peu.

Y avait de la disproportion.

– Je te fume si tu l'ouvres encore, lâcha-t-il en articulant chaque mot. Râaa... ce mâtin, j'aurais dû sauter dans ma gova[1]...

Il voulait me soumettre, le taquin.

Le fiel m'a repris toute la gueule mais j'ai pas bougé, j'ai essuyé ma lèvre. La psychologie m'a appris la prudence. J'ai l'instinct des bourrasques et le sens des salauds aguerris qui se frottent aux nanas faibles, celles qu'ils ciblent, ces abuseurs rustres. Au fil des offenses, l'habitude m'est rentrée de les gérer, quels qu'ils soient. Surtout les enfoirés brevetés qui vous traitent de raciste quand ils sont eux-mêmes en faute.

Ce sont des femmes qui l'ont calmé, avec des sonorités indignées, montrant mon ballon, tandis que je me tamponnais la lèvre tuméfiée. Ulcérées, elles étaient, déshonorées par sa mauvaise conduite qui, à les entendre, salissait leur religion ; comme si elles se confondaient avec leur foi blessée.

Une dame trop voilée l'a même fait renoncer à la parodie de baisers-suçons sonores qu'il m'adressait avec des petits claquements de langue. Aucun homme charpenté n'a riposté ce jour-là. Ni les Blancos logés dans les interstices du train, ni les Pakistanais chétifs, ni les Blacks musculeux et cravatés, ni les Marocains ou Tunes à dreadlocks n'ont moufté. Même

1. Voiture.

infimement. Tous ont ignoré l'esclandre, comme si je n'étais pas enceinte. Je n'étais qu'une femelle qui ne devait pas trop l'ouvrir dans le 6 h 23. Quand une société est à bout, la civilité devient un rêve. Je ne parle même pas de galanterie, ce truc pour romans médiévaux.

Dans le métro, j'ai dû croiser une bonne douzaine de sans-abri. Le canard gratuit qu'on m'a tendu expliquait que vingt pour cent d'entre eux étaient des travailleurs précaires ; ça m'a glacée, vu que c'était mon cas.

Arrivée porte de Clignancourt, dans le Paris épouillé de ses touristes, j'avais remaquillé ma lèvre et repoudré ma pâleur.

Au collège, je priai fermement mes nouveaux élèves de quatrième plutôt angoissants d'ouvrir leur cahier de français. Les fautes d'orthographe dans cette classe, c'était un luxe inaccessible : ils collaient les mots tellement leurs cerveaux n'identifiaient plus rien de notre langage devenu une bouillie. « Maceur » (« ma sœur »), pour eux c'était devenu un seul et unique mot. Mais comment diable avaient-ils fait pour transiter par une scolarité dite normale et finir avec un tel vrac linguistique dans la caboche ? Et renoncer à toute ponctuation ? Du mou de chat ! Notre système éducatif égalitaire, encore embué des idées de Jules Ferry, n'était-il pas trop éloigné de leur réalité ? Notamment des minots d'un squat de migrants, régulièrement secoués par les interventions ultraviolentes de la police tentant de les déloger, et qui tabassait même parfois leurs parents.

L'un d'eux, indiscipliné comme je ne concevais pas qu'un jeune ado puisse l'être, caracola entre les tables puis imita

Michael Jackson debout sur une chaise. Insensible à mes injonctions, il s'éjecta de la salle pour aller turbuler dans la cour, entraînant à sa suite trois autres petits lascars passablement dérangés.

Tentée de le gifler (je sais me tenir), je le rattrapai et le sommai de réintégrer mon cours, mon couloir d'autorité, derrière la rambarde de ma parole. Le jeune Kévin s'exécuta, s'assit quatre secondes sur sa chaise et, saisi d'une trémulation stupéfiante, repartit crapahuter entre les tables sous les rires enjoués de ses camarades. Puis, rebelote, il évacua son dandinement dans la cour. Les trois lascars se tinrent cois cette fois. Les autres gosses se gondolaient énormément.

– Kévin !

Je demeurais ahurie. Comment un tel chat sauvage avait pu atterrir dans ma classe sans qu'on me prévienne ?

La première demi-heure se passa à tenter de maîtriser ses allées et venues et à empêcher les autres élèves, belliqueux, de lui nuire trop sévèrement. C'est salaud des petits ados avec la différence manifeste. Techniquement, je ne pus pas faire cours. Je saisis vite pourquoi l'enseignante que je remplaçais cuvait une dépression, et celle d'avant aussi, en arrêt maladie encore.

Puis j'interrompis le cours « classique » et résolus d'organiser un travail commun avec les élèves ordinaires et les quatre sauvageons, de l'éducation civique. Les premiers, le visage clos, rechignèrent d'abord à fricoter avec la lie de l'humanité, ces irréguliers. Puis, au fil des minutes, ils découvrirent que les différents exécutaient mieux le boulot en coopération et qu'ils disposaient de réponses qu'ils n'avaient pas. Les larmes me montèrent aux yeux quand, une demi-heure plus tard, je les vis se parler, communiquer. Je ne m'y attendais pas. La vie a de ces ressources... J'eus même droit à un :

– Vous êtes vraiment relou... mais c'est vous la daronne.

Kévin bougeait toujours, mais maintenant il semblait à tous un interlocuteur sensible, presque humain.

Par instants, je fus très autoritaire avec ces saligauds touchants. Ils ont adoré, tous, ma fermeté de gonzesse qui ne trébuchait pas sur les rétifs. Je virai même un petit, qui dans l'agacement m'avait adressé fort peu civilement un « Ta mère, c'est une Céfran ! » qui en disait long sur sa super haute estime de son propre pays.

Trois de ses potes, remontés comme des coucous, m'envoyèrent également un « T'insultes la religion », parce que je leur avais infligé du travail à faire à la maison pour le lendemain, un jeudi. Mazette, j'avais oublié que le mercredi ils étaient nombreux à filer à l'école coranique. On se serait cru à Marseille. Ils n'avaient pas le temps de faire leurs devoirs pour le collège.

À la cantine, des tables clairsemées. Dans le quartier, les familles n'avaient pas confiance en l'alimentation indigène. Des fois qu'au self leur progéniture zieuterait de la molécule interdite et s'empiffrerait de cochonnailles exquises. Toujours se tenir en retrait de l'autre, craindre son frottement culturel, au cas où on s'aimerait trop.

Une collègue me lance :

– Hier, Zoubida s'est aperçue qu'elle avait avalé du pas halal à la cantine, elle s'est fait vomir.

– Pression des parents ?

– Non, des frères. La mère, enseignante, est consternée.

À table, tourneboulée d'émotion, j'alertai rondement le directeur du collège au sujet de Kévin. Il esquiva vite mes questions. Le genre alcoolo de l'Éducation nationale qui a le foie comme une champignonnière. Mal à l'aise, le dirlo rouquin s'enlisa dans des termes amphigouriques dont il ressortait que cette situation marécageuse n'était pas de son ressort, mais de la faute du gouvernement. Ben oui ! Son verbe évasif s'ajustait à sa dégaine mi-garçonnet mi-cureton, pas encore sorti de l'équivoque. Il renâclait, l'amateur de vin blanc, aux décisions non couvertes par sa hiérarchie, redoublait d'administrative prudence, le poltron. Mon émotion, il s'en fichait bien.

Pourquoi ne l'ai-je pas baffé ? L'énergie commençait à me manquer…, et puis j'avais drôlement besoin du peu qu'on me donnait avec mes horaires à trous, reconduits à coups de dés. Une remplaçante vacataire, ça vaut si peu au pays de Victor Hugo. Chaque fois que j'essayais de tirer un peu de liquide d'un guichet, la boule au ventre, ma panique d'un refus me le rappelait, ou pire, qu'on m'avale ma carte.

Une collègue au corsage flétri et aux lèvres surpeintes, la gentille Jessica, posa fraternellement sa main ce jour-là sur mon épaule et m'expliqua que le rectorat était en train de fermer les classes dites Segpa censées accueillir en effectifs réduits les élèves en proie à de carabinés « troubles du comportement », comme ils disaient pour euphémiser. Ça voulait dire mabouls de mal-être, fêlés de tensions sociales accumulées, fracassés plein pot.

– Au rectorat, ils ont besoin de professeurs des écoles pour les classes de CP dédoublées, continua Jessica, or les Segpa sont encadrées par des profs des écoles. Les comptables ont décidé ces fermetures.

– Comme ça ?

– Ouais. C'est les comptables qui décident, y a pas de concertation.

Était-ce vrai ? Des racontars entre profs ? Plus personne ne croyait la hiérarchie.

– Mais… pourquoi nous ont-ils mis Kévin et les autres ici ? demandai-je, éberluée. C'est délirant. On n'a pas déjà assez de soucis ?

– Parce qu'on est dans un quartier dans la dèche où les parents acceptent. Kévin lâché dans un collège huppé provoquerait un tollé des assos de parents d'élèves. Le rectorat le sait bien. Ici, les familles ne se rebellent pas. L'Arabe, il moufte pas, ça encaisse poliment.

– J'ai l'impression d'un monde absurde.

– Bienvenue en France déréglée ! Le seul pays où, pour aider les élèves handicapés à l'école, on recrute des auxiliaires de vie… handicapés ! Comme ça, on remplit les quotas légaux de travailleurs handicapés !

Je partis à rire.

Son démontage de la situation était ponctué de soupirs. Nous étions donc un échec collectif qui ne prendrait jamais fin, un cul-de-basse-fosse social où on pouvait verser tout le rebut. Ça devenait si étrange d'être française de France. Nos millénaires ensemble ne nous tenaient plus trop ensemble, juste côte à côte. Un jour face à face ?

M'accrochant à un infime espoir, je pestai et avertis l'équipe enseignante attablée que personne ne m'empêcherait de rétablir un minimum d'ordre dans ma classe, même s'il était nécessaire de montrer les crocs et les babines. Je puisais dans ma révolte.

Jessica, gentillette, me conseilla de me tenir à carreau, l'administration, saisie par l'énigmatique maladie de faire des nœuds, avait coutume de lâcher les enseignants qui tenaient trop tête aux obtus, dont les parents portaient plainte. Ça lui était déjà arrivé. Jessica avait terminé en garde à vue après avoir secoué impoliment un élève sous acide qui l'avait menacée avec un revolver factice – difficile à identifier ce type de jouet dans le feu de l'émotion. De Mayotte, il était ce loulou, lui avait-on expliqué. L'affaire, à Bayonne, l'avait démolie. On l'avait expédiée à l'autre bout de la France, ici dans le XVIIIe esquinté de Paris, à mille deux cents kilomètres de son fiancé basque, qui devait déjà en reluquer une autre, plus malléable.

À table, chacune confirma que je devais me tenir à carreau, éviter les fondrières de l'autorité dite excessive, quels que soient les débordements de Kévin. Pas de calotte, de bousculade ! Officiellement, la société était guérie de sa violence, on me le rappela sévèrement. Il ne fallait pas que je tente de m'extraire de cette nasse.

Tout le monde la connaissait bien, l'âpre petite musique. Tiens ta classe où les mioches en déroute collent les mots, ma cocotte, mais pas trop, sinon gare au pénal. Tu paieras ton désir de te protéger, tu répondras alors aux convocations de la gendarmerie sourcilleuse, on fera de toi une délinquante estampillée. T'auras plus pour te plaindre qu'un hashtag furibard[1], agrégateur d'injustices et grevé de rage face à l'atti-

1. #pasdevagues

tude du rectorat Ponce Pilate de l'État incohérent. Et lâche surtout, confit dans sa couardise bien-pensante et tristement démissionnaire malgré les discours fanfarons.

En rentrant ce soir-là, somnambulique, grosse de vie et les jambes lourdes, je corrigeai vite mes copies (ahurissantes) et m'endormis aussitôt. La banque venait d'envoyer le premier SMS de mise en garde : je n'avais pas encore franchi mon autorisation de découvert, mais je frôlais le précipice. Envisager un jour des vacances relevait de la plaisanterie triste. Heureusement, l'autorisation onéreuse de Pierrot était un peu plus élevée.

Je n'eus même pas l'énergie d'appeler ma cop's ou Leïla.

Je n'entendis pas non plus Pierrot rentrer à 1 h 30 du matin. Je me levais trois heures et demie plus tard. Pas eu le cœur de l'envelopper tendrement ou de le laisser me détendre avec ses lèvres éreintées.

Cerne après cerne, je m'ensevelissais dans le sommeil d'un quotidien sans orgasmes, mais riche à en exploser d'émotions. Ma tête n'était plus claire ni vacante. Alors forcément, sous les draps je m'en convulsais de temps à autre des souvenirs stimulants avec mon Didier. Du bout de la pulpe de mon index magique.

Le souvenir de notre escapade nantaise rougeoyait encore. Y avait pas à dire, Jojo Belle Gueule, c'était quand même de l'ersatz de Didier Dulac (qui serait peut-être un jour de l'ersatz de Pierre-Esprit ? Je ne savais plus trop).

Alors je me défendais à coups d'imagination.

Toutes mes envies de gaudriole refluaient parfois au bout de mes doigts. Et je m'en irritais le clitoris tellement j'avais la furie de me donner de l'extase en songeant aux pognes douces de Didier. Je m'affûtais en divaguant, en rebouclant nos heures nantaises. J'en avais les lèvres du bas en compote et l'imaginaire tout plein.

De temps à autre, je m'imaginais soumise à sa volonté de me saillir, fourrant sa ferveur en moi, et lui s'emparait avec autorité de ma dévotion. J'en avais la tête en salade. Je concevais alors l'amour sensuel comme la source essentielle de liberté, de beauté et d'illimité.

Je savais que je n'aurais pas dû divaguer de la sorte avec l'image toujours disponible de mon beau-frère, que tout ça n'était pas réglo vis-à-vis de notre famille branlante, le seul bien qui reste quand on a plus de quoi espérer sur terre. Mais je n'y peux rien, c'est un peu fumier les femmes de passion. Surtout les filles de province, de Normandie ou d'ailleurs, ça aime encore avec imagination. Fichument !

Même enceintes.

J'aurais tant aimé un autre sort, de traverseuse de vies et de paysages, qui fasse paraître le temps plus court. Ras le bol de flotter dans une addition de contraintes.

Mon enquête à moi

Dans l'inflexion des circonstances, je demeurais fixe. Talonnée par mon humiliation, je gardais toujours l'objectif de zigouiller mon violeur, comme si cet élan assassin m'avait tenue à bout de bras. Pas question de faire paillasson, d'être tourbe devant les impulsifs que l'État n'intimide plus et qui s'en battent le coquillard des procédurières.

Je ne faiblissais pas, vu que je m'étais renseignée.

En dix années, je l'avais lu sur Dr Google, le nombre de condamnés pour viol a dégringolé de 40 %, c'est « le service statistiques de la chancellerie », les compteurs officiels quoi, qui décrit l'affaissement sans s'étonner du fait.

En France, on serait devenus, de renoncements en lâchetés, les spécialistes imbattables du classement sans suite. Dans ce beau pays, seules 27 % des plaintes pour viol sont instruites, figurez-vous. 73 % des malmenées qui ont le courage d'aller l'ouvrir officiellement sont priées d'aller gémir ailleurs. Parmi cet angoissant 27 %, la moitié est « déqualifiée » en atteinte ou agression sexuelle, comme ils disent dans les bureaux pour renommer le pire en moins pire, un terme qui atténue tout. Sur les 13,5 % des plaintes restantes pour viol identifié bien merdeux, le résidu quoi, faut compter les non-lieux pour prescription – donc ardoise magique, hop – et les acquittements subreptices. Au final, 10 % seulement des 9 % de plaintes initiales conduisent à une condamnation aux assises, parce qu'on ne peut quand même pas tout absoudre. Et là, ce n'est pas encore gagné la grande raclée.

Pourtant le Code civil de la République, il ne zigzague pas : le tarif annoncé, c'est quinze ans de placard pour un viol avéré. Mais le réquisitoire réel chez nous, en France, ne s'aventure jamais au-delà de dix piges, ce qui fait quatre avec les remises, dont quelques-unes avec un bracelet à domicile à bouffer des crêpes en matant Netflix. Le bracelet, c'est le truc qui fait moderne. Je le sais, j'ai deux copines de bahut qui se sont fait repasser méchamment et qui ont cru, les naïves, qu'on punirait en cour de justice les responsables identifiés de leurs insomnies. Elles ont eu du bol, leur viol a été considéré, homologué puis jugé – parce qu'on les avait tout de même ravagées autant que moi. Les violeurs ont connu les barreaux trois années, de quoi couvrir le temps qu'ils avaient déjà éclusé pendant le procès lambin. Dans l'indifférence, croyez-moi, des garants de la bonne pensée et des magistrats qui ont surtout l'air tourmentés par la réinsertion de ces victimes du destin. Sous la pression des psy ?

Faudrait peut-être les gifler tous, pour l'exemple ?

La loi, moi je dis que ce n'est plus une barrière béton. Juste une invitation officielle à entreprendre une thérapie sur fonds publics, du grand foutage de gueule des filles malmenées. Comme si le mal, fallait se dispenser de le voir dans son âpreté saignante.

Vaut mieux les corriger soi-même, les pointeurs.

Le ou les miens, ils l'emporteraient pas au vert paradis de m'avoir prise pour un jouet qu'on peut casser et torgnoler. Je ne suis pas un loisir pour mecs. Ni une fille dont on peut tuer le chien. On verrait bien ma sauvagerie jouissive, morale. Être monstrueux, ça peut être éthique.

Méthodique, j'avais reconstitué la soirée qui avait précédé la défonce de mes orifices, puisque je n'aime pas euphémiser. À 20 heures pétantes, j'avais eu un rencard que j'avais voulu poilant au bowling local, avec le dirlo de l'usine de Maisoncelles-la-Petite[1], Denys Lacombe, histoire de le remettre à sa place, ce fieffé abuseur, méchant par sport.

Lucette s'en souvenait fort bien, curieusement, car le cul ça imprimait encore du souvenir indélébile dans sa cervelle vacillante.

Cette petite foirure de Lacombe devait tout à son actionnaire, Mahaut de Coislin, dont il était l'auxiliaire direct. Denys aux mains moites, c'était le parfait imitateur de son maître dépourvu de sentiments délicats. Ce dernier lui tenait la laisse courte. Tous deux jouissaient du pouvoir illimité que procure l'amoralité peinarde, épanouie. Leur vanité triomphante n'admettait pas que leur réussite soit un accident heureux, il fallait qu'elle soit la conséquence logique de leurs qualités intrinsèques.

Humilier, c'était la spécialité de Lacombe, ce tas de viande né en réalité de la libido véhémente d'un évêque, aussi mastard que lui, Mgr Lafolette de Lisieux. Peut-être aussi avait-il gardé ça, Denys, ce tic de dominer froidement, du temps

1. La Compagnie normande d'expédition, en sursis vu que les liaisons avec Internet étaient impossibles ou délicates.

qu'il était huissier. D'aspect congestif, vite cramoisi sous la poussée de sa digestion, c'était un gars si autoritaire que ça le foutait épileptique quand une ouvrière trop digne osait lui refuser son derrière ou l'usage de son sexe. Sa passion de prélat de l'industrie locale, c'était d'abuser, d'obtenir des faveurs avec autorité et si possible brutalité. Il écumait en haletant au-dessus des effrayées de perdre leur job tout en s'exorbitant les yeux qu'il avait gros. Lâcher de pleines brouettes de mots salaces sur l'ouvrière docile au postérieur tendu, ça le gâtait. Soyons claire, le phénomène #MeToo ne nous avait pas trop atteints à Maisoncelles, qui est un peu excentré d'Hollywood et des actrices pétées de tunes qu'on abuse sous les sunlights. Nous, ce serait plutôt dans les douches aux normes de l'usine, même si on est solidaires des stars de magazine qui nous font bien marrer avec leurs amourettes vite éventées.

Mon idée, c'était de le gifler abondamment, le Denys, et en public ce soir-là, à l'endroit même où se fabrique la rumeur de nos patelins, pour toutes les ouvrières de Maisoncelles qui n'avaient pas pu se rebiffer. Le projet exact que j'avais imaginé, c'était d'attendre de voir sa quéquette dans les toilettes et de la photographier avec mon smartphone pour en rire publiquement au bowling. En public j'ai bien dit, vu qu'elle était de chiches proportions, une bitouille anecdotique qui rendait comme un escargot, par petites saccades, du teuf-teuf laiteux. C'était ça l'entourloupe vengeresse que j'avais concoctée, après que Leïla m'eut détaillé ce qui se passait dans les douches blafardes de l'usine d'empaquetage pour les gros clients de la vente par Internet qui passaient commande Dieu sait où, jusqu'au Maroc.

À l'époque, je tâtais d'un bar du centre-ville et du bowling à la sortie de Vire. Au bowling, j'attendais devant une baie vitrée pleine du paysage d'un fleuve normand qui étalait ses fureurs en mordant sur les rives herbeuses.

Il avait débarqué Denys, cadenassé dans le mépris, nippé en kakou. Physique arrogant de saurien, un vrai moulage d'ordure sorti de l'argile de la petite mafia locale. Des touffes en rouflaquettes. Capitonné de gras, ce pourceau dépassait le quintal, excédait de sa ceinture. Denys ne se tenait plus d'impatience, il avait dû me kiffer dans nos échanges Tinder. Un profil que je réactive quand je n'arrive plus à jouir d'autre chose que du corps des hommes. Orgasme contre ventre doux, l'ultime troc. Je lui avais fourgué des clichés de moi en corsage seyant, satiné, qui fait pointer les nénés. De la valeur sûre.

D'emblée, Denys se montra autoritaire avec moi, façon j'ai l'ascendant sur ta pomme, minette, tu vas aimer ça. Tout en bavassant, comme à son habitude, il se désinfectait les mains avec des lingettes. Il craignait les microbes comme personne.

L'obséquieux Tintin qui passait par là posa son verre de scotch, lui en proposa un autre :

– Un petit dernier ?

– La rincette !

Puis il lui troussa d'adroits compliments et l'invita à déjeuner le jeudi suivant.

– Mais naturellement, avec grand plaisir ! s'exclama Denys.

Tandis que la plume de *L'Écho de Vire* s'éclipsait, il me déclara :

– Vous me ferez penser à annuler ce repas avec ce crétin…

S'apercevant alors dans le reflet d'un miroir que Tintin était revenu sur ses pas pour récupérer son verre et qu'il l'avait entendu, Denys prolongea sa phrase dans le même souffle :

– … afin que je puisse déjeuner avec ce merveilleux Tintin.

Tel était Denys, capable de tous les rétablissements acrobatiques.

L'air de rien, autour d'un verre rempli de glaçons, on causa de l'affaire qui défrayait la chronique dans *L'Écho de Vire*. Une petite mairesse du secteur, Martine Bussière, troupière de la République au visage bien mis en page et collègue de Didier, avait été poursuivie par la préfecture pour non-respect de la loi. La garce était de ces élus qui ont une si piètre opinion d'eux-mêmes qu'elle se présentait toujours en disant : « J'suis qu'une petite maire de base… »

Avec ça, comment voulez-vous que ça ne se conduise pas comme des enfants face à un préfet qui vous convoque cette piétaille à écharpe comme des extras pour un banquet !

Mais là, la petite Martine Bussière, présente au bowling, était devenue nuque raide. Trop de conneries, c'était trop de bêtises. Elle refusait de mettre aux normes son centre des pompiers volontaires. Elle disait, cette très sensée mairesse, ne plus avoir de budget pour restructurer l'ancien bâtiment des pompiers – le mur porteur n'était pas au bon endroit –, tout ça pour créer des douches et des toilettes aux normes pour les handicapés. Très remontée par la crétinerie de la loi, la Martine Bussière pétrolait dur. *L'Écho de Vire* avait reproduit telle quelle sa rage que je lus à voix haute en rigolant :

– « Ça suffit les sottises qu'on paye, ces normes idiotes !

Parmi mes pompiers, il n'y a pas un seul paraplégique, et il n'y en aura jamais ! Nos gars, c'est des costauds qui ont de bonnes vertèbres. On ne va pas payer des douches pour paraplégiques, hors de prix ! »

Un pompier qui traînait par-là se retourna et ajouta :

– De toute façon, le métier est devenu trop dur. Tout est contre nous. Moi je paie ma baraque plus cher parce qu'à la banque ils ont jugé que je faisais un job dangereux. Comme s'il fallait nous faire payer les risques qu'on prend pour tout le monde !

Je m'indignai aussi contre les normes votées à Paris et rêvées par Bruxelles, qui asphyxient les finances de nos communes, mais Denys me somma de respecter la préfecture, pas d'aboyer avec les rétifs à l'obéissance, les conscrits de la République toujours à râler.

Son grand truc, m'avait raconté Leïla, c'était de prendre l'ascendant en intimant aux autres ce qu'ils devaient sentir. Son plaisir le plus tordu était de faire dire aux ouvrières le contraire exact de ce qu'elles éprouvaient pour les entendre se renier franchement ! On parlait souvent de ça au Café des Zèbres, le troquet associatif de Maisoncelles-la-Petite où l'on causait fort, un raffut qui n'avait rien à voir avec l'atmosphère de sacristie des grands cafés parisiens. Un des derniers bastions de la courtoisie gueularde qui m'enchantait. Un endroit d'espoir où ça chantait de tout. Un de ces temples de l'éducation populaire où s'organisaient les programmes périscolaires qui faisaient de Maisoncelles une des communes de France où les enfants jouissaient d'une vie culturelle quasi luxueuse. Même Antoine Fildebroc, l'instituteur poète de notre école, raffolait de ce lieu magique.

Il ne m'a pas lâchée, le Denys teigneux au bowling, alors je l'ai envoyé paître, mais il s'est radouci dès que je lui ai proposé de le rejoindre dans les toilettes. Avec un regard doucereux et des haussements de sourcils. Ni une ni deux, il s'est sauvé pour m'y précéder. L'animal lourd devait rêver de mes complaisances.

Rigolarde, j'ai expliqué la situation aux serveurs du bowling et aux autres joueuses, en ciselant quelques anecdotes poilantes. On en a tous ri comme des artichauts. Même Tintin en a ricané au bar avec nous, alors que d'ordinaire il se marre peu, le souffrant gavé de morphine.

Les langues se sont déliées.

Denys était connu pour le format de sa virgule et ses abus compulsifs sur les ouvrières du cru, ses petits chantages aux bons horaires (sans trous) ou aux plannings punitifs imposés aux désobéissantes.

On en a tellement ri de sa quéquette minimaliste que j'ai négligé de la photographier. Je me suis tirée sans attendre la réapparition de Denys pour le gifler, ce qui lui aurait fait du bien quand j'y repense. Il devait se tripoter les bourrelets dans les toilettes et se triturer le cochonnet, des fois que j'aurais surgi motivée. Ce salopard avait eu sa dose d'humiliation publique pendant qu'il se paluchait, ce qu'on supposait toutes dans le bowling rieur.

Denys en avait-il pris ombrage à son retour, quand il avait constaté, furibard, que ma chair lui avait échappé ? Avait-il désiré me remettre le grappin dessus dans le courant de la nuit ? Tintin, toujours à baver auprès des puissants, lui avait-il causé ?

Une chose était certaine. Sur le parking du bowling de Vire, j'avais croisé un gars haut, lourd et flexible, que j'aurais dû ignorer : Jacky Leroux, toupet au vent, le chauffeur de Mahaut de Coislin, un faraud qui lui rabattait des putes de Rouen et qui l'y conduisait. Une allure de clown en civil.

Je n'avais pas la berlue, sur les vidéos de surveillance, on voyait le Jacky à la fois grassouillet et très étiré, et moi pérorant. Marlène, la coiffeuse de madame de Coislin, avait dit dans son salon qu'elle s'était plainte souvent de ce Jacky de mauvaises mœurs qu'elle voulait saquer, un filou à ce qu'on disait.

Tandis que je regagnais ma voiture où m'attendait mon chien Léon, Jacky m'avait interpellée et servi des compliments appuyés en s'approchant d'un pas souple. Je ne lui aurais pas répondu en temps normal, mais comme ma guimbarde un peu fatiguée ne redémarrait pas et que je craignais de voir débouler Denys en grand pétard, j'avais accepté qu'il me dépose à Rouen où je voulais rendre visite à ma sœur Cindy et à son teckel chic, le genre qui aboie en anglais. En visite en Syrie, son Yassine l'avait laissée seule quelques jours. Il allait justement à Rouen, Jacky.

Sur les vidéos, on nous voyait décamper avec Léon encore frétillant.

Et on distinguait le Dudule qui, caché dans un coin, regardait la scène. Que faisait-il là ?

Une autre voiture démarrait aussi, une Audi noire.

À bord de sa Mercedes de fonction, un coupé qui montrait une certaine agressivité, je l'avais trouvé sympa Jacky finalement. Sorti du rôle, il se prélassait dans la bonne humeur. Le feulement du moteur nous berçait. On s'était même arrêtés dans une station-service ouverte la nuit pour acheter de quoi se rincer le gosier ; j'avais pu le vérifier sur la vidéo de surveillance que j'avais aussi réussi à voir. C'est ma marotte de voir.

Cette station artisanale était alors tenue par un chic garçon, Denis le Maigre, un ex de Cerise qui a toujours un joint de trop pour ses potes pleins de malaises. Une vraie ablette, de la petite friture. Cerise et lui se radinaient ensemble au collège en troisième-quatrième. Sur la vidéo, on voyait qu'on tirait sur son joint au Denis, abondamment même, surtout moi, et qu'on partait ensuite avec un peu trop de bières dans les bras. Le chauffeur de Mahaut, lui, ouvrait des canettes mais n'en sifflait pas.

Je ne me souviens plus pourquoi Jacky filait à Rouen. Mais sur les vidéos, la même Audi noire arrêtée. Le chauffeur n'était pas sorti pour faire le plein.

Je n'ai toujours pas de souvenirs de la suite de cette nuit-là. Par quels zigzags avais-je fini dans ma voiture à Rouen, avec mon Léon canné ?

Allô ? Ici la gendarmerie

– Allô, ici la gendarmerie. Je vous passe le major Grandjean…

– Merci.

– Allô ? C'est Nicolas.

– Ta Maryvonne va bien ?

– Arrête… On l'a retrouvé.

– Qui ?

– Ton Gaspard Favre.

– Le Poussin ?

– Il a été flashé près de Narbonne et arrêté à un péage. Ils l'ont cuisiné. Il était parti pour se tuer, et finalement il l'a pas fait. Il était en Espagne, en couple gay.

– Gay, mon Gaspard ?

– Ben…

– J'en reviens pas, répondis-je, éberluée. Il me sollicitait dès qu'il pouvait !

– Il a dit qu'à Vire, c'était juste pas possible le *coming out*. Et en fait, c'est un récidiviste…

– De quoi ?

– De la disparition volontaire.

– Pardon ?

– Son vrai nom, c'est Jean-Michel Paolini. Par les empreintes, on l'a tracé. Il a été pris dans une faillite embrouillée. Tu veux voir l'enregistrement vidéo ?

– Je préférerais le voir, lui.

– Il s'est fait la malle, on ne sait pas où il est. Peut-être en Asie… ou en Afrique, là où on se faufile mieux.

– On a le droit de disparaître ?

– Oui, c'est un droit, le droit à l'oubli… mais pas de te laisser des dettes, le crédit revolving, les fausses signatures…

Le soir même, je regardais la vidéo de son interrogatoire transmise par la gendarmerie de Narbonne. Jean-Michel, alias Gaspard, toujours en nœud papillon, avouait les détails de sa faillite qui l'avait acculé à changer de nom. Quelle bourrasque de mots alors que je l'avais cru taiseux ! Pour échapper à la fatalité des coopératives qui incitent au crédit et vous imposent ensuite des prix de strangulation qui tenaillent, le Poussin avait possédé une exploitation d'abricots dans la Drôme. Il en avait été ruiné. Il ne survivait à l'époque, disait-il, que grâce à la vente directe au village, plus rémunératrice que les prix serrés par la grande distribution, ce nœud coulant. C'était devenu presque impossible de survivre. L'interprofession des fruits et légumes avait alors voté une étrange norme, qui imposait à la vente directe d'abricots les règles de calibrage et d'emballage en vigueur pour les détaillants. Ce dispositif scélérat obligeait les petits paysans comme lui à s'équiper en matériel très coûteux.

Une faillite folle s'était ensuivie…

L'abricot français l'avait tué. Gaspard avouait n'avoir pas eu les moyens de se défendre face à un agent redresseur de l'Urssaf. Ce qui lui avait paru logique quand il avait appris qu'une partie de la rémunération des contrôleurs était basée sur leurs *performances*, c'était à ne pas y croire, clamait-il sur la vidéo. En plus du salaire qu'ils touchent, bien entendu. Le fisc était également entré dans la danse en lui flanquant un redressement de 57 000 euros, hors de sa portée d'évidence. Quand il avait dit « Je ne peux pas », on lui avait rétorqué « C'est votre problème ». Pas admissibles, de tels mots, d'un État érigé pour aider ! tonnait le Poussin excédé. Acculé dans l'indépêtrable, sombrant dans le fossé de la ruine, Gaspard avait été tenté de mettre le feu à un baril de pétrole pour se faire sauter. « Pas eu le courage… » Il avait alors choisi une autre forme de suicide : disparaître en changeant d'identité, quitter conjointe, amis, soucis. La France, c'était un curieux pays où parfois on ne pouvait plus rester dans sa vie. Pour avoir le cœur épanoui, il fallait parfois s'exfiltrer.

Et plutôt que Jean-Michel, il avait choisi Gaspard comme prénom. Vivre, c'était plus dans ses moyens. Il avait dû se bannir de lui-même.

Je restai estomaquée par la vérité du Poussin ; s'il ne mentait pas une nouvelle fois, mais non, l'enquêteur avait l'air d'avoir des pièces sur sa faillite, du papelard incriminant, du témoignage saignant de l'Urssaf tracassier.

Sur son tabouret, parfois, son courroux le repossédait, mon Gaspard qui m'avait sacrément plantée. Ça le regonflait de partout et lui révulsait les orbites.

Qu'était donc cette société toute calamité où l'on se tuait virtuellement en changeant d'identité pour échapper à un système bloquant ? Où l'élan aboutissait à des fuites en loucedé, à tant de vies de traviole ? Où malgré la bien-pensance télévisuelle il était finalement si compliqué d'être gay en dehors d'une grande ville ou d'un territoire parisianisé ? Et où en définitive on ne connaissait pas son conjoint, tant il avait dû se bidouiller des masques, juste pour survivre ? De quelles persécutions publiques était née sa filouterie ?

J'avais quand même envie de lui serrer la glotte à cet escroc sexy, de lui dévisser la tête.

Zazou et son Loïc avaient raison : ça allait mal finir.

Au téléphone, mon beau gendarme commenta le tout par un laconique :

– Des gars comme ça qui disparaissent, on en a des tas. Mais toi, Kelly, tu disparaîtras jamais de mon cœur. De savoir que t'existes, ça fait du bien.

Nicolas Grandjean, c'était un type superbe, comme souvent les gendarmes.

La famille

Cerise, à l'époque, je l'évitais de tout mon cœur.

Eh bien je n'aurais pas dû. J'aurais mieux fait de m'appliquer à rejointoyer notre famille avec soin et tendresse, en cassant régulièrement une petite graine entre sœurs. En organisant des palabres, le genre de frichtis de mise au point qui se font dans les époques où les esprits turbulent moins.

C'était le gros bonheur sensuel de ma sœur que j'esquivais, et mes mensonges éventuels, plus que ses sermons chamanisés qui schlinguaient le « développement personnel » devenu commerce. Ma liberté, c'était de protéger mon silence face à Didier et à mes appétits. Je n'arrivais à déposer mon désir qu'en les zappant tous les deux, elle et lui en bloc.

Mais la famille ne s'abolit pas comme ça, surtout au moment où on allait devoir faire corps autour de notre mère amenuisée. D'autant qu'on était chacune un peu fragile côté pognon. Pas le temps de nous déchirer alors que Lucette se ratatinait déjà, était toute racornie dans le regard. S'ajouteraient des calamités inédites, forcément. Sans compter qu'on ne parvenait plus à entrer, depuis Maisoncelles, en contact direct avec sa caisse de retraite, qui avait dématérialisé toutes les formalités en se fichant des vieux de nos communes pas encore reliées à la Toile. Avec Maman, tout irait au sable, et vite. Comment allions-nous faire ?

De temps à autre, Cerise oubliait ses pâles lectures méditatives, son lot de citations pleines de « lumière spirituelle » et me détaillait au téléphone sa vie dans son centre pour ados handicapés démantibulés, près de Caen. Avec l'idée tenace de réparer la famille, je l'écoutais, même si ses confessions me touchaient forcément le cœur.

– Ils sont si blessés ces gosses que je les aime…, me murmura-t-elle un soir au téléphone.

– C'est supportable, ton job ?

– Le plus dur, c'est la vie dehors avec les valides sans cœur.

– T'exagères pas un peu, Cerise ?

– Au centre, le cœur l'emporte, la révolte pour rester vivant aussi. Samedi soir, j'étais de garde. J'avais repéré les sentiments d'un Marco sans jambes, sensible comme un oiseau, pour une Sally au dos brisé, une fille calcinée dans un accident d'auto. Leur désir était visible dans les buées de la piscine. Quelque chose devait se passer…

Cerise me raconta que ce samedi-là, elle avait fermé les yeux lorsque le meilleur ami de Marco, un certain Ryadh, également dépourvu de jambes et sous-doté en doigts, avait aidé son copain à faire le mur pour qu'il rejoigne sa belle dans le bâtiment des filles. Après mille péripéties liées à leur handicap, Ryadh les avait laissés s'aimer joliment, avec cette sorte d'amitié absolue qui ne naît que de l'empêchement. Un triomphe ! Les deux amants avaient joui.

– C'était sublime… de les voir victorieux. J'ai fait semblant de ne rien remarquer. Ils ont joui et rejoui, les jeunes, comme des fous. Jamais rien vu d'aussi beau que le désir de Sally d'être femme, d'aussi fraternel que l'amitié entre Marco et Ryadh, décidés à être des hommes.

– Ils n'ont pas le droit de s'aimer ?

– L'institution ne leur reconnaît pas le droit d'être sexués comme les papillons, les castors, les pollens, les abeilles…

– C'est pas toléré ?

– Non, si la famille de Sally porte plainte, je peux être inculpée pour complicité de viol sur mineure en état de dépendance. Le pays est barjo, Kelly… Les garçons qui n'ont pas de mains ou de doigts, parfois je les masturbe pour les soulager, en méditant. Par pitié, aide, humanité. Ils sont gonflés d'hormones à s'en faire péter les boutons d'acné, et ils veulent jouir comme tout le monde…

– C'est légal, ça ? La branlette amicale des handicapés ?

– Non, la pitié est illégale. Même accompagnée de méditation.

– On peut t'emmerder grave ?

– Une collègue, Marie, a été poursuivie devant les tribunaux pour abus sexuel sur personne dépendante. Elle risque entre cinq et dix ans ferme. En France, tout est compliqué, noué… Pourquoi rien n'est normal ici ? Pourquoi on ne peut pas dire les choses dans leur réalité ?

– Sois prudente, quand même.

– Non, me répond Cerise avec cœur. On doit être courageux contre la connerie qui blesse une seconde fois ces mômes. La loi est prête à les achever, à les mutiler. Je ne serai pas prudente. Faut pas l'être. C'est une honte de l'être.

Cerise, c'était la noblesse, la compassion pour 1 423 euros

par mois, sans treizième mois. Je n'allais quand même pas lui planter des cornes en lui chipant son mec d'amour ! Père de sa mistouflette avec ça. Impossible, injouable d'être friponne à ce point ! La famille, ça valait bien de jouir moins.

Même si ma vie à moi valait pas tripette, avec un homme que je croisais à peine entre 1 h 30 et 5 heures du matin, endormis tous deux, rétamés d'exister. On n'avait pas le temps de s'imaginer. J'en perdais l'habitude de gifler, c'est dire, et me réparais avec mon Consolateur[1]. Au téléphone, Pierrot ne me parlait plus que de ses embrouilles pécuniaires qui allaient devenir les nôtres. Son pécule, il fondait si vite. Trop de dettes pour rembourser son commerce disparu, effondré à cause de la cité rongée de dope. Sans compter les dettes que je devais au bailleur d'avant, même si je venais de recevoir un courrier qui étalait ça sur quelques années. Ils n'avaient pas d'autre solution, de toute façon, pour me téter encore quelques sous.

Tous les deux, on dépassait notre autorisation de découvert (de 1 100 euros pour lui et 600 euros pour moi) à compter du 10 du mois. Donc, ça coinçait dur. Commençait alors une vie à l'euro près, avec la terreur que la carte bleue soit bloquée, alors qu'il fallait bien acheter de quoi manger et payer le téléphone ou la mutuelle. On piochait dans le liquide qu'on avait réussi à tirer en début de mois, on vendait ce qu'on pouvait encore vendre sur Le Bon Coin. La chose la plus difficile dans ce monde, c'est d'y vivre.

Si je n'avais pas été enceinte, je me serais peut-être vendue à la sauvette, comme ma mère jadis, du temps de ses

1. Petit nom de mon godemiché…

ménages. Sans en faire grand cas. Tant de profs remplaçantes le font… même si ce n'est pas convenable de le dire. Avec les applis, c'est si facile.

L'excès de vraie vie commençait à me manquer à Mantes. Besoin d'exister un peu en apnée sur une note de guitare électrique.

Dans les collèges où j'effectuais rondement mes remplacements, je me heurtais constamment contre une humanité en déroute, la France censée aller correctement mais qui en fait va très mal.

Un mardi, en sortant de la réunion des quatrièmes, j'étais tombée sur trois parents qui gardaient la porte comme des videurs. La première, c'était la maman de Bichon, une anorexique qui commençait à peine à se réhydrater. Elle avait frôlé la mort, sa Bichon… Maman en arrêt pour dépression lourde me demande si Bichon va bien. Bah, ma petite dame, vu le souk dans sa vie, on va dire qu'elle est au taquet ! Je lui ai filé des mouchoirs, la déprimée m'a fait un câlin, et hop au suivant. C'est le papa de Caroline, frimousse anxieuse, qui s'inquiète ensuite, car sa fille veut faire un métier où il y a encore plus de chômage que dans sa branche. Je rappelle gentiment au papa de Caroline, Alberto, qu'on peut aussi apprendre des métiers utiles… Allez zou, au suivant. Et là, *cherry on the cake*, surgit le père d'une ado suicidaire… Le genre de type complètement frappé, handicapé du bon sens. Je vais en faire quoi moi de ma fille plus tard ? Elle n'est pas débile quand même ? Là, c'est la cata… Des dialogues qui auraient duré des plombes avec des précautions. Mais je n'avais déjà plus rien à apprendre sur la manière d'abréger – pour éviter de coller des tartes.

L'humain socialement intégré qui dévisse quand même, ça m'angoissait. Si eux lâchaient prise aussi facilement, ces Français standard qui pouvaient s'enfiler cinq légumes et trois fruits par jour, qu'en était-il des autres ? Merde à Dieu, qu'allait-on devenir ?

De Cindy, mon autre sœur, et de ses stages éternels, je n'avais aucune nouvelle fraîche. Pourtant, je l'assaillais de messages sur tous supports au sujet de notre Lucette en déroute.

Maman, elle, ne trouvait plus d'autre intérêt à son existence que d'interminables parties de dominos avec une voisine bègue de misère et la rédaction de posts érotiques d'une verdeur inouïe où clignotait sa libido intacte. Et elle aimait ça, ses empoignades sexuelles d'antan, croyez-moi ! Ah, la nostalgie des reins... Il devenait évident qu'on ne pourrait plus la laisser crécher longtemps dans la maison normande que je remboursais, à mariner dans la farandole de ses souvenirs fictifs, cramponnée à ses hallucinations qui revenaient au galop par instants. Pour obtenir ses pilules, fallait l'accompagner à l'hôpital de Caen – qui le ferait mois après mois ?

Cerise disait que parfois, après avoir raconté des cochonneries d'antan à s'en pâmer, rêvées ou réelles, Maman restait immobile sans cligner des yeux, comme éblouie, à fixer devant elle l'espace, la gueule en poème. Son cerveau devait se fissurer – comme nos finances. L'esprit de Lucette était foutu, ça finirait vilain. Fallait qu'on rogne toutes les trois sur nos maigres ressources pour payer un Ehpad, si on en trouvait un. D'autant plus que Maman était atteinte d'emphysème et d'une affection cardiaque qui accélérait son obsolescence. La carcasse lâchait de partout.

Elle n'était pas hâtive de nous répondre, Cindy, jusqu'au jour où j'ai vu passer sur les réseaux une coupure de presse, bien crasseuse, qui a fixé mes pupilles. Et bloqué mon cœur. Un Yassine – le même prénom que son chéri –, chauffeur de bus de son état, avait fait preuve d'une inconduite pénible envers une femme. À l'arrêt, le chauffeur avait jaugé la fille, refusé d'ouvrir les portes et redémarré. Le bus s'était arrêté quelques mètres plus loin à un feu rouge. La gamine avait couru jusqu'à la vitre du conducteur pour lui demander pourquoi il n'ouvrait pas les portes. Pire que mule, ce machiniste lui avait servi un « T'as qu'à bien t'habiller » en désignant ses gambettes qui dépassaient de sa trop mini-jupe.

La charia dans les services publics, maintenant ! Pouvait-on accepter que l'islam dévoyé décide au débotté qui pouvait monter dans un bus en fonction de la *décence* de la jupette ?

Le père de la gamine, un Kabyle, avait publié un post pète-sec sur Facebook, d'ailleurs censuré par le réseau. L'homme accusait le chauffeur d'être « islamiste », de cette contre-société totalitaire qui ne touche pas la main des femmes. Il assumait d'être un « militant anti-islamiste » et tonnait que la soumission devenait trop quotidienne. Elle n'avait pas à s'infiltrer dans nos vies de citoyens libres.

La presse racontait que le jeune homme était en bisbille avec sa famille, inflammable à fréquenter. Elle disait aussi qu'il s'était félicité du massacre de la rédaction de *Charlie Hebdo*. Depuis un moment déjà, il ne saluait plus ses collègues femmes au dépôt, ne touchait plus leur main. On expliquait sa radicalisation indéniable par un acharnement de l'injustice raciste. Ce Yassine, voué jadis au football préprofessionnel, s'était fait émietter une rotule deux ans auparavant par une escouade de skins en allant à l'entraînement. Il ne pouvait plus courir depuis cet épisode funeste. Sa carrière de footeux s'était alors arrêtée net, disait la presse. Il avait dû quitter son club et était devenu chauffeur de bus.

Le froid de l'angoisse s'est installé un instant au creux de mes os. L'homme de Cindy était-il ce boutefeu de la charia urbaine ?

Bien sûr, j'ai illico pensé que c'était un homonyme, pas le Yassine rouennais dont Cindy désirait un gamin, pas un fiston de sous-préfet laïc.

Dans cette vie, on devient toutes un peu paranos, mais il y a des limites au délire.

Ce soir-là

Le soir où j'ai accouché, à l'hôpital de Mantes, Pierrot n'était pas présent. Son employeur irritable lui avait laissé le choix : assurer son service au théâtre à Paris, à Montparnasse, ou partir me rejoindre et ne plus revenir. Nous avions trop de soucis d'argent pour que sa tendresse soit à mes côtés.

C'est ainsi que ma Donna est née.

Mais ce bébé, je n'ai pas pu le toucher ni le regarder au cours de ses premières heures. Sans foi ni loi, je l'ai séparé de moi. Était-elle l'enfant de mon viol ? de cette noce barbare célébrée dans les coups sur un parking de Rouen ? Ou était-elle de Didier ? Ou de Pierrot, son père officiel ?

Ondoyant dans l'indécision, je me vivais en monstre que j'étais, pulvérisant mon record d'horreur en refusant fermement lorsqu'une infirmière a voulu déposer Donna près de mon sein. Prisonnière du récit blafard que je me racontais, j'étais inapte à l'amour, pétrifiée sous un blason de mère ignoble. Une vraie déchéance. Une typhoïde de honte, un déluge de déshonneur.

Isolée, souffrante, j'ai repensé à ce que j'avais lu sur les « boîtes à bébés » allemandes. On les trouve, paraît-il, à l'entrée des hôpitaux ou sur le parvis des mairies, à proximité des églises ou dans des rues très fréquentées. De loin, elles ressemblent à de larges coffres-forts vitrés. À l'intérieur, un lit autochauffant, une caméra pour sécuriser l'horreur et un signal d'alarme relié au centre de soins le plus proche. Sur la porte, un mode d'emploi indique, paraît-il, comment ouvrir la boîte, y déposer son bébé, puis la refermer afin de briser à jamais l'élan de sa filiation. Hop, le fast-abandon ! L'entourloupe identitaire est facilitée puisque l'époque est à l'irresponsabilité maximale, une société de carambouilles vécues sans culpabilité surtout.

C'est l'arrivée de Pierrot, dans le ventre de la nuit, qui a décidé du destin de Donna.

Inattentif à mon indifférence, tourneboulé par sa propre émotion, il l'a déposée sur ma peau nue. Donna a pris mon sein, l'a gobé goulûment et a fait de moi sa mère à jamais. Elle m'a sauvée de ma sécheresse. Le lait est venu. L'amour aussi.

La tendresse, ça révolutionne.

Elle avait un père qui pouvait assurer : éclairagiste, Pierrot ne bossait que la nuit.

Cerise a voulu aussitôt venir nous aider. Elle avait ses motifs liés à ses chakras, moi j'en avais d'autres d'être contrariée, qu'elle ne discernait pas. Son babil admiratif me les broutait. Il aurait suffi d'un rien pour qu'elle me pousse dans les paroxysmes orageux.

Donna était peut-être la fille de son mari.

Ce matin-là

L'ami hasard ordonne parfois les choses. Un samedi où j'avais envie d'une virée chez les chanceux de la vie, je clopinais de bon matin sur le boulevard Saint-Germain, zigzaguant entre les gambettes bronzées à peine éveillées et les vieux beaux cachemirés. Aucun visage ravagé, aucun corps affaissé, sur fond de décor urbain propret. Que du pimpant, du bronzé toute saison, du ventre plat. L'amour du pèze et l'ignorance des pauvres qui puent la malédiction, ça embellit c'est sûr.

En zyeutant leurs vitrines, je me répétais que ceux qui disent que l'argent ne fait pas le bonheur, ils ne savent pas où faire les boutiques.

Je me dandine jusqu'à la hauteur du Café de Flore. Et là, qui je vois à pérorer en one-man-show sur une banquette ? Pierre-Esprit en majesté ! Assis en face de l'entrée principale, noyé de cuistrerie et sirotant un chocolat épais avec des dames qui venaient de se faire remonter la figure. Il trônait là l'animal, distribuant les vacheries, jacassant au milieu du cliquetis de la notoriété et du clinquant du pognon qui trinquent autour d'excellentes boissons.

Le jus de pamplemousse à 8,70 euros et la tasse de chocolat à 7,80, j'appelle ça de l'attaque à main armée. Ça vous trie le client assez vite. Les gens d'influence s'y mouvaient dans une mousse de sourires d'été et d'éclats de rire profus. La gaieté légère, ça semblait leur combustible.

L'envie me prit aussitôt de l'espionner dans son biotope, le Pierre-Esprit qui m'avait vue les fesses découvertes, en me faufilant juste derrière sa table numéro 4 où il était installé avec un zig à lunettes rouges que je ne connaissais pas. Autour d'eux, ça gigotait entre rupins, entre visages poussés malgré eux vers le vedettariat, ça grouillait en anglais au milieu de touristes chinois venus respirer l'air de Sartre, ça ondoyait entre gens occupés à sauter par-dessus l'horrible vie quotidienne, ça distribuait du mon chéri ma chérie, ça checkait ceci, supputait cela, ça pronostiquait mille choses qui me passaient au-dessus du chignon. Point d'amertume, pas d'importunes colères, que de la bonne humeur parisienne, des échanges crépitants. Par le jeu des miroirs de l'établissement coquet et des reflets de reflets, je l'avais dans l'axe, le beau gosse, alors qu'il se trémoussait dans mon dos.

Là, je commandai la conso la moins dispendieuse (en oubliant l'avertissement de ma banque) : le lait froid à 4,30 euros (4 fois le prix du petit noir à Vire). Tout est cher à qui est mal payé.

Soi-disant absorbée par mon smartphone, j'écoutais en fille avisée sa gaieté brutale et moqueuse, au milieu des ferventes bécasses non francophones, des super-cagoles ukrainiennes, baltes ? Entre pose et posture, Pierre-Esprit déployait son imposture de journaliste de renom, avec une apparence de dédain pour la société. Ça m'instruisait des usages.

Un taulier de maison d'édition s'arrêta et lui chuchota à l'oreille, sous le sceau du secret, qu'il allait bientôt sortir un brûlot rédigé par une ex du président de la République, très loquace sur ses dédains privés et son rapport au flouze liquide. *Match* en avait l'exclusivité papier. Sa chaîne désirait-elle s'assurer ses premières et ultimes confessions ? L'éditeur fluet, serré dans un gilet, était aussi peu homme fait que possible, une gentille petite souris d'homme.

Sceptique, Pierre-Esprit se fit évasif et s'isola un peu, loin des bronzés et des acteurs *famous*, afin de téléphoner pour refiler aussi sec le tuyau, s'engageant à ouvrir un contre-feu sur sa chaîne si l'Élysée, en contrepartie, lui réservait une annonce de poids. On négociait à qui mieux mieux, échangeait info contre info, on trafiquait l'image d'un régime. D'avance, il fallait contrer l'ex un peu trop bavarde. Son interlocuteur très officiel avait l'air de connaître la teneur exacte du livre supposément secret. Déjà on imaginait la riposte. Le fructueux négoce de l'info se mettait en branle. Pierre-Esprit serait de la partie, son émission servirait. C'était conclu, on était enchanté.

Puis Pierre-Esprit écouta trois critiques de renom qui passaient par là, la bouche pleine d'anecdotes, en s'esclaffant trop fort. Le plus jovial du trio avait l'air de diriger le site d'un news magazine de poids, l'autre officiait sur une radio cardinale le matin, son physique ne m'était pas étranger, et le troisième, pas en reste de sourires carnassiers, distribuait ses avis dans *Le Monde* avec autorité. Le genre ça-soigne-sa-pub-sur-sa-position-de-presse. Son nom lancé par un client, vite googlisé, m'apprit que je tenais là une plume bien insérée dans le Paris de l'info.

Le comparse de Pierre-Esprit à lunettes trop colorées jeta alors son grain de sel. Il possédait, expliqua-t-il à une présentatrice de JT que je reconnus et qui de près semblait différente, trois salons de coiffure dans le quartier, où naviguait le tout-venant de la République, y compris les molosses politiques. Et il était formel, le lunetteux : ses coiffeuses et shampooineuses rafleuses de cancans pronostiquaient toutes que le sort du Premier ministre serait fixé avant mardi. La présentatrice remercia en disant qu'elle fréquenterait ses salons pour faire sa couleur, on l'y verrait. Tout se paie.

L'afflux de nouvelles encore secrètes dans ce grand café semblait illimité. On s'y offrait un petit tour dans l'avant-goût de ce qu'allait être l'actualité des jours suivants ; actualité remasterisée par ces joueurs légers ; actualité où pas un instant le réel des sans-grades ne s'invitait. De nos cantons oubliés, de nos banlieues incendiées de temps à autre, il ne semblait pas question dans leurs cervelles nerveuses, rigolotes et remparées.

Pierre-Esprit déclara alors à la cantonade qu'il s'éclipsait pour aller aux toilettes. Je lui emboîtai discrètement le pas. Dans l'escalier qui conduit au premier étage, longtemps réservé aux hommes à hommes, indiquait un commentaire Facebook, il croisa un paparazzi mastoc, un vrai sourire gentil, que je reconnus pour l'avoir déjà vu faire l'insolent à la télévision, parmi les perroquets stylés de la bien-pensance. Ils échangèrent quelques tuyaux, en parurent tous deux enchantés.

Rien ne semblait pouvoir tarir le zèle de Pierre-Esprit à comploter, à emberlificoter, à négocier au plus près des intérêts de sa carrière intriquée dans ces mille sentines secrètes qui font la politique soumise au dieu Actu. Son génie à ourdir lui avait-il coûté quelques scrupules ou naviguait-il dans la compromission avec volupté ?

Dans le rogaton de couloir qui mène aux toilettes, je le coinçai. Pierre-Esprit sursauta.

– Ah, c'est toi qui me surprends cette fois ! plaisanta-t-il.

– J'étais planquée juste derrière toi, derrière la table numéro 4. J'ai tout entendu, tes trafics minables, tes palucheries, tes deals…

– Ça t'a amusée ?

– Pierre-Esprit, si les Français avaient la moindre idée de cette foire d'influence, y aurait déjà eu dix révolutions. Ils auraient flambé les meules !

– Mais grâce à Dieu, ils n'en savent rien ! s'exclama-t-il en riant un peu. Tu m'attends un instant ?

La dérobade urinaire lui évita d'être giflé.

En sortant des toilettes, au premier étage désert du café cossu, il s'assit face à moi. Pierre-Esprit était beau comme pas permis, il faut bien le dire. Aucune règle d'équilibre ne présidait à son éclat, qu'un merveilleux désordre, un ébouriffement général de la face, du regard et des gestes. Ah, parfois je pense trop en fille ! Faudrait que je renonce à espérer des festins sensuels, des semaines sexuelles excessives, des soirées remplies de fessées ou de coups de règle.

Posé, Pierre-Esprit semblait bien vouloir me sacrifier quelques minutes, à moi la péquenote banlieusarde, fortiche en reproches et prompte à montrer son fessier, à gifler aussi. Je n'aurais jamais cru que je pouvais retenir en moi une telle tempête de rancune sociale. Ce que je venais de voir était à vomir, cette comédie de démocratie, ce backstage du cirque informatif qu'on sert aux manants.

Se foutaient-ils donc de nous à ce point ?

Pierre-Esprit Belle-Gueule prit aussitôt le commandement des débats, subtilement :

– Donc je suis répugnant.

– Oui, on peut le dire ! Par moments, je me dis que si ça se trouve, t'as pas de cerveau.

– Et si c'était le monde qui l'était, répugnant ? Qui l'a toujours été. Qui a de longue date perdu sa virginité… La grâce de ma vie farcie d'imprévus, c'est de le savoir, de l'accepter, et de danser avec.

– Avec ces porcs ? T'es vraiment doué pour la reddition.

– On s'accouple ?

– Je suis tentée, mais non.

– Ces rouages ne m'ont pas attendu pour exister, Kelly. Tu croyais que ça marchait comment ? Alors oui, le volcan va péter, et sévèrement je le sais, ça se voit à Vire, mais avant le bouquet j'en profite, et m'en amuse énormément. Je fais de la tune comme les présidents de passage qui ont privatisé la fonction, comme les aéroports, et qui, passé leur temps de comédie politique, vendent aux enchères leur carnet d'adresses.

– T'es nul.

– S'ils le font, pourquoi pas moi ?

En trafiquant de l'info, le joli Pierre-Esprit se payait un petit tour dans les nuages, loin du pays miteux qu'il avait trop fréquenté et défloré. Là, au Flore, le format du tripatouillage élitaire changeait, mais pas le fond. Plus rien ne semblait déconcerter sa malice.

– Et puis le chocolat est parfait ici…

– Et y a moins de mecs qui puent que dans le Mantes-Paris.

– Retire ces mots, c'est ignoble ! Ça pue le racisme cracra.

– T'es parano ou quoi ?

– Tu m'as très bien compris.

– Quand on campe au Flore, on a un autre point de vue sur le Mantes-Paris. Je n'ai pas ta lâcheté, morveux.

– Mais dis donc, les lieux communs te font pas peur ! Les obsessions racistes, comme la misogynie XXL, ça me fait gerber. Ça m'insulte personnellement.

– Rassure-toi, je continuerai à dire *banlieue sensible* au lieu de *banlieue homophobe*. Et les salafistes, si ça te fait plaisir, on dira que c'est des défavorisés. Tant que ça tient tout ça, la langue de bois cadenassée, l'idiome du rêve éveillé, le vocabulaire des autruches, le patois des miros…

Son combustible à Pierre-Esprit, c'était de jouir avant que ça pète. De profiter des haines sans quartiers et de funambuliser dans le fourbi de la politique parisienne, qui de près comme de loin obéissait aux lois du business de l'influence. Dès que ça brillait, que ça rutilait sur son antenne, tous les souscripteurs radinaient escortés de blondes. La grande fermentation du pays et les colères telluriques qui se préparaient, ici on s'en fichait.

S'inquiéter de l'ouvrier de Vire ? ou des Blackos et des muslims du 6 h 23 qui, au fond, avaient pour l'essentiel des rêves de consommateurs et désiraient les mêmes petits pavillons que les Blancs modestes ? Rien que l'idée faisait rire dans les parages. Tant qu'ils se détournaient des valeurs républicaines dans leur cités, des Daech aux petits pieds, en n'écoutant pas trop les archaïques épris de pureté totalitaire, en trafiquant entre eux sans déborder chez les rupins ou sans faire sauter le métro en braillant Allah akbar, c'était marre. Quant aux minuscules citoyens de Vire, écorniflés de misère, qui s'en souciait dans ce café de la chance ?

– Ah au fait, lâcha Pierre-Esprit, l'air de rien, j'ai une info pour toi.

– Sur quoi ?

– Rouen, le parking, celui qui t'a… tu veux son identité ?

Suffoquant de surprise, je ne sus que répondre.

Comment Pierre-Esprit était-il au courant ?

Il haussa les épaules et, dans un soupir navré, lâcha un nom :

– Jacky Leroux, le chauffeur de Mahaut de Coislin… un ancien de *L'Écho de Vire*. Un sacré fouinard…

Une femme présentant bien, hâlée et sûre d'elle, déboula à cet instant à notre table. Elle disait avoir besoin de l'aide de Pierre-Esprit Sauvage, semblait le connaître. Il me présenta comme son assistante… originaire de Vire.

– En Normandie, fit-elle, comme le beurre Elle & Vire ?

– Oui, je viens du pays virois. J'y ai vécu.

– Ah… mais vous habitiez là-bas… à l'année ? demanda-t-elle avec sidération, comme si j'avais avoué une maladie vénérienne.

– Vous êtes au courant que sur 66 millions de Français, 64 vivent hors périph *à l'année* ?

Le nom de la créature ne me disait rien. Sur ses doigts chargés de pierres, cette greluche exhibait dix fois la valeur de la maison de Lucette. Indigène du Tout-Paris, elle venait consulter le Pierre-Esprit comme tant d'autres au petit matin. Tout le monde semblait savoir ici qu'il établissait ses quartiers et officiait à la table numéro 4 dès 8 heures avec son pote le coiffeur qui écoutait la rumeur du quartier politique.

Je demeurais sous le choc que Pierre-Esprit sache tout.

Y compris pour moi.

Ses réseaux normands avaient-ils fonctionné ?

Que lui avait dit le chauffeur de Coislin ?

C'était donc qu'il s'intéressait un peu à moi...

La blonde assise près de nous disait avoir été reçue la veille au soir « à l'Élysée » pour prendre éventuellement la tête de « la holding qui gère les participations de l'État dans l'économie ». Candidate à un gros job donc la minette, une fille à gros pedigree. Son renom, elle semblait le devoir à « une carrière américaine » dans un cabinet d'avocats yankee. Pas le genre de nana qu'on croisait à Maisoncelles-la-Petite. Nous, quand on surpasse le brevet, c'est fête à la ferme. Tandis qu'elle causait, ma tête revisitait toutes les hypothèses que j'avais échafaudées autour de mon viol.

La veille au soir, cette blonde très bavarde avait pensé voir le président, mais on l'avait conduite dans un petit salon de l'Élysée où elle était tombée sur un gars effondré sur un canapé. Sans même se présenter ni cesser un instant de tapoter sur son smartphone, il lui avait demandé comment elle voyait les choses.

« Sans entrer dans les détails...

– C'est que le diable est dans les détails.

– OK, mais on est charrette », avait dit l'affalé.

Deux autres types étaient là, en chemise, un scotch à la main, venus aussi pour savoir, comme ça en passant, comment elle comptait boutiquer les affaires de l'État français. La blonde avait fini par comprendre à leurs échanges goguenards et pince-sans-rire que le type effondré sur le divan dont elle ignorait le nom était le dircom du Prince en titre. D'évidence, le président du lieu ne souhaitait pas lui parler lui-même, alors qu'elle aurait eu mille choses à lui dire, rouspéta-t-elle, mille inquiétudes stratégiques pour notre nation fragilisée et nos emplois industriels fondants.

Au bout d'un quart d'heure, le mecton de la com l'avait raccompagnée après l'avoir sondée en rigolant sur ses lieux de vacances et en évaluant leurs relations communes.

La blonde en tremblait encore de ce baratin léger.

Pas un mot carré n'avait été prononcé, que de l'impulsion d'hurluberlu, du doigt mouillé de pitre, au jugé, des fariboles mondaines. À l'Élysée ouaté, ils avaient tutoyé l'inconséquence.

Comment les *responsables* de la cinquième puissance économique du monde pouvaient-ils procéder de la sorte, avec une telle frivolité, afin de sélectionner un dirigeant stratégique pour l'avenir tricolore ? À coups de palpitations mondaines ! Ah, si ça se savait dans les gazettes, ils se feraient salement agonir. Il y avait des groupes stratégiques à verrouiller face aux prédateurs chinois et américains, des investissements fondamentaux à engager illico, dont ce dircom de cirque ne semblait pas prendre la mesure.

– Aide-moi, Pierre-Esprit, tout va de travers.

– Pourquoi le ferais-je ?

– Parce que tu es un mec bien. Les choix énergétiques pour 2050-2060 s'arrêtent aujourd'hui, en trajectoire. Ce ne sont pas nos enfants qui en décideront, mais nous. Je veux ce job pour le faire bien, en conscience. J'ai peur qu'ils choisissent un copain de vacances. Je n'ai jamais vu aux States un tel processus de sélection des candidats pour un poste pareil ! C'est du grand n'importe quoi.

– Et vous venez ici pour demander de l'aide… à un présentateur télé, au Flore ? lâchai-je, sidérée.

– Chérie, me répondit alors Pierre-Esprit d'une voix stoïque, t'as vraiment un QI de bigorneau. Ici au moins on traite les sujets. Retourne jouer dans ton RER, tu veux bien ?

Je me sentis monter la moutarde… Y en avait la coupe rase, et du débord jusqu'aux yeux. Mes pupilles de vacataire se serrèrent comme des poings. De toute ma vie, je crois n'avoir jamais giflé quelqu'un aussi fortement. *PAN ! PAN !* Double ration. Un serveur de passage resta coi d'étonnement. La financière blonde se figea de stupeur. Écarlate Pierre-Esprit éclata de rire.

– Ah ben voilà ! Ça commençait à me manquer, tes tartes !

– C'est ça que vous auriez dû faire hier soir à l'Élysée ! lançai-je à la blonde. Les baffer, ces mectons !

– Elle a pas complètement tort, ta prétentieuse… Ça les aurait peut-être réveillés, qui sait ? Au point où on en est…

Par pur plaisir, et par colère, peut-être aussi pour le reglinguer, je recollai une gifle exemplaire à Pierre-Esprit et déguerpis fissa. J'aurais préféré ignorer cette foire aux vanités, stagner dans l'illusion que Paris est moins désinvolte qu'il n'y paraît.

Pour ce qui était de mon viol, je venais de faire un sacré bond en avant. Mais les infos de saint Pierre-Esprit étaient-elles fiables ? Tout de même, je demeurais sous le choc.

La mosquée

Le silence de Cindy, ça me turlupinait. Alors je me mis à fouiller.

D'abord sur la Toile, et là je vis qu'une Cindy Francœur appartenait à un curieux « collectif » rouennais, Les Sœurs, qui protestait véhémentement sur la Toile contre une expérience parisienne. Des imames femmes promotrices d'une *mosquée inclusive* avaient cru bon de diriger une prière dans une salle mixte de la Grande Mosquée de Paris. Il s'agissait, selon ces imames, de revenir à l'islam des origines. Horripilées, Les Sœurs affirmaient qu'il n'était pas question de prier à côté de quelqu'un du sexe opposé, au motif que « les femmes crient, ramènent les enfants, et qu'avec elles c'est un peu l'anarchie, alors que les hommes aiment bien être tranquilles. Et puis quand une femme prie et se prosterne juste devant un homme, elle a le derrière en haut, ce qui est indécent ».

Ce verbiage me laissa pantoise.

Que venait faire ma Cindy dans ces débats ?

Un détail me troubla : Les Sœurs se prénommaient Fatima, Kahina, Zineb, mais aussi Nathalie, Mélanie, Louise, Laurence, Laure, Magali, Fanny, Anne-Claire…

Un vendredi où je n'avais pas cours, je pris un autopartage pour me rendre à leur mosquée rouennaise. Un sous-sol peu luxueux d'une ancienne garderie pour enfants désaffectée.

Au moment où j'arrivais, Cindy sortait avec ses amies. Toutes étaient voilées. Le cœur retourné, je me dissimulai derrière un panneau publicitaire qui vantait les mérites d'une marque de dessous sexy. Sous leur hijab élégant, la plupart avaient des têtes de Normandes du bocage.

Que s'était-il passé ?

Dans quel chemin spirituel ou identitaire s'étaient-elles engouffrées ? La République avait-elle si peu à leur proposer pour qu'elles embrassent ainsi l'aventure de la conversion ? Je les surveillais, discutant sur le trottoir, joyeuses, épanouies. Elles évoquèrent le séjour prochain de Cindy en Algérie.

Elles se séparèrent.

Je suivis Cindy, discrètement.

Ma sœur ôta son voile et disparut dans un bus, cheveux au vent et mystérieuse.

Mon beau gendarme

Baiser peu, forcément, ça incline aux dérives.

Les trois heures trente de lit commun à Mantes ne nous avaient pas rendus torrides, Pierrot et moi.

Alors, quand j'ai reçu un SMS de Nicolas Grandjean se rappelant à mon souvenir, j'ai repensé à ses ardeurs simples, à ses mains. Relevée de mes couches, j'avais besoin de me sentir femme à nouveau, désirée à l'infini.

Ce SMS de mon beau gendarme, je n'y ai pas répondu le lundi.

Le mardi non plus, j'ai fait carême, ramadan sexuel.

Le mercredi, je me suis juré croix de bois croix de fer que je n'y répondrais jamais.

Et le vendredi j'étais dans un pieu onctueux avec Nicolas, au milieu de nulle part, une zone artisanale à mi-parcours entre chez lui et chez moi, un recoin de la France moche. L'hôtel portait un nom américain, quelconque. On s'y était rendus en covoiturage.

On y a fait l'amour succulemment, avec un zeste d'extravagance.

Guérir ma colère par de l'excès de joie, c'est mon truc.

J'y ai lu des pages entières de Rimbaud.

Il m'a reprise comme j'aime ; mais ça me regarde.

J'ai souvent été infidèle physiquement. Le monde tape trop fort sur moi pour que je ne lâche pas un peu de vapeur. Mais je reste attachée par le cœur. Même si j'en ai peu, ce peu est de fer.

Et Pierrot partit

À Mantes, je ne supportais plus la présence de ma sœur venue m'aider pour la naissance de Donna. Si elle était bien de notre Didier, ça m'était insupportable que sa femme s'occupe de notre fille. D'autant qu'elle avait rappliqué avec toute sa bibliothèque de gourous, de guides pour mieux aimer, mieux niquer, mieux respirer, avaler, rire, roupiller, chialer, pardonner, tout en mieux ; comme s'il y avait du mieux là-dedans, au lieu de respirer sous un ciel tendre dès qu'on le peut, en menant quelques instants une vie qui se dérobe à nos tracas.

Pierrot avait lui aussi reçu un SMS de sa banque. D'évidence, la glissade financière se rapprochait.

Le bizarre, c'était que Cindy n'était pas revenue dare-dare de son séjour en Algérie, dans sa future belle-famille. Elle n'envoyait que des SMS laconiques, pas très liants, bien agaçants, comme si elle avait détouré ses propos pour envoyer des blancs. À mes questions, elle ne répondait que par des questions ou des aphorismes niais pêchés sur les réseaux. Je ne savais même pas où elle habitait. J'aurais préféré que ce soit elle, la nounou de soutien. Yassine, son fils de sous-préfet laïcard, commençait à me les casser sévère de la monopoliser à ce point.

Curieusement, son nom avait disparu du « collectif » Les Sœurs sur la Toile, ce qui me rassura.

Le reste de la famille, j'avais préféré qu'ils ne nous rendent pas visite. Vraiment, je ne me voyais pas faire gazou-gazou avec Didier sous le nez de Cerise et de Maman faisant état de ses années sexuelles.

Seul le Dudule me manquait. Son idiotie s'alliait à un cœur intelligent, et ça me suffisait bien. Un soir, Leïla m'annonça qu'à force de fréquenter le Café des Zèbres, elle avait appris par Antoine, l'instit, d'où le Dudule venait avec son étrangeté : du quart-monde officiel de Calais, là où les filles ont un ou deux bébés avant quatorze ans, un rituel d'accès à la féminité propre à ce recoin de misère, impossible à désancrer. Dans ces quartiers-là, si à treize-quatorze ans t'as pas de mouflet, t'es que dalle, m'avait expliqué Leïla. C'est ainsi que le Dudule était né d'une Française aux yeux bleus de douze ans et demi, avant que la fillette, chassée, le donne à un couple des Houillères du Bassin du Nord (où Antoine avait été en poste) plus miséreux qu'elle parce qu'il ne pouvait pas avoir d'enfant. Il avait grandi là, Dudule, dans une rue d'un ancien coron, où quand un voisin s'éteint, on boulonne une plaque d'acier sur la porte, faute de remplaçant. Il avait poussé en mauvaise herbe dans ces patelins crevards où les maires s'attendent à ce qu'on leur donne un « cadeau » quand on leur rend visite – comme dans les tribus kanaks où on « fait coutume », j'ai vu ça à la télé. La pauvreté l'avait décollé de lui, le Dudule intelligent. La rue était méchante, remplie de silences gluants la nuit. Il n'avait rien compris aux choses.

C'est terrible dans ces cas-là. Son surnom – « le Dudule » –, il le devait à son errance dans des tribus françaises éloignées de la modernité et du Flore, où on s'imagine que tout ça n'existe pas en France.

Un soir, en rentrant d'une visite de contrôle chez mon médecin-accoucheur, je tombai sur Cerise déconfite, la mine blême. Donna dormait. Le temps se brouilla.

– Il s'est barré…

– Qui ?

– Pierrot. Il a bouclé ses valises, il les a prises et il t'a laissé un mot, en larmes. Super touchant. Sensible, centré. Bouleversant même dans son désir de se respecter. Il dit qu'il n'y arrive plus, ton Pierrot.

– À quoi ?

– À tout. Il dit que c'est pas une vie, cette existence. Les sous, le reste. Qu'il devait se retrouver.

– Il n'a pas tenu le coup, le chacal ?

– Non.

– Et moi, pourquoi je tiendrais le coup ? Ras le bol des liens à responsabilités limitées ! Je n'aimerai plus jamais… plus JAMAIS.

– Kelly, toutes les chansons ont une fin. C'est pas une raison pour arrêter la musique.

Dieu, s'il existe, moi je dis qu'il exagère.

Peut-être que le seul amour fidèle, c'est l'amour-propre. À défaut de gifler Pierrot, j'ouvris sa lettre en songeant que l'immuable n'existait plus dans cette République.

À bout de solutions, carte bleue bloquée, Jojo Belle Gueule s'envolait sur les routes, se dissipait comme Gaspard jadis, mais sans se planquer des flics cette fois. La maison était hypothéquée, il ne me l'avait pas avoué. Sa banque pressée était sur le point de la saisir, ça traînerait pas. Pierrot se sentait un bloc de honte. Le courage, il n'y croyait plus.

On allait lui couper le téléphone. Les dettes de la boutique de fleurs écrabouillaient son avenir d'homme, l'asservissaient à vie, son théâtre l'avait viré au motif qu'il habitait trop loin et commettait des fautes de fatigue. Notre couple était un leurre, on ne se croisait plus que trois heures par nuit. Cette naissance qu'il n'avait pas désirée, c'était trop. Il n'avait plus les moyens de l'optimisme, Pierrot, plus les moyens d'être un gars correct, plus les moyens d'exister encore. Quoi que baratine Cerise, tout défaillait et mordait.

J'avais répandu mon âme sur l'instabilité d'un sable mouvant en prenant pour appui une victime de plus, cette âme qui, désirant naturellement se reposer sur ce qu'elle aime, ne le pouvait plus dans notre pays.

À un moment, je me suis demandé s'il était encore possible de tenir ensemble tout son être à l'intérieur d'un système aussi gauchi, compressant. Dans nos vies avariées, parfois ça calait net. Comme s'il ne suffisait plus d'être ouvert aux opportunités, d'avoir une belle ouverture de compas et de payer ses dettes. Le réel cinglait, abattait toutes les phrases réconfortantes, les rendait très dérisoires. La complication de l'événement produisait une énorme perplexité de l'esprit. Où était donc le chemin possible pour Donna et moi ? La responsabilité est parfois un labyrinthe.

– Tu vas faire quoi ? demanda Cerise. Ouvrir comment ta conscience ?

– N'importe quoi pour Donna. Même si c'est vrai que tout nous trahit quand on est trahi…

– Tourne la page.

– Je voudrais bien, mais c'est la page qui ne veut pas se tourner, j'ai une fille… de lui.

On ne réfléchit pas quand on est heureuse.

Là, j'ai vraiment gambergé à côté de mes habitudes, en me disant que le destin c'est peut-être Dieu qui se balade en loucedé, pressé de nous aider.

Après une irrésolution affreuse de vingt-quatre heures d'hébétude, j'ai vite compris que j'allais faire n'importe quoi pour mettre ma fille à l'abri à Vire, même si je savais ce que je savais, sans en être sûre toutefois. Comment Pierre-Esprit pouvait-il être certain de quoi que ce soit à propos de mon viol ? et de la mort de mon Léon ?

À Vire j'ai filé aussi sec, parce que la maison où logeait Lucette, c'était le seul bien que je possédais, même s'il me restait dix-sept années de traites à honorer pour que mon pauvre toit soit à moi.

Fallait que je reficelle mon balluchon.

La pipe de trop

Pour « ouvrir ma conscience », j'ai dû l'ouvrir...

D'abord, en rejoignant une association poétique locale, La Deuxième Vie des perles, spécialisée dans la refabrication des vieux bijoux passés de mode qui gisent au fond des tiroirs. Entre rêveuses, on y faisait des bijoux comme on fait des gâteaux.

Puis en suçant une queue répugnante, abominable.

Le directeur de l'usine de Maisoncelles-la-Petite, Denys Lacombe, abuseur notoire et vicelard comme trente-six cochons, me reçut facilement un soir dans son petit bureau isolé, malgré l'épisode du bowling.

Les rétives, il aimait les traquer.

Sa lourde silhouette en imposait. Des litres de graisse lui débordaient du pantalon. Il y avait un canapé en skaï qui avait dû beaucoup servir, un peu trop défoncé. Une place s'était libérée au secrétariat, pour le suivi des commandes de l'usine. Tout en se désinfectant les mains avec ses lingettes, il me la fit bien miroiter, laissant entendre que les dociles étaient nombreuses dans la commune pour saisir cet emploi stable.

Avais-je le choix ? Donna et moi campions chez Maman, égarée dans ses délires intermittents, sans trop de domiciles alternatifs. Il fallait bien que quelqu'un s'occupe de Lucette, qui pouvait m'aider à garder Donna. Ma mère était à éclipses.

– Faudra être gentille… pas comme au bowling, lâcha-t-il enfin. Gentille. Docilette, mignonnette…

– Que la bouche alors. Pas le bas.

– Pourquoi ?

– Le bas, c'est mon honneur.

Voyez dans quelle tourbe je m'enfonçais.

Le mot *occasionnelle* tournoyait dans ma tête.

Je croulais déjà dans la fange, pourtant je n'étais pas du quart-monde de Calais et les gifles, ça me connaissait.

La pipe que je lui fis à ce gars-là pour décrocher la place, pendant qu'il s'astiquait les mains avec ses lingettes, méthodiquement, fut doublement intéressée, même si ce fut un martyre mâtiné d'excitation. Jamais je n'avais été confrontée à un tel dosage de vulgarité et de violence presque troublante, tant l'abaissement dont j'étais l'objet me fascina.

Le salaire maigre, j'en avais sacrément besoin, et à Maisoncelles il n'y avait pas d'autre solution. Aller gagner ma croûte au-delà de notre vallée aurait été compliqué pour prendre soin de Donna. J'aurais perdu du temps sur la route, et je n'avais plus de voiture. En bus, c'était trop galère, à s'en dégoûter de vivre, même si j'avais l'expérience formatrice des allers-retours Mantes-Paris.

Et puis je voulais son ADN à Denys, son sperme dénonciateur.

Alors que je le gâtais vitement pour récupérer l'information, je me sentais mortifiée comme jamais. Je tapais le fond.

Digne rejetonne de ma mère un peu pute à ses heures. Mais, tandis que son phallus de courte distance, chétif, coulissait entre mes lèvres, je me félicitais d'être plus performante que la police, si lambine dans ses méthodes orthodoxes. Si Pierre-Esprit avait raison, avec le tuyau de Jacky Leroux, je le saurais vite.

La giclure fut longue à venir… parcimonieuse, mais très utile. J'ai tout recraché dans un Kleenex.

Après ça, on n'a plus rien à refuser à sa honte, on n'a jamais « toute honte bue ». Il en reste toujours au fond du verre.

Pendant que je me rajustais, Denys souffla :

– C'était bon de t'humilier.

– Nous sommes tous pathétiques, c'est ce qui rend la vie intéressante.

En sortant de l'usine, marchant dignement sous cette petite pluie fine que les Parisiens confondent avec le Niagara et que nous autres on appelle le crachin, je suis tombée sur le Dudule. Il m'attendait dans une défroque disparate, cerné par le silence opaque, dégingandé, faseyant comme une voile dans laquelle il manque du vent. Comment me savait-il là ? Ça m'a réconfortée son visage humain, trop humain, et son beau sourire de gars qui demande plus grand-chose au monde. Sans un mot, il m'a offert un livre de cuisine qu'il avait trouvé dans une poubelle. C'était tendre, son attention, et puis il s'est carré à toute pompe, Dieu sait où.

Le Dudule, c'était un cœur d'élite.

À peine rentrée à la maison, chez Lucette, j'ai congelé le Kleenex garni de sperme frais. L'identité génétique de Denys et celle du violeur à émasculer, je les tenais enfin. Ne restait plus qu'à croiser le tout en expédiant les deux échantillons en Espagne à un labo spécialisé – un commerce juteux interdit en France. Par Internet, j'avais eu l'adresse. Ils m'avaient envoyé une enveloppe stérile. 169 euros le test, avec réponse sous quelques semaines. C'était hors de mes moyens, mais je n'avais pas le choix.

Si la banque bloquait ma carte bleue, je ferais une passe à Rouen. Cette info, il me la fallait.

Le séquençage, ça prenait un petit bout de temps chez eux, à Madrid. J'y ai ajouté un échantillon de la salive de Donna, remplie de son ADN, avec un petit supplément de 89 euros pour connaître sa filiation. On verrait bien de qui était ma gamine. De cette ordure qui abusait des ouvrières et que j'avais en abomination ? de Pierrot finalement ? du beau Didier ?

Tandis que je refermais le bloc congélateur, ma mère s'est approchée. Elle avait le pif pour les emmerdes. Mollement, je lui ai appris que j'avais griffé la place.

– Ah… tu l'as eue comment ?

– En la demandant.

– Avec ton cul ou avec tes lèvres ?

– Arrête, Maman.

– On est des filles de rien, depuis toujours. Donna aussi un jour.

– C'est effrayant ce que tu dis.

– La vérité est ce qu'elle est. Dans ce pays, on sert nous autres. Et notre présent, il a toujours été tarte.

Dans les rues bruineuses et bancales de Maisoncelles-la-Petite, je pris la direction du Café des Zèbres, l'épicentre de la vie associative et de l'économie sociale et solidaire de notre coin de France. Le malheur, ça porte à flâner, alors je dérivais. Je rencontrai Antoine Fildebroc, le trop joli instituteur, poète à ses heures, dont on ignorait la vie sentimentale. Donna était serrée contre mon ventre, bien au chaud. On m'avait refilé un porte-bébé à la mairie, à la ludothèque qui se fournissait lors du vide-greniers annuel de Maisoncelles, écho de nos misères cumulées.

En chemin, tandis que je ruminais un supplice croquignolet pour mon violeur, je croisai Gilberte, la veuve chez qui on pouvait déverser des pneus usagés comme dans une décharge.

– Ils sont revenus en remettre… dans mon jardinet. Une nuit, comme ça.

– Tu n'as pas appelé les gendarmes ?

– Pourquoi ?

– Parce que tu mérites d'être défendue, Gilberte.

– J'suis qu'une veuve.

La vie me tordait tant le cœur que je m'accordai soudain, pour la première fois, le droit de devenir violente dès que possible, de dézinguer mes anciennes inhibitions et de blackbouler mon éthique mollassonne de jadis. À quoi servaient-elles mes valeurs crétines et obsolètes dans ce monde qui me serrait le kiki, qui faisait même fuir mes hommes ? Inopérantes elles étaient mes valeurs proprettes, dangereuses même. En tout cas plus bonnes du tout pour ma Donna.

Sur le macadam de Maisoncelles, empoissée de colère

saine, je me sentis pousser des crocs, et mille poings qui me sauveraient de mes chagrins. J'allais me battre et arracher des couilles. La meute de rages qui me coiffaient me rentrait dans le cœur que j'avais désormais trop gros. Toute la société, je la ferais payer pour cette pipe de trop, pour mon viol ravageur, pour l'assassinat de mon Léon et pour tout le reste qui m'asphyxiait. L'envie me gagnait de rejoindre un peuple de Gilberte, de Leïla et de Dudule qui se mettrait en marche contre toutes les injustices, les avanies essuyées. Il fallait bien qu'on passe du *je* au *nous,* du désir perso façon Stendhal à l'ample colère des *Misérables*, celle qui brasse les rues miteuses et retourne les campagnes. Celle qui fait de nous des contestants lutteurs, comme il y a eu jadis des protestants durs à cuire.

Je n'en pouvais plus de godiller que pour moi dans des déboires stratosphériques, d'éviter de former un peuple vivant et de patiner sans cesse au milieu d'idées individualistes. Faire meute, ça nous donnerait du cœur, de la sauvagerie.

Ce soir-là, mon tourment c'était le sommeil. J'avais comme un chagrin d'amour, un chagrin de vie.

J'étais même prête à me faire plénipotentiaire de la révolte sociale qui rôdait partout autour de nous, un bout de l'âme d'une population qui n'en pouvait plus, une sorte de déléguée pour défendre les Dudule. Sans chipoter ma haine brute. À la fin, nous allions tous devenir des Dudule.

Du bas jusqu'en haut, ils casqueraient, les Parisiens lointains.

Disposée au combat charnel, j'étais. Pour moi et les autres, je m'extirperais de ma résignation de brave fille qui enseignait avec cœur aux enfants des pauvres, aux éclopés des Segpa. S'il le fallait, je casserais du flic en armure et du rupin balèze, toutes les autorités chargées de calmer la fièvre du peuple dissipé, même si les vétilleux chics du Flore disaient, du bout des lèvres, que ça me donnait tout de la sale gueule d'une âme extrémisée, que j'étais nécessairement promise à l'antisémitisme ou au racisme-homophobique-pollueur (le trio d'infamie performant pour vous ôter tout crédit), alors que c'était plus simple (quoi qu'en pense Pierre-Esprit).

Trop, c'était beaucoup trop.

J'étais injectée de fureurs occultées par les chaînes de télé, celles qui débitent des tonnes d'insignifiances, celles où les Pierre-Esprit dégoisent entre Parisiens jobards écartés des petites gens comme nous, du deuxième pays qui a des accents qu'on n'entend jamais sur les ondes. Ces locuteurs-là, télévisés, d'une autre planète totale, qui ont même d'autres coupes de cheveux que nous et presque pas de tatouages, ne jacassent que pour dire l'inverse même de ma réalité suintante d'emmerdes. Comme si pour vouer aux gémonies le populo, il fallait d'abord le nier ou ne convenir de sa détresse que par pure précaution rhétorique – sans en tirer la moindre conséquence pratique. Ils savaient, eux, ces causeurs, que j'étais par nature une enculée avérée, frigorifiée par le fascisme qui coulait dans mes veines, porte-voix du Mal. Pourquoi ne voyaient-ils pas que le peuple aspire au sublime quand il parle de ses fatigues ? La polarité de leurs sous-entendus reflétait bien cet axiome : celle qui se rebiffe et dit l'exténuement du peuple est une en-cu-lée, je vous dis.

Factuellement inexact. J'avais juste taillé une pipe de trop.

Au Café des Zèbres

En déboulant au Café des Zèbres avec mon bébé, je vis Leïla en train de chialer, elle, si positive.

Voilée de peine, elle était ma pugnace amie. Sa jolie face ravinée de larmes disait qu'elle était fracassée par notre système fou. Sa vieille religion littéraire – Leïla devait bouquiner trois ou quatre livres par semaine, et des briques de poésie parfois – ne l'avait pas sauvée du chagrin.

– Le café va fermer, sanglota-t-elle.

– Quoi ?

– Ici, c'est fini, plié. Dulac l'a annoncé au conseil municipal. Ils ont dit que c'était lié aux dotations de l'État qui baissent encore. La commune peut plus abonder.

– Didier a fait ça ?

– Il pleurait de honte…

Leïla m'expliqua que, malgré les étangs poissonneux et les concours de pêche à la mouche organisés par Maisoncelles, malgré la revente des bâtiments rebâtis grâce aux chantiers d'insertion, les caisses étaient sèches. Didier était à bout de ruses pour pallier la décrue financière, l'asphyxie des communes étriquées. L'État rabioteur, incapable de calmer les besoins de ses propres fiefs à Paris, nous avait bien fait les poches, à nous les patelins. Didier ne pouvait plus financer un centre associatif, un nid de « faizeux » dont les alentours profitaient.

Mahaut de Coislin avait refusé le moindre kopeck de subvention de la communauté de communes dans un grand éclat de rire. Un rire violent. Ce café trop vivant, gisement d'espoir pour les gens-qui-ne-sont-rien, l'insupportait trop. D'autant que le préfet Grandvoisin avait dû lui signaler que ce bar associatif servait de QG à ce mouvement écolo poursuivi par les tribunaux pour « vol en réunion », qui décrochait à tout-va dans les mairies le portrait du président. La désobéissance civile des verdâtres, ça le hérissait Mahaut, ça lui donnait des haut-le-cœur. Le président il s'en fichait, mais l'autorité et la soumission, il ne plaisantait pas là-dessus. Sa royauté locale n'appréciait guère l'esprit de jacquerie d'une Leïla d'origine algérienne.

– Qu'est-ce que tu vas faire, Leïla ?

– Didier me laisse le logement, le temps que… Sinon j'irai chez ma Natacha, à Rouen.

– Didier n'a pas le droit de se conduire mal, je vais aller le voir. Le secouer. Il nous doit ça.

– Antoine est au courant ?

– Oui. Didier n'a plus le choix.

– Et après, on fera quoi ?

– Le Dudule m'a proposé de dormir chez lui, dans son lit. Il m'a dit qu'il a longtemps dormi par terre, alors il s'en fiche.

– Finir chez Dudule…

On partit à rire toutes les deux, d'un beau rire fraternel, celui qui avait soudain résonné ici.

Dans ce café associatif de village au cœur de la ruralité en carafe avaient toujours convergé en rangs serrés, grâce à la belle Leïla et sous la houlette d'Antoine Fildebroc, les fabricants d'espoir collectif, tous ceux qui réglaient les pépins d'une France qui ne savait plus se réparer par ses institutions, tous ceux qui s'échappaient du « moi je » exalté par l'époque pour dire « nous » avec bonheur. Épaulée par Fildebroc dont les idées empoétisaient tout, Leïla les avait rameutés, ces « faizeux » inventifs, comme Pierrot dans sa banlieue houleuse. Des gens dont l'ego était resté au vestiaire. Ces « Zèbres » étaient de drôles de bêtes, irréguliers en tout point et rétifs à la mystification de la vie publique dite nationale. Leïla avait elle-même goupillé une association puissante de « garages d'insertion » pour réparer à prix coûtant les guimbardes des pauvres. Chez nous, sans voiture tu croupissais à jamais dans la galère.

Les potes de Leïla, des optimistes malgré tout, lui ressemblaient. La plupart respiraient ample, extra-large, pas le medium-size de l'individualisme riquiqui qui triomphe, surtout à Paris. Des virtuoses du *nous*, des cœurs intelligents, des courages longue durée, des capables de toutes les ruptures généreuses. Des créateurs de leur sort, surtout, tout à fait inaptes à la reptation devant la fatalité.

Les Zèbres, c'étaient des surdoués de la débrouille civique. Des lascars qui inventaient de la solution utile, qui ne se prêtaient pas, qui se donnaient. Dépasser l'homme privé, effacer ses intérêts penauds, c'était devenu un truc de citoyen.

L'un, cramponné à son optimisme, avait mis au point un

système de carte prépayée pour rebancariser les interdits bancaires humiliés partout, même à la Poste où, pour ouvrir un compte, on vous demande jusqu'à quel degré de mouise et de panade conjugale vous êtes. L'autre faisait profiter les familles usées de misère des invendus de l'industrie locale, ou plutôt ce qui en restait. C'était habile. Kimberley, elle, avait rempli d'élèves le centre de formation d'apprentis du coin à moitié vide, en utilisant les clubs de sport de la région où les gosses ratés acceptaient encore l'autorité d'un adulte : coach de foot, entraîneur de boxe… Les coaches, briefés par Kimberley, se portaient garants de la bonne conduite des mômes pendant leur formation et ils expliquaient aux adolescents l'intérêt d'avoir mieux qu'un boulot, un métier d'homme libre. Fréquenter cette Kimberley, c'était respirer le génie de l'époque. Un autre encore, Colin Verdier, était le correspondant local d'un éditeur jeunesse qui vendait des albums neufs à 80 centimes dans les zones sans librairie. Une audacieuse intelligente, Jessy Kermadec, avait bricolé une astucieuse « Mutuelle de village », qui mutualisait la négociation des cotisations. À cent foyers, on avait une force de frappe pour tirer les prix vers le bas. On y économisait, dans cette mutuelle-là de fortune, le sou devenu si rare dans la commune. Nos familles de Maisoncelles commençaient à en bénéficier. Sa création avait soudé les gens, pas tous, mais déjà un gros noyau.

Le Café des Zèbres, c'était le lieu de l'invention du monde qui permettait de tenir ensemble, un épicentre épique où on se serrait les coudes pour se réparer entre citoyens debout. Avec les Zèbres, la vie avait un goût d'inouï. C'était le désespoir surmonté. Les enfants aussi en profitaient, avec Antoine qui les initiait au pouvoir d'agir par soi-même.

– Tu sais quoi, Leïla, on va désobéir.

– Désobéir ?

– Le bar, on le ferme pas. On les emmerde tous.

Leïla resta muette.

– Quoi que dise la commune, poursuivis-je. Il faudra qu'ils envoient les CRS en tenue de Goldorak pour nous faire renoncer à notre foi collective. Et Didier, il pliera comme les autres.

– T'es barrée, Kelly.

– Non, on va exister, quoi qu'il arrive. *On*, pas toi ni moi, *on*. On recule plus, Leïla. On est en tungstène. La société du tout-à-l'ego, ras le nombril, on va dézinguer cette merde avec nos Zèbres. Prépare une affiche pour la Mutuelle de village, une grande réunion du soir. Faut qu'on fasse basculer tout le monde là-dedans. Les gens méritent de s'occuper eux-mêmes d'eux, ensemble. On va se redresser.

Et j'ajoutai en désignant mon bout de chou :

– Pour elle, on va réussir ! Grâce à nous, Donna fera des pipes à personne !

– Personne ? fit, mutine, Leïla, qui aimait la gaudriole.

– Seulement par amour !

– On est des gens LIBRES ! Des magiciennes.

Le retour de Cindy

Cette semaine-là, un soir, on vit Cindy. Leïla dînait à la maison avec Lucette, Gilberte et le Dudule. On avait cuisiné un rôti de porc aux pruneaux caramélisés, avec plein de pommes de terre sautées au beurre de Vire. Et des champignons achetés au marché à un paysan qui criait « Qui qu'en veut des champipis ? ».

Cindy débarqua dans un attirail pas possible : voilée de larmes, entièrement voilée de figure aussi, voilée à n'y pas croire, inutilisable par la société qui la reléguait dans un éternel statut de stagiaire. Son chien était à ses côtés, trop poilu. Gilberte avait le visage clos. Leïla demeurait figée. Il ne faut pas oublier que les siens, à Leïla, s'étaient jadis carapatés d'Algérie pour ne plus jamais revoir un niqab. Les barbus inflexibles, les châles et les hijabs, même badgés Nike, ça l'urticait. Une semaine auparavant, Leïla m'avait montré avec effroi, sur Twitter, le cas d'un jeune homo de dix-sept ans poignardé en Suisse par son père, un Irakien radical. Dès qu'elle se refouillait la mémoire, ou quand elle repartait au bled pour les vacances, elle revoyait des gars du FIS qui tentaient de les soumettre.

Le Dudule, lui, spontanément, voulut écarter le voile pour découvrir le visage de Cindy, mais elle arrêta son geste d'un ferme :

– Non, le Dudule.

– T'es belle.

– Pour un seul homme, répondit Cindy.

Son voyage romantique en Algérie avait précisé sa conversion par amour. Yassine Bencheikh, le chauffeur qui avait refusé l'accès à son bus à une Beurette courtement vêtue, c'était lui le vertueux, le teigneux à faible taux de féminisme qui lésait ma sœur et qui allait sans coup férir lui dérober sa liberté. Avec sa complicité pleine et entière, le pire c'était bien ça. Fils de sous-préfet, Yassine n'avait pas supporté que son père soit cantonné dans les hiérarchies subalternes de la République, utilisé comme devanture de l'intégration, alors qu'on lui interdisait, dans les faits, l'accès au rang de préfet. Ce qui n'était sans doute pas inexact. Le souci avec les paranos, c'est qu'ils ont souvent raison. De mauvaises relations dans un club de football avaient fait le reste.

– C'est mon choix, ma liberté, déclara Cindy en refusant le rôti.

– Comme ce voile…, fis-je avec ironie.

– … qui me rend à ma nature de vraie femme, entre sœurs. À ma féminité.

Leïla se tendit. Sa carotide palpitait.

Gilberte demeurait silencieuse. Songeait-elle aux douleurs de feu son mari ?

Ma Cindy voulait du fiable, du béton. Ces filles qui disent légitimement « Je suis un sujet autonome et souverain dans sa décision » ont peut-être raison de l'affirmer, mais elles oublient de dire qu'elles le sont grâce à la République qui les protège… et sûrement pas grâce aux interprètes traditionnels de la tradition religieuse qu'elles ont embrassée.

– Yassine m'a tracé la voie de l'amour vrai, de l'amour entier. Y a plus que l'islam qui respecte la femme.

Ma petite sœur aspirait à un amour inconditionnel dans un pays fâché avec la pureté, fâché avec sa jeunesse tenue en lisière du salariat normal. C'était là sa valeur cardinale, sa rébellion à elle contre une société où, il faut bien le dire, tout cafouillait entre les hommes et les femmes. Anti-Lucette par excellence, Cindy avait déniché chez ce garçon une qualité d'amour qui la réparait, et une virilité assumée qui ne se faisait plus trop chez les clients fuyants de Tinder.

Sanglotante, Cindy nous apprit que son rêve se carapatait. Yassine, en pleine radicalisation fiévreuse, ne voulait plus l'épouser au motif qu'elle était désormais impure. Forcément, le saligaud l'avait tringlée dans tous les sens. « Tu mérites pas le mariage, t'es même pas vierge », lui avait-il lancé avec dédain. Le Dudule posa sa main sur celle de Cindy.

– C'est lui qui t'a déviergée ? s'enquit Leïla.

– Oui.

– Quoi ? Ton mec avec qui t'es restée un an et demi et qui tapait bien entre tes cuisses t'a balancé ça ? Oh, putain, *men are trash* ! Pour ça que faut jamais rien donner à ces chiens.

– Le problème, intervint Maman, pragmatique, c'est qu'il a sûrement plus envie de se marier, ton joli prince.

– C'est même pas trash, c'est un loss ! tempêta Leïla. J'espère qu'il a pas de sœur le bâtard. Tu mérites mieux. Rien que d'entendre ça, j'suis dégoûtée. Par la grâce de Dieu, tu finiras pas ta vie avec lui.

– Faut le comprendre…, protesta Cindy en remettant son voile.

– On en est où, là, sur l'échelle du connaromètre ? grogna Leïla.

– Oublie-le ce débilos…, je conclus.

– C'est pas une grande perte… Quand il a balancé ce genre de saletés, tu aurais dû le jeter avant qu'il te jette lui. Une sous-merde comme ça. Dieu fait bien de le retirer de ton chemin.

– Non… vous n'y êtes pas… pas du tout, protesta ma sœur. Yassine est la pureté même, la droiture.

– Ma fille ! s'emporta Leïla, outrée. T'es tombée sur un chacal qui te prend pour une buse ! Il te nique et il te jette.

– Non.

– Il le mérite, lui, le mariage ? Chez nous, les déviergées on en épouse. Sale chien, ça lui plaisait bien quand il faisait ça avec toi ! Ça me dégoûte ce genre de mec !

– Ne parle pas de lui comme ça, sans connaître son cœur.

– La génération d'aujourd'hui, c'est grave… Tu mérites mieux !

– Arrêtez là, s'exclama Cindy, le seul à qui on doit des comptes, c'est Dieu !

– Avoir un tel comportement, c'est inadmissible, reprit Leïla. Quel fils de pute ! La mère de ton guignol, elle veut juste pas qu'il voie une mécréante.

– ARRÊTEZ ! hurla Cindy.

– Me fais pas le coup de l'islamophobie pour me faire taire ! prévint Leïla.

– Il fallait suivre ses principes à lui. Aucune excuse pour

moi. Yassine a raison. Comme il a raison d'envisager des actions plus radicales.

– Où ?

– Là-bas. Là où ça se passe. Ici, les musulmans sont dans l'illégalité, on les fume, et quand ils sont dans la légalité, on les fume aussi.

Abasourdies, émiettées de stupeur, on s'est regardées, ma mère, Leïla et moi.

Cindy n'avait pas l'air de plaisanter.

J'avais d'abord cru à une plaisanterie, limite caméra cachée, mais non, Cindy était à fond dans son trip totalitaire guerrier, plus excitant que les séries télé ou que la compète de ping-pong organisée par la mairie.

Hors d'elle, Cindy asséna :

– Les forniqueurs ne méritent rien.

– T'es maboule, ma chérie ?

– Honte à toi, Kelly, qu'étais pas en mode rester vierge jusqu'au mariage.

Histoire de la réveiller de son lavage de cerveau, je lui allongeai une claque mémorable, élastique, surviolente. Le Dudule en fut choqué. Gilberte aussi.

Cindy ne bougea pas et répliqua avec une sérénité qui me glaça :

– Qu'Allah fasse que vous ayez toutes une vie exemplaire et pure. Yassine a eu raison dans sa sagesse. De toute façon, une relation haram, incompatible, ça menait à rien. Regardez notre famille, on est impures ! Des putes !

– Ça va pas la tête, sœurette ? Bientôt tu vas devenir anti-pédés ! À dire du mal des histoires d'enculage…

– Wallah, l'Occident s'homosexualise… et c'est grave. C'est l'abomination.

– Tu vas nous lâcher, minette, avec tes sermons rebeus ?

– Ne médis pas sur l'islam ou il t'en cuira, ma sœur. *Charlie* n'est pas si lointain.

– Moi je dis qu'une boucherie halal, c'est du commerce, dix boucheries rebeus, c'est une colonisation. Et que ça finit comme ça tout ce tintouin, avec des filles halal ensachées dans la connerie ! Et des sœurs qui se déchirent au lieu de faire des batailles de polochons.

– Vous ne méritez pas de connaître Yassine. Surtout toi ! Mécréante ! lança-t-elle à Leïla avec le dernier mépris.

L'assignation identitaire, Leïla ne supportait pas, mais elle se retint de passer aux baffes. Gilberte demeurait figée, effrayée. Sur ces mots fielleux, Cindy rajusta son voile et décampa. Comment avait-elle pu rejeter ce qu'elle avait de plus précieux en elle, de plus excellent et de plus caché, son exceptionnelle douceur ?

Le Dudule esquissa un baiser avant qu'elle sorte.

Nous l'avions bien perdue, notre petite sœur écœurée par l'époque. Même si je ne m'y résignais pas.

Qu'allait-elle faire de son galant qui, après lui avoir volé sa fleur, lui dérobait ses espérances ?

Tout commence

Dix jours plus tard se tint autour du zinc du Café des Zèbres, toujours ouvert malgré l'oukase de la mairie, une réunion considérable dédiée à la Mutuelle de village. Quelque chose de plus grand que nous était en marche.

Quasiment la moitié de la population de Maisoncelles-la-Petite débarqua. Des frimousses d'ici, il en débordait sur le trottoir, en chemise à carreaux, en blouson, en blouse, avec des bonnets. Des vioques à triple chignon, des ratatinés de misère, des élancés vers les belles études, des mauvais caractères bien trempés, des sommités de laideur, des dames en robes à motifs, des maniaques du codicille impigeable dans les contrats, des mômes plein les pattes comme dans une noce, un gendarme venu tout exprès pour sa belle-mère, deux charmeuses de l'usine, des déconfits en retraite, deux ou trois marioles, des ruraux déglingués aux mains comme des battoirs, capables de saisir des bûches, le peuple flottant, quoi. Sans oublier les paysans du bocage qui, déjà, parlaient de monter à Paris avec « les bébés », leurs tracteurs aux allures de chars d'assaut, pour hurler qu'un tiers d'entre eux dépassaient pas les trois cents euros mensuels, les bons mois.

Il fallut ouvrir les fenêtres et sortir les baffles de la sono sur le bitume pour que les orateurs puissent se faire entendre.

Chacun comprit que négocier seul sa cotisation de mutuelle avec une compagnie était folie, et que grouper cette négociation était à l'avantage de tous. En précisant bien, collectivement, les garanties dont on avait effectivement besoin, pas les bidon qui font inutilement flamber les prix.

Une « commission juridique » fut improvisée pour relancer les négociations avec les grosses mutuelles, et peut-être les faire plier. Histoire de reprendre la main. Le bel Antoine proposa d'en assurer le secrétariat.

Mais l'essentiel était dans les cœurs. Flottait comme une joie démocratique assez unique en ces temps tristounets. Les calleux, les ouvrières de la Compagnie normande d'expédition, les paysans du cru, les employés dans le pétrin et même ceux de la haute qui s'étaient aventurés jusqu'au café éprouvaient l'étrange fierté d'œuvrer ensemble. Comme si l'œuvre nous élevait. Calée sur mon ventre, ma fille dut en ressentir des frissons.

Au premier vote à pognes levées – le seul scrutin qui engage facialement les hommes et les femmes et les fasse exister à égalité –, un applaudissement plus fort que les autres déchira l'air. C'était notre Didier, venu en médecin, cigarette au bec. Obstétricien de la maternité de Vire, il ne pouvait que veiller à l'état sanitaire de ses concitoyens, même s'il avait dû prendre la décision ignoble de couper la subvention allouée au Café des Zèbres. L'élan que donnait cette mutuelle d'un type nouveau le sidérait, le bouleversait à l'os, ça se voyait.

Il m'apparut alors que je tenais son peut-être enfant sur mon ventre en bandoulière. À mes yeux frits, il sentit quelque chose, Cerise aussi. Elle se tenait à ses côtés avec leur gamine Shaïna. C'était la deuxième fois que Didier voyait Donna. Rien qu'en scrutant le don de sa beauté, je me suis mise à extravaguer. Dieu que j'adorais qu'il me soumette, me laboure.

Le petit Martin Lepoint, dit Tintin, était là, trifouillant ses notes pour rapporter l'événement dans *L'Écho de Vire*, toujours si livide de trogne qu'il paraissait quasi décédé malgré le maquillage. Mais on ne s'inquiétait pas trop, on l'avait toujours connu comme ça.

Pensif, le Tintin avait l'air de se demander quelle crasse il pourrait déterrer autour de cet événement propre. Déshonorer, c'est un boulot. Pour nuire, il avait besoin de constater de visu, de chercher l'angle irritant, affriolant de malveillance. Dénoncerait-il la présence des syndicats via Antoine qui était syndiqué ? Rien que par sa présence, on sentait l'œil froid de Mahaut de Coislin, son ricanement infect, l'envie qu'avaient ces salauds de salir le courage des gens simples qui, soudain, se montraient capables de se redonner du pouvoir d'achat et de la sécurité, sans rien demander aux puissants de ce monde, aux Parisiens amplement qualifiés. Un culot phénoménal des clampins du bocage ! Belle revanche des fangeux. Cette flibusterie mutualiste, dans le bar même des Zèbres, ça faisait chaud au cœur.

Didier s'approcha de moi, un peu à l'écart.

Cerise était rentrée coucher Shaïna.

– C'est beau, hein, un peuple qui se prend en main…

– Pourquoi veux-tu fermer le café ?

– La préfecture me bloque les crédits si j'obéis pas. Ils veulent nous mettre sous tutelle… Ils nous parlent comme si on était leurs employés.

– C'est vrai ?

– Coislin tient tout. Son parti est avec lui, à lui pour ainsi dire. Le préfet lui mange dans la main… Les deux voulaient la peau de Leïla, de ce café rebelle, de toutes ces assos qui leur échappent. Pour eux, vous êtes des bâtards… Tout est pareil à Paris. Le plan banlieue a été liquidé pour ça : les gens de pouvoir, en France, ce qu'ils veulent, c'est contrôler.

– Eh bien, on va se passer d'eux. Comme avec cette mutuelle.

– Tu seras toujours du côté…

– … des vivants. Tu sais quoi, Didier ? Tu mérites des claques, d'énormes claques.

– Toi aussi… sur tes jolies fesses.

Et vlan, je lui collai une énorme baffe, rien que pour l'informer que mes fesses en avaient envie. Stupéfait, Didier s'éclipsa.

J'entendis des applaudissements.

– Bravo ! Bravo ! On ne perd pas la main !

Je me retournai et vis surgir Pierre-Esprit de l'obscurité, aussi élégant qu'au Flore, fluide et ravissant. Ce type avait le don de la légèreté comme on a celui des larmes.

– Qu'est-ce que tu fous ici, toi ?

– J'ai mes infos… avant l'info.

– Et ?

– Cette jolie soirée pleine d'optimisme sera un peu obscurcie demain quand deux cent quinze salariés recevront une belle lettre de licenciement…, dont toi !

– Quoi ?

– Ma chaîne m'envoie pour ça. Super-sujet que je leur ai vendu : une boîte très rentable ferme car le coactionnaire, un fonds de pension de Milwaukee, exige un taux de retour supérieur au taux actuel, le double. Coislin, actionnaire majoritaire, est pas contre. Délocaliser au Maroc l'activité fait grimper la valeur de la marque qu'il possède de 60 %. Sympa, non ? Coislin se préfère à chaque seconde.

– L'activité se tire au Maroc ?

– Oui.

– Tu plaisantes ?

– En ai-je l'air ? Les principes n'existent pas pour eux. Demain, tout le monde sera dégommé, oublié. Autrefois on fermait boutique quand on perdait du blé, aujourd'hui quand on n'en gagne pas assez pour les fonds de pension.

Cette désinvolture inouïe traduisait un total effondrement de l'éthique, celle à laquelle on s'était tous raccrochés jusqu'ici, malgré tout. Même en râlant. On entrait dans le règne de l'iniquité, de l'anéantissement du bon sens, du triomphe de la saloperie pure.

En un instant je compris pourquoi Denys avait abusé de mes talents buccaux en me faisant miroiter ce boulot. Il savait de source sûre que la Compagnie normande d'expédition allait fermer. J'étais passée à la casserole pour rien. Au moins, j'avais chopé son ADN, à ce merdeux.

– On va pas les laisser faire.

– Vous n'aurez pas le choix. Les machines ont déjà été déménagées le week-end dernier, en loucedé.

– Quoi ?

– C'est pour ça que je suis là.

– Alors, on va t'utiliser.

– Alors, arrête de me gifler.

Naissance d'une autre femme

Pierre-Esprit avait hélas raison. Le lendemain, le gros des maisons de Maisoncelles et des alentours reçurent par courrier la lettre de licenciement de l'usine qui fermait. Deux cent quinze salariés sur sept cent trente-deux âmes. Pas une famille qui ne fût frappée, sinistrée, jetée à terre.

La pipe que j'avais faite, en écrabouillant ma fierté, n'avait servi à rien.

L'Écho de Vire, ce jour-là, avait fait le choix de ne pas rendre compte du succès de la Mutuelle de village, d'étouffer cet espoir populaire. Rien, que dalle, pas une lignette dans le canard local ! Ça sentait la censure de Mahaut de Coislin, ce précipité chimique de déni, de fiel rapace et de frivolité goguenarde. La souffrance sociale était pour lui un motif de plaisanterie. Le peuple n'avait-il pas pour métier de souffrir et d'être inquiet ?

Quant au Café des Zèbres, il fermerait fatalement, faute de clients. Qui donc gaspillerait encore le prix d'une consommation dans un tel marasme ?

Maisoncelles-la-Petite entrait en agonie et on était faits comme des rats, cloués dans le bocage, puisque nos maisons ne valaient plus rien. On ne pouvait plus les revendre pour aller chercher du boulot ailleurs. Qui investirait dans un bien sis dans une commune où tout le monde allait vendre par nécessité ?

D'un coup, notre maigre capital à tous avait entièrement fondu, s'était dissous pour ainsi dire, ne nous laissant que les dettes pour des durées affolantes. Cette vérité cruelle était si extraordinaire que chacun avait encore du mal à se familiariser avec l'idée d'un tel servage, en plein XXIe siècle.

À la télé, un ministre prolixe jacassait sans honte de la nécessaire mobilité des Français. Il s'indignait de notre horripilante fixité. Savait-il seulement que j'avais sur le dos encore dix-sept années de crédit d'une baraque qui valait zéro ou presque depuis ce matin-là ? Comment diable aurais-je pu transhumer ? Comme Pierrot, mon ex qui allait se coltiner les dettes de son commerce disparu et qui galérait dur pour trouver du taf. À Angoulême où il avait un point de chute, il y avait bien un gros chantier qui employait du monde pour édifier le nouvel hôpital de la ville. Mais j'appris par Cerise, toujours en lien avec lui, qu'en dehors des cadres, on n'avait engagé que des ouvriers d'Europe centrale, des « travailleurs détachés ». Une directive européenne astucieuse pour écrabouiller l'ouvrier français spécifiait en toutes lettres qu'on pouvait employer des citoyens de toute l'Union en payant les charges sociales dans leur pays d'origine. Alors forcément, pour gagner les marchés publics en étant le moins cher, les entrepreneurs tricolores devaient engager du Bulgare à la pelle, du Roumain, du Polonais, que des costauds à faibles charges versées ailleurs qu'en France. Pas Pierrot, donc, qui avait le gros malheur d'être français. Mais qu'il vienne donc à Maisoncelles, cet ahuri de la télé qui vantait la mobilité !

Ce type hâlé, avec ses prêches décalqués, a fini de solidifier mes colères. Que ne voyait-il, ce crétin « ouvert sur le monde », qu'on était des exténués, des courageux qui ne travaillaient plus que pour les banques, pour rembourser des biens sans valeur désormais ? C'était à en devenir taré ! Comment aurais-je pu filer ailleurs avec le foutu boulet de ce crédit immobilier qui me fixait dans la mouise de Maisoncelles ? Je n'allais pas payer deux fois mon logement ! Pouvais pas.

Devant la télévision, j'ai fondu en larmes. Des pleurs acides qui m'ont lessivée de tout espoir. J'en avais soudain la haine d'être française, et honte de penser ça. Pourquoi étais-je de ce pays de traviole pour les simples, de ce pays qui combinait des lois pareilles ? Alors qu'on était censés être les champions du monde de l'aide sociale !

Maman, elle, était si barrée dans son cerveau mité qu'elle ne saisissait pas l'horreur économique qui nous visait, l'ampleur atomique du désastre qui pulvérisait nos vies. Elle devenait une Dudule. Qu'allais-je faire d'elle, alors que j'étais désormais sans revenu fixe ? De toute façon, l'Ehpad le plus proche, si je dénichais une place, était à 1 370 euros par mois ! Tout ça n'était plus à portée de nos rentrées depuis longtemps et je n'avais plus de voiture. À bout de tout, je l'avais vendue lors de mon déménagement à Mantes, pour solder mes dettes laissées par Gaspard. Qu'allait devenir ma famille en voie de dislocation ?

Le capitalisme financier, je n'en voulais plus.

La dérive de Yacine qui m'arrachait l'affection de ma petite sœur et qui la décervelait, je n'en voulais plus.

Le véritable exil, celui qui naît de ne plus rien trouver de la physionomie de son pays dans son pays, je n'en voulais plus.

Du sacrifice de mon amour pour Didier pour les yeux de ma sœur Cerise, je ne voulais plus.

D'un système qui faisait que mes hommes fuyaient leur vie à bride abattue les uns derrière les autres, je ne voulais plus.

De la fermeture de nos services publics, notre dernier bien quand on n'a plus rien, je ne voulais plus.

Voter une fois de plus pour les délégués du système ignares de nos vies, je ne voulais plus.

Payer une redevance pour une télé publique qui était en vrai une télé-Paris qui excluait nos accents et qui ignorait nos courages, pourquoi l'aurais-je voulu ?

De leur Europe qui permettait que Maisoncelles ferme boutique et que l'hôpital d'Angoulême se fasse avec nos sous sans ouvriers nés en France, je ne voulais plus.

De notre société où ma mère vieillissante ne savait plus où habiter, je ne voulais plus, comprenez-vous ?

De tout cela je ne voulais plus, en hérétique.

Le mode de vie français n'est pas que tolérance et hospitalité. Je tenais à la manière d'habiller de liberté mon esprit et mes mœurs légères. Et l'Europe étrangère n'avait pas à n'être qu'un club de faiseurs de règles hors-sol qui nous chicanaient, nous empêchaient et nous appauvrissaient, nous les sans-dents.

Ah, tout persécutait ma quiétude…

Où étaient les chefs qui auraient cumulé tous les prestiges ?

Un savoir sans limites, une tendresse profonde pour l'homme et une radicalité dans notre défense...

Moi jadis si civile, si amie des engagés positifs sur le terrain, j'étais prête à contrevenir à leur catéchisme, à devenir une délinquante de la pensée, une fière émule des ennemis désignés par le Flore de Pierre-Esprit. Ah, que toute leur police de la réflexion me frictionne le fondement ! Et me disqualifie d'être sincère, insoumise à l'évitement des mots indicibles. Faire usage de tout le vocabulaire « décent », c'est retirer de sa substance au monde, de sa vérité à la vie qui est aussi saleté, crapulerie et sentiments vils.

D'un coup, je cessai de refouler mes émotions âcres pour ne plus écouter que ma soif frénétique de justice, en revendiquant très fort mon droit à la nostalgie. Oui c'était mieux avant, du temps où l'incohérence n'était pas normalisée, généralisée, institutionnalisée.

Ce que je vais vous avouer va vous terrifier, vous les nantis, et, je l'espère, vous glacer l'âme. Vous indigner seulement, ça me chagrinerait. À compter de ce jour, la violence la plus rustique, cette expérience vivante, m'est apparue comme la seule issue sérieuse, même si cela faisait de moi une renégate. Jamais je n'aurais imaginé écrire de tels mots, moi qui jadis condamnais la plus légère inconduite. Un vol de Malabar dans une boulangerie me semblait le bout du mal. Mais j'assume totalement ma renégation comme une *conversion morale* nécessaire. J'aurais bien voulu continuer à mijoter dans votre bonté factice, pelliculaire, mais je n'avais plus le choix. J'appartenais à cette société provinciale dépressurisée au milieu des trous d'air économiques qui ravagent familles, avenir, couples. J'étais de cette moitié grise de citoyens français qui surnagent avec un revenu inférieur au revenu médian, de ces délaissés qui n'en finissent pas de crasher. Soyez-en certains, mes éructations n'ont aucun vernis scientifique – je crois même que les chiffres dont on raffole à Sciences po Paris sont incapables de rendre compte de l'effondrement du monde qui avait été le mien.

Ce matin-là, je me suis sentie clouée à Maisoncelles, très exactement la honnie que vous méprisez, vous les mobilisables par la bien-pensance hautaine, vous les couilles molles qui tenez le crachoir télévisuel et qui pratiquez la vigilance contre tout être à qui il faut coller un label d'infamie parce qu'il ose nommer le vrai.

Moi, Kelly la vaincue, l'interdite bancaire bientôt et à jamais, je consentais à changer de valeurs et à devenir la substance même du Mal officiel, la chair même de ce qu'il convient de tenir pour nauséeux. Oui, j'appartiendrais à cette *France moisie* qui horripile les assis. Toujours cette idée très Rive gauche que le peuple, cette bête sale dotée d'un cerveau reptilien, serait une force d'usure de la démocratie, populiste par fatalité, hideusement animée, genre Playmobil équipé d'un manteau noir... Mon Dicu comme les dégâts de cette idée qui nous animalise sont incommensurables !

Dans la vulgate élitaire qui est la leur et qui a l'air compassionnelle en surface, tant ils s'aiment dans leurs postures de bonté, nos souffrances quotidiennes, ils s'en battent les couilles. Nos souffrances à nous, les Gaulois et les basanés, ils les considèrent très curieusement comme quelque chose d'admissible, de *raisonnable*, disent-ils, et on nous prie de nous y résigner nous aussi sans péter de durite – sinon nous sommes antidémocrates, d'un déboutonné populacier qui pue les Ligues infâmes d'avant-guerre et la grosse sueur des SA. L'aise avec laquelle on nous balance ce genre de phrases a quelque chose de pas possible. On a convoqué l'histoire de la France ou de l'Europe dans ses méandres ignobles, ses sinuosités les plus xénophobes, pour ne pas nous voir dans notre réalité de déconfits ruraux.

La seule chose vraie était que je brûlais désormais d'émotions interdites, pas convenables quoi, et je ne les décevrais pas en ne cachant rien de ma « crasse », car j'avais l'âme ulcérée. Oui, j'étais une fraction de cet acteur intempestif et grand qui se nomme « le peuple français », absent omniprésent dans leurs débats télévisés. Ma pitance était chiche, mes dessous usés je l'avoue, mon mascara fatigué et mon sort sans solutions, je le savais. Rumination de pisse-vinaigre ? Non, éclosion d'un altruisme violent enfin assumé.

Mon temps n'a jamais été tramé comme le leur, même si je suis une femme puissante. Il n'est pas composé de leur air léger, de leurs secondes insoucieuses ou de leurs nuits profondes. Le mien reste un assommoir totalitaire d'où on ne s'échappe pas, peuplé d'hommes en fuite, de Gilberte, de Dudule. Il est fait de pensées surveillées, de réveils inquiets, d'éludements pour tenir avec courage, de fous rires où l'on oublie un peu, de baise sauvage pour dissoudre l'inquiétude. Mon temps à moi est bousculé de comptes à rebours. Mes heures tendues sont celles des vies taraudées par la hantise du manque de tout, par les agios qui engraissent les banques voraces de notre misère endémique. Dans ces conditions-là, difficile d'aller encore ouvrir sa boîte aux lettres, réceptacle de tout ce qui va aggraver les urgences, grever l'espoir déjà vacillant. Leur temps à eux, moelleux, est celui des nonchalances délibératives de leurs intellectuels futiles qui abolissent le réel tout en le commentant. Ce comptage-là des heures nous est étranger, à nous autres qui dansons sur les braises.

Oui, la césure entre eux et nous était désormais totale.

Bien sûr que je préférais le monde d'hier où la vie était possible dans une France moins incohérente, même si les filles étaient plus maltraitées. Les entreprises ne mettaient alors les gens à la porte que si elles perdaient de l'argent.

Mon cœur était chargé d'explosifs. Le détonateur avait longtemps manqué. Plus aujourd'hui. Pétris de cette *morale* candidement cynique qui garantissait leur sécurité, ils ignoraient ce qui m'avait menée jusqu'à la haine. Ras le bol de s'essayer au malheur.

Il fallait que ça pète.

Que la grande plaisanterie cesse.

Pierre-Esprit l'avait bien senti, c'est pour ça qu'il était venu, flairant la bascule d'un temps révolu.

Allais-je « déraper » dans les grandes largeurs ? Déraper, c'était être vivant dans un monde atone.

Révolte

En surgissant aux abords de l'usine, j'aperçus sur le parking des mines déjà vaincues. Ouvriers et employés, les épaules basses, me donnèrent envie de redresser l'échine. La peur, c'est le bandit à l'état pur, celui qui braque notre dignité.

Dans l'air touffu du bocage, chacun semblait se demander quelle dégelée la direction allait recevoir de ma part lorsque les salariés de la Compagnie normande d'expédition entrèrent, le regard oblique et le moral en capilotade, dans la grande salle où se tenait la réunion – j'allais écrire l'exécution. Cet après-midi-là, à Maisoncelles-la-Petite, déjà mitée par le chômage, il faisait un temps hésitant, une lourdeur humide typiquement normande. Les bouches étaient tourmentées, les nuques inclinées.

Denys déboula, attifé en directeur. Le nec plus ultra de l'enflure, du pauvre type. Laid d'autosatisfaction, saturé de péremptoire, gras à l'excès et comprimé dans un costume trois-pièces. Avec la lippe ignoble, le menton fripé. Comme à son habitude, il se désinfectait posément les mains avec des lingettes immaculées. Tâche qu'il accomplissait avec minutie dès qu'une circonstance l'obligeait à serrer une paluche, à tâter du smicard.

Lors d'un précédent plan de licenciement, Denys Lacombe, créatif dans la fripouillerie, avait eu l'idée d'envoyer à ses employés un mail dans lequel étaient indiqués un numéro de téléphone et un horaire précis d'appel. Les salariés de la Compagnie normande d'expédition, invités à appeler avant 8 h 30 le jour dit, avaient ainsi su qu'ils conservaient leur poste, tandis que les autres étaient tombés sur une voix enregistrée par une hôtesse leur apprenant qu'ils étaient virés, conformément aux obligations légales qui leur seraient signifiées dans un courrier réglementaire. Denys n'aimait pas s'adresser à un être humain doué d'une capacité de riposte.

Un an auparavant, vingt-deux des deux cent trente-sept employés avaient été brutalement licenciés la veille de Noël. Denys avait déclaré que sa méthode était la meilleure solution pour *s'alléger* de façon efficace en si peu de temps, en pleines fêtes de fin d'année. Fallait le comprendre et se mettre à sa place. Pas simple d'administrer le malheur à une palanquée de Playmobil qui ne comptent pas.

Mahaut de Coislin l'avait félicité pour sa performance, avant d'en rire. Aucun principe ne tenait le monde de ces gars-là.

Cette fois, Denys s'était montré plus classique en expédiant des lettres remplies de formules légales.

D'emblée, le baveux assomma les salariés :

– C'est légal, mes bons amis, et dans les règles de l'art ! Je vous ai fait envoyer une lettre rappelant les motifs de votre licenciement, précisant la durée du préavis ainsi que votre droit à la formation et l'adresse de l'agence Pôle emploi compétente.

Saisie par l'absence totale d'émotion du péroreur, je m'avançai et le coupai net :

– Ce qui est légal, mon bon ami, c'est que tu nous dises QUI est licencié à l'occasion de cette fermeture de site. Combien de salariés ? Qui suit l'activité au Maroc ?

– Je ne vous permets pas de me tutoyer, tonna l'homme, un quintal d'autorité. Ni de me regarder sur ce ton !

– Et toi de me tutoyer quand tu tentes de coucher avec moi, comme avec la moitié des filles présentes ici qui n'ont pas apprécié tes mains baladeuses ou tes invitations. COMBIEN ?

– Tous, ricana-t-il sans daigner relever l'attaque. Vous avez tous, sans exception, reçu une lettre définitive.

Dans sa logorrhée sadique, il en était à l'exposé de la satisfaction que chacun *devait* ressentir d'être enfin soulagé de la peine d'un travail casse-couilles et si chichement rémunéré quand je lui ai envoyé un verre d'eau en pleine figure.

Stupéfait, le taureau s'arrêta.

J'en profitai pour saisir la parole avec liberté :

– Mais on s'en fout de ce qu'on devrait ressentir selon toi, mon p'tit pote. Tu arrêtes, tu arrêtes tout de suite, tu te tais et tu m'écoutes. Ton opinion, Denys, on s'en cogne, mais alors on s'en cogne à un point que tu ne peux pas imaginer ! Moi, ta future ex-salariée, je m'en fous comme de l'an 40. Je ne peux pas te dire à quel point je m'en fous !

– Vous n'auriez pas dû me jeter ce verre d'eau..., marmonna-t-il, vicieux, menaçant par en dessous.

– Tu as parfaitement raison, Denys de mes deux... J'aurais

dû te mettre une claque, un taquet bien net, une solide baffe ! *PAN !*

Sans hésiter, je lui en collai une, merveilleuse, libératrice, enchanteresse, puis j'ajoutai :

– Non, une un peu plus forte… comme ça !

Joignant le geste à la parole, je lui assénai aussitôt une autre volée, cinglante et sonore, puis une autre. Humiliante à souhait, du genre que mérite une sacrée tête à claques. *PAN ! PAN ! PAN !* Je jubilais.

Le visage rubicond, Denys Lacombe n'en revenait pas de ma liberté. Sous la pression du nombre, ragaillardi par mon audace, il n'osa pas me retourner la gifle et recula d'un pas, suant à grosses gouttes.

– Et encore une, pour toutes celles que tu as harcelées ! *PAN !* Et encore une ! *PAN !* Alors, écoute-moi bien, mon petit Denys. Écoute-moi bien…

– Si vous recommencez à me souffleter…

– Oh mais je te demande bien pardon, mon biquet, je ne t'ai pas souffleté ! On soufflette ses supérieurs, à la rigueur ses égaux, pas un Denys.

Les représentants des salariés demeuraient ahuris. Jamais ils n'avaient imaginé qu'une telle scène soit possible.

– Vous n'avez pas le droit, murmura-t-il, blême.

– C'est tout à fait exact ! Tu as tellement raison. On n'a pas le droit en France de remettre à leur place les goujats, les salauds, les abuseurs de filles et les gros pervers. Pas le droit d'être enfin soi, tellement on a la trouille pour son petit emploi, son tout petit revenu, de plus en plus riquiqui. Pas le droit de se lâcher, d'être authentique. Pas le droit… alors ON LE PREND !

– Non mais je rêve…

– Non, tu ne rêves pas, Denys. Pendant des années, le personnel a tout subi. Tes aigreurs de petit chef, tes remarques sexistes, tes mains au cul, tes vexations de merde, tes mises au placard, les retenues sur salaire si on n'ouvre pas les cuisses ou les lèvres du haut. Alors non, tu ne rêves plus, c'est nous qui allons te dicter la suite des choses…

Avec le sourire, je lui expédiai une nouvelle paire de claques, *PAN PAN !* Je n'en avais plus rien à faire de la décence, du freinage, de la correction.

– Y a-t-il quelqu'un ici qui voudrait que je t'en colle une de plus ? Pour les absents que tu as tellement humiliés ! Mais oui, c'est ma tournée. *PAN !*

– Vous aurez de mes nouvelles…, grommela-t-il, l'œil assassin.

– Mais on en veut de tes nouvelles, mon chaton ! Et des sympathiques, comprends-tu ? Alors, tu vas t'asseoir là, tout gentiment devant cet ordinateur, et très poliment tu vas nous faire à tous, les survivants de tes plans de licenciement, un petit virement compensatoire, sans t'embarrasser de toutes ces formalités longuettes. Et après, tu vas nous dire à quel point ça te fait plaisir de nous faire ce petit virement de courtoisie de 40 000 chacun… non, allez, 50 000… puisque tu es grand prince. On veut te voir suer, te trahir à ton tour comme tu l'as si souvent exigé de nos amis !

– Kelly, tu délires là… il y a des témoins. Tu devras rendre compte.

– Des témoins ? Où ça ? Je ne vois ici que des camarades solidaires. Et des amies dont tu as tenté d'obtenir les faveurs et qui rêveraient de t'envoyer en correctionnelle ! Mais à un point ! Les filles, oui c'est comme ça, ça jacasse entre filles… De grosses bavardes ! Ta femme adorera que tout ça sorte.

– Ce virement… c'est de toute façon impossible.

– Mais si, et légalement puisque tu vas rédiger un projet d'accord avec nous que tu vas signer de ta blanche main, un accord qui t'évitera la correctionnelle, la prison bientôt, le viol en taule et tant de petits désagréments anaux. Un accord qui apaisera ta conscience et sauvera ton couple adorable, ainsi que ton train de vie puisque, si je ne m'abuse, c'est madame qui a les sous et les propriétés à son nom, n'est-ce pas ? Un accord qui…

– C'est impossible. Mes actionnaires…

– Oh, mais je m'en balance de tes actionnaires, Denys ! À un point ! Si tu savais ! Mais si tu savais à quel point on se fout tous ici de tes actionnaires ! Non mais attends, il y a encore plus rigolo : je me fous royalement du point de vue de ta banque. On peut se parler franchement ? Tout le monde ici s'en fout !

– Et si je refuse ? lâcha Denys en suant.

– Mais tu ne peux pas refuser, chéri ! Toi tu as des choses à perdre, nous plus. C'est ballot, hein ? Donc si tu fais le bêta, tu pars pour la correctionnelle, avec les gendarmes à ton domicile ce soir.

– Les gendarmes ?

– Ce serait aussi dommage que tu aies violé quelqu'une… non ? Vraiment ballot… Qu'est-ce que tu en dis, chaton ? Cinquante mille, ça me semble un très bon prix… en avance sur ce qu'on touchera ensuite, on est bien d'accord ? Avec, bien sûr en bonus, le son de ta voix disant à quel point tu es HEUREUX de faire enfin le Bien !

Le virement pour tous, finalement je ne l'ai pas obtenu, c'était impossible pour de vrai, mais qu'est-ce que ça m'a fait du bien de l'ouvrir pour de bon, en grand ! De plus respecter les irrespectueux, ces sales charognes, de leur infliger tous les Trafalgar, de les glavioter sans retenue, de correctionner ce minable.

De toute manière, si c'était lui le liquidateur de Léon et lui qui m'avait violée – j'attendais le verdict du test –, j'étais résolue à lui couper les roubignoles, à être plus culottée d'attitude que jamais. C'était fini la politesse ! Je lui ôterais sauvagement les burnes, un carnage légitime à l'Opinel. Le Bien, ça peut être sauvage, stupéfiant de raideur.

Chic type

Dans notre déveine, on gardait une minuscule carte à jouer.

Il nous restait le recours d'une télévision pour faire du barouf : le reportage de Pierre-Esprit, venu exprès pour voir comment ça allait barder dans la province reculée. Foutue absurdité, raccord avec ce pays qui tournait dingue.

Pierre-Esprit m'interviewa abondamment et je pus exposer ma rage totale contre un système qui saccageait les gens sans raison. Le carnet de commandes était plein, étoffé pour dix-huit mois encore d'activité. La capilotade ne guettait pas. On bousillait le citoyen pour engraisser des gens lointains, à Milwaukee, avec la bénédiction d'un Mahaut vicelard.

– Pourquoi tu nous aides, toi ? lui demandai-je après les prises de vues. Alors qu'on n'est ni blacks ni rebeus !

– Putain... tu pues toujours autant le racisme de base.

– Je te charriais..., on peut plus ?

– Non, il y a des sujets qui puent et qui me rendent si nerveux que je pourrais moi aussi me mettre aux claques. La diversité, c'est une richesse.

– T'as raison... La France est riche de ses territoires

perdus, riche de *Charlie* assassiné, riche du salafisme conquérant, riche des violences exercées contre les pompiers altruistes, riche d'un antisémitisme en expansion qui éjecte les familles juives de Seine-Saint-Denis ! T'en as pas marre de faire le miro ?

– Arrête. Tes meilleures amies sont musulmanes.

– C'est vrai, et alors ? Ce qui advient n'advient pas ? Mais enfin, ce n'est pas possible. Pour être aussi aveugle, t'as appris ou quoi ?

– Arrête, Kelly. Tu fabriques sans t'en rendre compte un mythe d'accusation qui impute aux Arabes la responsabilité du Mal et qui mène direct à la théorie du Grand Remplacement !

– Non mon pitchoun, j'en ai juste ras le bol des frôlements dans le RER dès que je m'habille mignonne. Et Leïla aussi quand elle quitte sa Normandie ! Pourquoi tu nous aides ?

– Parce que je t'aiderai toujours.

– Pourquoi ?

– Ta liberté m'enchante, Kelly. Des comme toi, il en faudrait des armées...

– Toi, t'as l'intention de me sauter.

– Oui, tous les jours.

– C'est vrai ? dis-je avec trop d'émotion à mon goût.

– Oui, mais ça ne collerait pas. Tu es trop vivante.

– Ouais...

Par affection, je lui filai une tarte mirobolante.

Le reportage eut du retentissement chez les confrères de Pierre-Esprit. Ça semblait pour le moins curieux de laminer un village, alors que l'usine était prospère, comme un signe de déréliction. La vox populi grogna.

Vu l'ampleur du délire qui nous frappait, les pouvoirs publics s'en mêlèrent avec un chouia d'insistance. Il y eut un PSE (Plan de sauvegarde de l'emploi), qui força la migration du personnel de la Compagnie normande d'expédition vers les autres entreprises du groupe de Mahaut et dans les boîtes détenues par le fonds de pension scélérat.

Mahaut et l'autre acceptèrent d'emblée cette issue dans un grand fou rire, vu qu'il y avait l'article L1224-1 du code du travail pour nous baiser au portillon. Foutu article, le L1224-1 ! Une trouvaille antibonheur qui fait jubiler les agioteurs ! Il prévoit, ce texte malicieux, qu'on peut céder une activité avec les travailleurs qui vont avec, comme des machines, mais au préalable il est possible de dégraisser, histoire de rendre la cession plus attractive pour l'acheteur. Le principe de maintien des contrats de travail avec le repreneur relevait bien du passé grâce à ces phrases glissées en loucedé dans le code de notre travail à nous.

Mon contrat de salariée fut donc… jeté aux oubliettes.

Et moi, je reçus la lettre du labo espagnol, fatale, incoercible.

J'allais être fixée sur le nom de l'auteur de mon viol et le père de ma petite Donna.

Voir les choses en face

Eh bien cette foutue enveloppe, je n'ai pas pu la décacheter.

Si Donna n'était pas la fille de Denys, elle était forcément celle de Didier, conçue à Nantes dans nos fièvres érotiques. Ma légitimité pour vivre à ses côtés devenait dans ce cas égale à celle de Cerise, et ma famille risquait fort de finir en sucette. Comment ma sœur prendrait-elle la chose, impeccablement prouvée ? Placidement, avec humour ? Pas certain.

Différer la lecture de ce courrier me laissait le temps de louvoyer. De toute façon, ouvrir mes lettres était devenu au-dessus de mes forces. À tout instant, je craignais de recevoir une facture impayable, une nouvelle létale, un PV inacquittable.

Plus aucune information n'était susceptible de me faire du bien. Je préférais encore demeurer dans le cocon de l'inconscience et me réfugier dans le déni de tout.

La lettre de Madrid resta donc bien en évidence, non décachetée, comme une grenade à dégoupiller plus tard, en des temps meilleurs.

Le réel me tétanisait, comme une allergie. La vraie vie était devenue cette chose odieuse que je ne pouvais plus apprivoiser, fréquenter.

Pierrot, de son côté, faisait également attention à tout.

Je l'appris par Cerise, qui maintenait un lien avec mon Jojo Belle Gueule, Dieu sait pourquoi. Empiffré de dettes, le fuyard tentait de se refaire en aidant un cousin, un Jean-Yann ostréiculteur dans le golfe du Morbihan. Ledit cousin possédait un snack de fortune installé face à la mer pour déguster ses huîtres. Exploitation saisonnière qui ramenait un peu de liquide non déclaré. Cash indispensable pour survivre, Pierrot étant interdit bancaire.

Astucieux, il avait eu l'idée d'y vendre également des homards frais, mais son cousin, qui s'y connaissait en emmerdes avec l'administration, l'en avait vertement dissuadé. Fallait pas tenter le diable ! Un an auparavant, il s'était risqué à ce juteux commerce, mais il avait été sanctionné par un fonctionnaire vétilleux, au motif que sa « cuisine » (un grand mot pour son chétif baraquement) n'était pas « aux normes ». Normes impossibles à observer méticuleusement vu le tarif des travaux, dans le cadre d'une restauration hâtive saisonnière. Le chiffre d'affaires était trop mince, trop estival. Les clients voulaient bien des homards, mais morts.

« Je veux pas l'adopter votre homard, juste l'avaler avec de la mayonnaise ! lui avait lancé un touriste.

– Je peux pas, j'ai été redressé. Un scandale, l'amende ! Dix jours de chiffre ! Incroyable ! »

Pierrot avait donc renoncé aux homards de son cousin, terrifié d'être à nouveau puni par l'administration, alors qu'il savait bien, l'éleveur d'huîtres du golfe, que pour cuire un homard anonyme qui aurait tout de même réjoui les estivants gourmets, il aurait suffi d'un faitout et d'un bref Butagaz, comme on avait toujours fait avant l'époque des normes, « pour protéger le citoyen », qu'ils disaient avec fierté les ânes.

On était désormais si bien protégés, dans cette France sursécuritaire, qu'on ne pouvait plus trop vivre, ni Pierrot, ni son cousin Jean-Yann, ni les maires constamment limite rapport au juridique qui enserre et menace, ni les restaurateurs de mes amis, ni les gérants des Leclerc toujours hors la loi avec leurs palettistes pas dans les clous côté formation, ni personne en fait. La cabale était évidente. Quelque chose s'était passé dans Paris pour qu'on nous empêche à ce point d'exister. Voulaient-ils secrètement nous pousser à l'émeute, ces malveillants ligués avec méthode contre nous, les qui-comptent-pas ? La complète foirade sociale ne pouvait pas être le pur effet du hasard. Il y avait bien une volonté cachée quelque part de nous piétiner.

Autrement, ce n'était pas explicable cette dinguerie partout, cet envahissement de l'absurde légalisant, la volonté persistante d'asphyxier le vulgum pecus, d'aggraver nos angoisses.

N'ayant plus de bagnole, j'eus de mon côté la veine inouïe d'utiliser les services de l'association de Leïla pour faire réparer une guimbarde diesel un peu torve, un fantôme de voiture que je parvins à acquérir pour deux billets de cinquante.

Cette vacillante épave Citroën produisait un faramineux barouf et jamais n'aurait réussi le contrôle technique, mais je n'avais pas le choix. Il fallait bien que je fasse des remplacements pour garnir notre frigo et honorer les remboursements de notre maisonnette – 354 euros par mois –, qui, désormais, ne valait plus rien. La pénurie de tunes, ça m'accaparait l'esprit, me ficelait d'inquiétude pour Donna.

On m'en trouva bien du labeur au rectorat, des gamins en perdition à sauver, du ramassis de malchanceux, tout le rebut d'un système inégalitaire, mais du côté de Lisieux. Cent vingt-quatre kilomètres. Une heure trente de consommation pour atteindre ce collège illettré, avec des collègues navrés d'être là, inquiets d'être bousculés par des ados brumeux et une administration tétanisée, prête à les lâcher. Un lieu d'une tristesse qui ne suscitait aucun récit de la part de personne, un établissement pas racontable, qui ne piquait pas l'imagination. Sauf qu'un drame affreux s'était abattu sur le personnel et les enfants. Un agent d'entretien venait de se pendre dans le local technique où il vivait secrètement – dignité oblige –, après avoir été expulsé de son logement. Comme pour nous rappeler que la précarité, ça fait d'abord divorcer et puis ça tue.

Cent vingt-quatre kilomètres de trotte pour me rendre dans cette ambiance pas folichonne, ça excédait les normes de transport des profs remplaçants, mais l'administration avait besoin de quelqu'un. J'y arrivais chargée de copies corrigées et de fatigue.

Le budget carburant devint ma hantise. J'appris vite à rouler pédale douce pour économiser encore et encore. J'étais en transe à chaque côte à l'idée de brûler des centimes que je n'avais pas. Faire le plein d'un seul coup d'un seul, il y avait un bail que ça ne m'était pas arrivé.

Je n'aurais pas dû

Je n'aurais pas dû, oui je sais que je n'aurais pas dû m'offrir sans restriction à Pierre-Esprit. Mais comme il repartait vers Paris, j'ai cru que ça ne compterait pas, une série d'orgasmes volés. Patatras ! Idiote sexuelle, j'ai été ! Il ne fallait pas que cet homme m'apparaisse comme un grand bloc d'amour possible.

Pourquoi n'ai-je pas plutôt culbuté Antoine, notre bel instit aux idées fastueuses ? Ça aurait été moins bête.

L'instant transcendant a eu lieu à l'arrière de ma guimbarde poétique. Sans félonie, j'avais proposé à Pierre-Esprit la galipette sans lendemain, cette coquinerie sauvage qui distrait l'esprit et relaxe le corps. En redonnant un peu confiance en soi.

Du coup, j'y repiquais à chaque fois… à ce calmant-là.

Avec des gars qu'il n'aurait pas fallu.

Là, c'était Pierre-Esprit la faute.

Dans la recherche du tourment, j'étais assez douée.

À ma décharge, il y avait mon chagrin de vivre sans jouir dans cette époque d'hypertension. Le sexe, dans des années mortes, ça donne toujours un peu de vie et d'élan de crier sur une banquette défoncée, comme une relance de caféine, une bouffée de joie, un rail d'inespéré. Quel raffut ! En agrippant la sellerie, toute bêlante dans l'embrasement tandis qu'il me chouchoutait le bout des seins, je me suis rappelé qu'être né ce n'était pas qu'un inconvénient.

Un pic d'intrépidité, une escalade de liberté sensuelle baignée de conversations crépitantes. Nu dans une guimbarde, cet agaçant au Flore était le plus libre des esprits. Cet esprit lézardé avait des ouvertures sur tout, révisait tout, même ses sanglots.

– Encore…, ai-je murmuré.

– Quoi ?

– Sept lettres en deux mots. Dis-les-moi.

– Sept lettres ?

– Baise-moi.

– Ça fait huit… Kelly, tu te plantes toujours…

– T'es une horrible personne.

– Je sais, la nuit ça m'empêche de dormir.

Ce soir-là, Pierre-Esprit m'a cherchée loin, par-delà mes plaisirs connus, là où la chimie érotique rejoint l'alchimie. Un précipité de perfection. Il m'a bien soumise, ce Pierre-Esprit musclé, comme je ne savais pas que j'aimais, moi si portée au gueuloir et à la gifle sévère. Eh ben les gifles en rafales, en fait j'adore ça, ce cuisant apaisement, la brûlure tendre. Sur le visage et tout le corps en flammes. Pierre-Esprit m'a aimée dans ma bagnole comme s'il ne m'aimait pas, et j'ai adoré être traitée comme la moins-que-rien que j'étais en société.

Oui, j'ai joui de nos extases jusqu'à l'étourdissement.

Une belle ration de vertiges.

Un tsunami de douceur aussi.

Pour m'oublier, et masquer quelques heures la nuit de nos existences. Le sexe extrême, indécent avec ça, tremplin vers l'absolu, tellurique, le sexe qui déconfine.

Mais là où je déconnais grave, c'était de faire ça, cette aimable virée dans la liberté, avec un gars trop aimable, trop délicieux à voir et à toucher, un petit con de Parisien qui s'usait à la sexualité comme personne et que mon cœur avait, je l'avoue, envie de retenir. Alors qu'il était maître dans l'art de mégoter ses émotions, d'être un incroyant de l'amour. Et que ses opinions m'horripilaient.

– Tu me fais confiance ?

– Non, a-t-il répondu.

– Pourquoi ?

– Comment veux-tu que j'aie confiance en un être qui peut saigner quatre jours par mois sans crever ?

– Abruti…

– Excellente évaluation !

Quand il a filé, juste avant de claquer sa portière, je lui ai lancé :

– Heureusement que je ne t'aime pas, Pierre-Esprit…, parce que si je t'aimais, ce serait affreux de te voir partir en me laissant dans ma vie de petite Normande… T'imagines comme ce serait moche, si j'étais tombée amoureuse de toi ?

Pierre-Esprit a souri et il est parti.

Il y a des hommes, quand ils vous disent au revoir, on entend à bientôt. Et d'autres, quand ils disparaissent au bout de la rue, vous sentez que vous êtes dans la dèche.

Moi, je dis qu'une malheureuse et une heureuse se bagarrent dans chaque désir.

Quand j'ai redémarré ma voiture, j'ai allumé la radio. Ils

citaient un article qui disait : « À l'approche de l'hiver, sept Français sur dix s'inquiètent pour leur facture d'électricité. » Sept sur dix, dont moi, savaient que se chauffer grignoterait trop leur budget ! Chaque année ce chiffre enflait, comme si le bataillon des inquiets devait croître inexorablement.

À Maisoncelles, je ne l'ai dit à personne que Pierre-Esprit m'avait fait hurler sur ma banquette arrière. C'est resté indétectable. Quand je mens, ça ne se voit pas sur mon visage. En politique, ce serait un atout.

Big bang

On apprit un soir que Paris relevait les taxes sur le diesel. La nouvelle s'entortillait déjà dans les ondes. Depuis des années, je me ravitaillais en carburant sans attendre que ça fasse *clac* sur le pistolet de la pompe. À coups de vingt ou trente euros. Les détrousseurs courtois qui opèrent avec civilité à Bercy avaient décidé l'agression. Cherchaient-ils l'anicroche sérieuse avec nous autres les souffreteux, le pépin national ? À les entendre, c'était une virgule cette augmentation-là, qu'il fallait fatalement accepter pour sauver la planète, qui en avait bien besoin, tempêtaient leurs médias qui nous calculaient pas ou si peu – sauf quand on flambait une de leurs préfectures.

Mais nous aussi on avait grand besoin de ces centimes-là, de ces sommes maigrelettes pour eux, vitales pour nous. C'est ce que ne comprenaient pas les officiels qui tapinaient sur les plateaux télé. Le président ahurissait le chaland dès qu'il en rajoutait une pincée.

Voulaient-ils donc nous saborder, nous le peuple des diesels, nous qui stockions déjà pas mal de fatalités qui pesaient sur nos budgets, après nous avoir acculés à acheter ces diesels de malheur ?

Avaient-ils le projet de dissoudre tout espoir en nous ?

Effroyable aveu : dans la capitale, ils se foutaient impudemment de nos vies infimes. De nos désarrois de figurants. De tout ce qui tissait l'écheveau de nos tracas. Déjà on avait dû encaisser la numérisation de tout, nous qui survivions dans une « tache blanche » coupée d'Internet ! Mais là, au moins ça devenait clair, il n'y avait plus de chiqué, de grâces et de politesses. On était du crottin pour eux, des râleux en survêt et en robe acrylique, des vaches laitières à traire jusqu'à l'ultime goutte. Leur train de vie, pour sûr, n'était pas écorné d'un chouia par leur initiative *bonne pour la planète*.

Leurs vastes raisonnements valaient plus que nos petits sentiments. Le respect de leurs calculs mirifiques supplantait celui de nos enfants. Ils avaient l'air d'ignorer, *ces gens-là*, ce que ça signifie d'arriver au dernier stade de soi-même alors qu'on ne figure même pas parmi les plus noyés du naufrage français. Comme s'ils avaient décidé, les décideurs de Paris, d'être le Mal. Le vrai, celui qui vadrouille en haut de l'État pour nuire aux petites gens. Mais où donc avaient-ils acquis cette vilaine névrose ? ce désir obstiné de nous persécuter ? De rembourser les banques, surtout, avant de se soucier du fretin rural qui n'a même pas le bon goût d'avoir l'air de damnés officiels de la terre radarisés par les télés et le cinéma ?

Convaincus que ces Parisiens étaient nuisibles de fait, irrécupérables parce que trop habitués à l'exaction contre les pauvres, nous, les virés de la Compagnie normande d'expédition, on a décidé d'occuper le rond-point qui mène à Vire et d'organiser un barrage filtrant. Clafoutis, Pirate et Projectile étaient bien de retour. Ça suffisait comme ça. Ils nous bloquaient, on verrouillait tout sauvagement. On coupait au compte-gouttes les artères du département, le système sanguin routier pour les camions pèlerins surtout. Et ça allait dérouiller.

J'ai même averti ma Zazou, qui m'a avoué qu'elle nous aurait bien rejoints sur cette position stratégique si elle n'avait pas eu son Loïc qui marnait de l'autre côté, son Loïc à bout d'être qu'un pauvre CRS gazé dans son camion et essoré de contraintes.

Une jolie fille du pays, une assistante maternelle qui avait le sens pratique, un petit derrière délicieux qui me rendait jalouse et de l'ironie plein la bouche, Jacqueline, eut l'idée d'enfiler un gilet jaune. Au chômage, elle avait été radiée de Pôle emploi car son abonnement Internet – qu'elle payait – déconnait : l'informatisation des services publics l'avait précarisée. Enveloppante de tendresse, Jacqueline voulut qu'en jaune on soit tous en sécurité sur la chaussée, aux abords du rond-point de la Vache-Morte. En jaune fluo très visible, on ne pouvait pas nous louper, nous les citoyens-serfs disparus sous la décision de l'État parisien.

On ne voulait plus qu'il nous flanque dans la misère avec ses taxes coloniales, alors qu'il nous rationnait nos services publics et fermerait bientôt notre maternité, comme s'il ne voulait plus qu'on naisse. Le préfet Grandvoisin, pâlichon à voir, n'avait qu'à nous regarder et nous respecter. Fallait qu'on lui rappelle que la république est fille de l'émeute et de nos volontés. Si elle ne tient pas ses promesses, elle n'est plus rien, la république.

Quand le major Nicolas Grandjean envoya la maréchaussée pour mater le peuple lassé d'être floué, on l'a reçu fraternellement, en débouchant du cidre. Sans lui montrer les chevrotines cachées sous les bâches des paysans et en retenant évidemment nos chiens de chasse. Et il n'eut pas le cœur de nous matraquer, ni nous, ni le Dudule qui s'interposa, ni l'instituteur qu'il respectait malgré tout, tellement il était excédé de tout lui aussi, Nicolas. Avec lui, ça ne finirait pas en massacre, pour sûr, même si la nervosité était là. Il se montra cordial dans son uniforme bien repassé par sa Maryvonne. Jacqueline lui offrit même un gilet jaune. Lucette aussi, en proférant des cochonneries. Grandjean, si similaire à nous autres au fond avec son lot d'heures sup non payées, se contenta de faire savoir à sa hiérarchie que la population s'insurrectionnait *pour de sérieux motifs*.

Portés par un lyrisme grégaire, on remisa d'emblée nos querelles locales miniatures, c'est ça qui fut le plus joli entre nous, au début[1]. Tout fut effacé par la rage commune, lissé par l'élan qui se propageait dans Maisoncelles.

Les Zèbres du bar de Leïla rappliquèrent avec elle sans se faire prier : Antoine bien sûr, Jessy Kermadec qui pilotait la Mutuelle de village, Colin Verdier, Kimberley et pas mal d'autres. Jacqueline avait fait venir le gars Jean, son mari producteur de cidre, qui en avait ras la casquette du « système ». Ses copains étaient venus lui prêter main-forte pour ses récoltes l'automne précédent après un incendie qui, un peu plus tôt, avait détruit ses réserves de cidre. Les amis l'avaient aidé et, en retour, il leur avait payé un casse-croûte.

1. Le gars Gérard en voulait à mort à Marilou, la fille de l'office du tourisme départemental, parce qu'elle avait refusé d'organiser des « visites historiques » de notre village. Tout ça parce que Gérard restait *un étranger* en pays virois, eh bien le gars Gérard, originaire du Gard, fut le premier à aller chercher les palettes restées sur le parking de l'usine avec l'équipe de l'office du tourisme.

Contrôlé par la Mutualité sociale agricole, Jean venait d'être sanctionné pour travail dissimulé et paiement en nature. Il devait s'acquitter de six mille euros, alors le gilet il l'avait mis dare-dare. Leïla sonna le rappel, comme si nous nous livrions tous à une orgie de révolte, une fièvre d'imitation.

Avec mon téléphone, je nous filmai, Jacqueline, Leïla, Jessy, Gilberte aussi, les frères Gauchis et tous les autres avec nos palettes remaniées en meubles d'extérieur, encastrés dans le rond-point même, et notre brasero improvisé dans un demi-bidon de notre usine qui nous lâchait, sans oublier le bel Antoine qui accrocha des pages de livres de poésie avec des pinces à linge sur des fils (Villon et Rimbaud flottaient parmi nous). Et puis j'envoyai ces images poétiques à Pierre-Esprit. Surtout celles du premier poids lourd qu'on bloqua en lui offrant des fleurs, alors même que Paul-Marie Gauchis nous régalait à l'accordéon de « La tendresse », une chanson de monsieur Daniel Guichard, un gars qui aurait pu être avec nous autres. Ce camion-là, immatriculé en Roumanie, déménageait les dernières machines de la Compagnie normande d'expédition. Le gars nous insulta copieusement en portugais, avec quelques jurons arabes. Je le giflai, bien entendu, puisqu'il refusait nos fleurs sauvages. Il m'en colla une, quelque chose de sévère. Ça sentait la poudre. L'image, virulente, passa à la télé.

Les Jaunes, ça se voyait d'emblée, ils blaguaient plus.

L'État nous ordonnait de rentrer chez nous. Mais on ne voulait plus être déclassés, tenus pour rien, passer de citoyens majeurs à contribuables mineurs, dépossédés de nos droits d'adultes.

Notre parole affranchie et nos gilets étaient les instruments les plus puissants dont nous disposions.

Didier courage

Ce soir-là, Didier Dulac n'était pas là pour apaiser les esprits à Maisoncelles. La nouvelle du plan social, c'était la balle dans la nuque du convalescent. Tout allait être stoppé, gelé. Qui miserait sur notre confetti de France rurale à l'agonie ?

La symphonie des emmerdes ne faisait que débuter.

Tout de suite, Didier avait songé que la réhabilitation de l'ancien hôpital religieux en logements sociaux, c'était foutu. Même s'il parvenait à venir à bout de l'*Hibiscus sodomus*, ce rosier rabougri classé « plante à protéger », les cent soixante-dix demandes pour vingt-sept places libérées n'attendraient plus sept ans, mais mille ans. Quel financeur à peu près sérieux parierait encore sur une zone où allaient s'entasser les effondrements sociaux ? Le chômage de masse, c'était plus grave encore que de découvrir un *Hibiscus sodomus* pour vitrifier une commune, plus grave qu'un dédale de procédures chausse-trapes, plus grave encore que la loi qui nous avait obligés à intégrer la commune nouvelle de Vire sous domination des partis pyramidaux et de Coislin.

Au moins, s'était dit Didier, on sauverait fermement l'hôpital local. On ne pouvait pas encaisser toutes les misères à la fois. Obstétricien de combat, le docteur Dulac luttait depuis quatre ans pour que la maternité de Vire ne ferme pas. Il ne comptait plus ses heures. Pour lui, être médecin ou maire, c'était du pareil au même, c'était prendre soin, aider à naître, distribuer de la confiance.

Paris avait fixé la toise fatale à trois cents naissances l'an minimum, alors que pour Didier, naître près de chez soi, c'était vivre chez soi, exister puissamment dans son terroir. La naissance, un acte anodin à rationaliser ? Un sujet pour les chiffres ? Non, le point culminant d'une existence dans son milieu vivant !

Le dossier n'était pas simple. Didier avait dû essuyer la démission de sept sur dix-huit des médecins de l'hôpital local. Une hémorragie de talents, de gentillesse, d'affection aussi. Sur les murs, il y avait des clous pour accrocher les perfusions. Didier devait parfois installer des patients dans le couloir, car trop de chambres étaient vétustes. La chasse aux rats était constante, gros comme des matous, engraissés par les maïs des alentours. La situation était pire que dans le bassin minier, disaient ses collègues qui avaient connu le Pas-de-Calais.

Mais pour son équipe de la maternité de Vire, le don c'était comme respirer. Même si tolérer les crachats et les insultes de certains patients, c'était pas toujours velours. Dans leurs veines chargées de nuits blanches coulait un amour profond pour l'animal humain, même un peu chacal.

Mais un jour, ça dépassa carrément les bornes.

Quand un type troglodyte fit irruption dans la salle de naissance, lieu calme et quasi stérile, en poussant avec rugosité sa femme enceinte intégralement voilée devant lui comme une tête de bétail, ils furent tous horrifiés. En arabe, il aboyait des ordres – le dire m'exclut d'emblée des gens sympas, ça je le sais. Faudrait pas qu'on voie ce qu'on constate, qu'il flirtait avec l'islamisme. Il eût été tellement plus cool de ne pas le mentionner. Mais bon, cet autoritaire établi en Normandie paraissait intime avec l'intransigeance.

Dans sa tenue blanche seyante, barbu et coiffé d'un keffieh clair, l'agité jetait des regards furibonds à toute l'équipe.

– Toi, là, l'infirmier, tu sors ! Et toi aussi, fit-il en désignant Didier. Que des femmes ici, compris ?

– Non, répliqua Didier avec flegme. Personne ne sort. À part vous, monsieur. Ras le bol des agressions à l'hôpital.

– T'insultes la religion !

– Monsieur...

– Abdelkader Beghal.

– Vous avez été largement prévenu à l'avance. Tous les documents et toutes les explications que vous avez reçus au cours de la grossesse étaient clairs. Vous étiez averti, monsieur Beghal, et il n'y a pas de femme médecin disponible ce soir.

– DEHORS ! hurla-t-il, en panique. Respectez la religion. C'est *ma* femme, *je* décide. *Ma* femme, *mon* enfant.

Son épouse souffrait affreusement. D'évidence, il fallait à cette pauvrette une péridurale avant qu'il ne soit trop tard, mais le mari, campé sur sa foi, refusait que des hommes s'approchent d'elle. Il vitupérait en arabe, continuait à distribuer ordres et quolibets à profusion.

Didier rameuta alors des infirmiers en renfort. Le forcené, dilaté de colère par ses prières, fut maîtrisé et exigea au moins de rester afin de surveiller leurs moindres gestes.

– Pas de péridurale, j'ai dit !

– Pas de péridurale…, implora son épouse voilée, le visage convulsé de douleur.

La pauvre Mme Beghal, il fallait bien qu'après ça elle rentre chez elle…

Didier consentit aux exigences du couple, comme à la présence de l'époux furibond, avec la pénible sensation d'être un « collabo », et c'est sous un déluge d'injures racistes, une tempête de conseils d'inspiration religieuse, un ouragan d'ordres contradictoires en français et en arabe, que l'équipe finit par accueillir un ravissant bébé, tandis que le père, cessant ses contorsions, se prosternait en direction de La Mecque sur une serviette à même le carrelage de la salle de naissance.

Puis l'équipe, traumatisée par cette violence, assista à des chants sacrés aux oreilles de l'enfant, à droite, à gauche.

– Comment voulez-vous l'appeler ? demanda l'infirmière pour inscrire un prénom sur le petit bracelet du bébé.

– Oussama, répondit l'homme fièrement.

– Oussama ? répéta Didier, éberlué.

– Oui.

Comprenez-vous pourquoi je dis les choses et décris sans fard les furieux qui choisissent le séparatisme, ou plutôt l'extase de la sécession radicale ? Et pourquoi je ne suis pas de ces faux-derches pour qui la terreur de l'amalgame l'emporte sur la terreur de la terreur ?

Fin de soirée

Au sortir de cette scène d'intense affrontement avec M. Beghal, Didier reprit sa voiture, anéanti, et... fut arrêté sur le rond-point que nous occupions.

C'était un soir doux veiné de froid.

En pleine nuit, autour du brasero où grillaient des merguez, on écoutait du Daniel Guichard qui poignait le cœur, du Renaud poétique (Gilberte l'adore), du Pierre Bachelet à fleur du Nord, repris à l'accordéon par Paul-Marie qui voulait plaire à Jacqueline, que des gars chantants que la télé de Paris méprise et traite de pochards, de rétamés, de quasi-finis. On jacassait, on se poilait enfin, et puis on se créait des connaissances. Le gars Jean débitait des vieilles vannes intactes de Coluche. Marilou trinqua même avec Gérard. On matait aussi les étoiles avec le Dudule. Ce dernier lâchait des gestes infinis, décrivait des paraboles, promenait ses mains dans les Voies lactées, au surplomb de nous autres.

Didier descendit de son auto, sidéré devant notre mini-campement mélancolique et pétulant d'astuces, signe que nous comptions nicher en plein air. Il y avait déjà trois cages à poules pour les enfants et les œufs à omelettes pleines de saveur. On y mettrait des herbes. C'était une idée de Gilberte. Sans oublier les poèmes dénichés par Antoine qui flottaient au vent, sur des fils.

– Qu'est-ce qui se passe ? me lança-t-il en allumant une cigarette.

– On se défend, nous, dit le Dudule.

Absorbé par son labeur à la maternité, Didier n'était au courant de rien. Les ondes avaient traversé en vain sa beauté. Savait-il, l'enchanteur, à quel point il était désirable avec sa moelleuse langueur ? Cet homme était de ceux dont on souffre dès qu'on les voit, pire si on les touche. On mourait de ses sourires, de sa douceur, du contact de ses yeux, de l'élan de sa confiance dans la vie.

Après avoir écouté nos propos et entendu à la radio du campement ce qui se propageait dans tout le pays, la marée jaune qui recouvrait déjà les ronds-points de la vindicte, Didier déclara qu'il était fier de nous, qu'il reviendrait le lendemain avec son écharpe tricolore pour être à nos côtés. Le peuple était sa joie. Les politiques de Paris lui crevaient le cœur. La République devait être du bon côté. Didier pensait qu'en politique il n'y a pas de solutions, mais des forces qui se cabrent. Les accepter avec cœur engendre les solutions. Cet homme incarnait l'éthique torturée, le beau scrupule, la défense du droit aussi, et le mâle dont la morale est infaillible. Normal qu'il se soit interdit d'aimer la sœur de sa femme.

Ratatiné de fatigue, Didier me ramena en voiture chez ma mère en me faisant part du séisme éthique qu'il venait de vivre. Sa voiture était prise dans un nuage épais de nicotine, auquel se mêlait le parfum de son eau de toilette boisée.

– Ras le bol de ce genre de scène, du rabaissement des femmes. ÇA SUFFIT ! La tolérance a des limites qui se franchissent chaque jour, toujours plus loin. On sort des crimes de Mohammed Merah[1], et je m'interroge sur le devenir de notre société... Je suis inquiet, Kelly. Pour la première fois, je n'arrive plus à minimiser, à me raconter ad nauseam que ce sont des cas isolés. On a un souci... de France.

J'écoutai sa gravité.

– J'ai peur pour l'avenir de nos enfants dans un pays qui ne sait pas fixer de vraies limites, poursuivit-il. Les femmes doivent être défendues de manière républicaine contre ce fascisme-là. L'« ouverture d'esprit », ça va nous tuer !

– Si sa femme était d'accord...

Didier me coupa et y alla rondement :

– Qu'on lui impose de souffrir ? Pour ces fachos misos dominateurs, c'est petit pas par petit pas que la victoire s'obtient. Il n'est pas dans leur mentalité de céder, de négocier. On doit les remettre à leur place. La République, rien que la République. Ici, on doit vivre à visage découvert partout. Bordel, on doit rester nous-mêmes, les enfants des Lumières. Aucun pays ne doit se déculotter pour qui que ce soit !

Les propos de cet humaniste n'étaient évidemment ni racistes ni discriminatoires, encore moins les vitupérations d'un scrogneugneu qui s'alarmerait sans rien connaître.

1. Terroriste islamiste franco-algérien, auteur des tueries de mars 2012 à Toulouse et Montauban. En trois expéditions, Merah assassina sept personnes : trois militaires dont deux de confession musulmane et quatre civils, dont trois enfants d'une école juive (source Wikipédia).

C'était ceux d'un praticien exténué de voir une idéologie totalitaire débouler en salle de naissance et dans sa consultation maintenue coûte que coûte à Vire. Ceux d'un citoyen inquiet des incivilités qui déferlaient dans des enceintes dédiées au soin des femmes. Ceux d'un républicain qui avait toujours contré le racisme ordinaire. Malgré tout, on se sentait mal tous les deux d'avoir des effrois qui auraient bien pris place dans le logiciel de pensée des pires racistes.

Didier se lâcha en écrasant son mégot :

– Cet individu n'avait pas à imposer la douleur à sa femme, ni à interdire la présence d'un médecin à ses côtés ! N'hésitant pas à mettre en danger la vie de son enfant au passage. Ça n'a rien à voir avec la religion, il s'agit juste d'un gros con liberticide qui n'a aucun amour ni respect pour une femme qui donne la vie ! Ni pour le corps médical !

– L'enfant… il l'a vraiment appelé Oussama ?

– Ça m'a fait le même effet que s'il l'avait baptisé Adolphe. Merde, on est en Europe ! Oussama, ce n'est pas possible ! Pas un prénom de fumier qui tue les gens. Comme ceux de *Charlie*. Comme ceux qui poignardent nos flics.

– Tu vas faire quoi ?

– Si je parle publiquement, mon témoignage se retrouvera sur des sites d'extrême droitistes en roue libre, alors que ce n'est vraiment pas le but ! Et les « collabos » de ce fascisme-là, tous ceux qui s'accommodent de ça, les « finalement, néanmoins », me tomberont sur le dos. La trahison des élites « éclairées » qui pratiquent l'aveuglement volontaire, y en a ras le cul. Des tâtonnements aussi. Ras le bol aussi de ceux qui regardent ailleurs, qui marinent dans le confort intellectuel au lieu d'aimer la République. Moi je vois trop de choses que j'aurais jamais dû voir. On ne prend plus soin de ceux qui prennent soin.

– Calme-toi…

– Non, la folie, ça suffit.

– Ou alors la belle folie…

– Les humanistes doivent dire stop, arrêter d'être lâches. On doit juste revenir à l'application réelle de la laïcité, sans y voir un racisme d'État, sans jamais sombrer dans la stigmatisation. Les textes sur le sujet, les recommandations officielles sont si flous à appliquer dans la pratique quotidienne. Je vais retourner voir le mec de l'Agence régionale de santé qui s'occupe de la laïcité, le conseil départemental de l'Ordre. Il faut élargir au-delà de l'établissement. On va créer un espace éthique régional comme en Midi-Pyrénées, sous l'égide des hôpitaux publics, contacter des représentants des cultes, se bouger collectivement. Résister lucidement. C'est plus possible.

– Tu peux me laisser là, je finirai à pied.

Didier me déposa, repartit et fit soudain une brusque marche arrière pour revenir à ma hauteur. Ses freins crissèrent. Il baissa sa vitre.

– Tu es la fille la plus désirable du monde, Kelly.

Muette, je restai frappée d'une stupeur heureuse.

Le magnétisme qui sortait de lui, l'électricité qui voltigeait autour de lui et la sensualité qui flottait dans ses gestes, tout cela faisait une puissance qui me capturait.

Ce n'était pas seulement de l'amour que j'éprouvais, c'était aussi de la faim. La vue de ce bel animal en faisait rugir un autre au fond de mes entrailles. Y avait rien sur mes lèvres que l'envie de se joindre aux siennes et de lui dire :

« Tes bras noueux, fais-m'en une ceinture, cette tête sublime, appuie-la contre mes seins, ces mains puissantes, applique-les contre mes fesses. Jette-moi dans le chaos. » Mon corps avait soif du sien. J'étais saisie de sa beauté comme on est saisi d'ivresse.

Cette nuit-là, Didier me fit mieux l'amour qu'à Nantes. Avec plus de liberté encore, plus de sève, de confiance et de perdition. Il n'y a pas à dire, un amant sérieux, ce n'est pas un amant. L'érotisme, c'est le jeu des dieux.

On ferma les portes pour que Lucette n'entende rien.

Notre étreinte fut une si grande joie ensoleillée qu'au cœur de la nuit je lui murmurai :

– Donna est de toi, pas de Pierrot.

– Je m'en doutais... je sais compter.

Dans un souffle, il me déclara :

– Demain je romps avec Cerise. J'y arrive plus.

Cette nuit-là, Didier resta près de moi, en moi. Son choix était arrêté. Et moi, lovée dans sa chaleur, je me mis à trembler de toute mon âme. Pourquoi avais-je affirmé qu'il était le père de Donna ? Par désir que ce fût exact. Comment ferais-je si elle n'était finalement pas de lui, mais de mon violeur ? Du veule Denys, peut-être... Comment rétropédaler ? Je m'étais peut-être entortillée dans un mensonge terrible, né du feu de nos retrouvailles.

Au petit matin, terrifiée par ma sottise, ne sachant plus comment m'en échapper, je déchirai la lettre du labo espagnol. Il ne fallait pas que Didier tombe sur ce document.

À tout, absolument tout, je préférais cet homme superbe, nos vertiges, notre bouillonnement sensuel.

Jamais je n'avais été aussi heureuse et malheureuse.

– Tu seras ma dernière femme, me chuchota-t-il en s'éveillant, épanoui.

Dieu que Didier Dulac était exagérément beau, d'une beauté exaltée et mélancolique. Rien de fade ou de monotone en lui. Un éclat qui tourmentait.

Qui a aimé ne vit plus sans amour.

En allant aux toilettes, encore fourbu de notre nuit, il négligea de tirer la chasse d'eau.

Lui succédant, je m'aperçus que la cuvette était teintée de rouge. Didier avait pissé du sang, sans rien m'en dire. Je distinguai même des caillots.

Était-ce la raison de son élan vers moi ? Ses jours lui étaient-ils comptés ?

Au petit déjeuner, Lucette vit bien qu'on s'était aimés.

– Ah ben je te l'avais bien dit que tu voulais te le tartiner !

– Maman…

– Faut dire qu'il est bien viandé… mignon tout plein.

– Ça ne te fait pas bizarre, notre histoire ?

– Toi et ta sœur, vous vous êtes toujours crêpé le chignon… Alors un peu plus, un peu moins… Cueillez tout ce qu'y a à cueillir. Moi quand j'ai le bourdon, je change d'époque.

– Tu changes d'époque ?

– Je me mets devant une vieille photo et je me dis que je suis devant une glace… du temps qu'on me désirait. Tous les jours pour moi c'était dimanche.

La plus-que-jaune

Au conseil municipal du lendemain, juste avant d'aller quitter Cerise et ses bouquins tartignoles, Didier fut extraordinaire.

Tintin insista pour s'introduire dans la salle au motif que *L'Écho de Vire* avait le droit de savoir, cria à la liberté de la presse, mais on l'expulsa proprement cette fois. L'espion de Coislin, ça suffisait. Les médias insinuants et décomposants, fini. Avec des coups dans les tibias on l'éjecta, même s'il souffrait déjà. Je lui collai en plus une baffe olympique qui lui éclata une lèvre. Ça me fit un bon gros plaisir. À la télé des infos en vrac, on voyait qu'ils nous habillaient en diables, en chialeux mal lunés.

On ne nous accusait pas, on nous criminalisait déjà, comme si on avait eu une queue de dragon. Comme si toutes les pensées criminelles nous habitaient le bulbe. On nous traitait de casseurs illibéraux à retrancher du genre humain, de lèpre populiste, de rouges surviolents avides de frissons révolutionnaires, de démagogues foireux qui tentaient d'éteindre les Lumières, de fumiers prédicants cherchant à imposer un contexte mental belliqueux, de tarés d'une cognition branlante en proie à une refermeture nationale, de paumés nazis en défroque jaune, de résurgence d'une beaufitude désolante, de crapuleuse « synthèse rouge brun », d'Hibernatus issus de la Révolution nationale, d'Homo démens plus que sapiens, de rebuts liguards échappés d'un édito de *Je suis partout*, d'homophobes, de transfuges du pire. Des islamophobes invétérés, on était soudain. Une horde de liquidateurs de journalistes. Les survivants d'une société qui survivait à sa date de péremption !

Pas de quartier sur les rives chics de la Seine quand le populo franchit la ligne rouge. Tous des fumiers, on devait être, des infra-humains, l'infection même, de la putrissure, notre élément c'était l'Erreur et la Saloperie !

Ce qui était tout de même inamical...

Plus convaincu encore que notre délégation, le maire Dulac fit voter un texte en faveur de la mutinerie citoyenne sur le rond-point de la Vache-Morte, puis il déclara que le plan social de l'usine exigeait de la commune un effort immédiat pour revigorer l'activité. Surtout depuis que la réhabilitation du vieil hôpital religieux et sa reconversion en logements sociaux étaient en berne à cause de l'*Hibiscus sodomus*.

Didier dévoila alors un projet qu'il mûrissait en secret depuis un moment déjà avec le maire de Ville-en-Tardenois[1], un gars d'autorité, d'initiatives et de gentillesse. On organisa une vidéoconférence avec Thierry Barba, l'élu des six cent cinquante habitants d'un village qui avait remonté la pente et mis un terme à la désertification médicale.

Barba, sûr de son affaire, nous expliqua que leur vie avait changé du tout au tout depuis qu'en plus de la boulangerie et du salon de coiffure, une supérette avait ouvert en novembre

1. Petite commune marnaise.

dernier. Plus question de prendre sa voiture pour faire ses courses dans les communes voisines. Ce commerce-là avait recréé de la vie au cœur de la commune, des échanges en vrac, une amorce de prospérité, de l'émotion aussi.

Tout proche de leur supérette Cocci Market, on trouvait désormais une auto-école, une pharmacie qui ouvrirait la semaine suivante, et surtout une « maison médicale », parce que tout le centre du village avait été repensé par la municipalité. La maison médicale et la pharmacie apportaient de la clientèle à la supérette et vice versa. Quatorze praticiens – quatorze ! – s'étaient lancés dans la création de cette maison : un kiné, un dentiste, un psychologue, un podologue, une diététicienne et deux médecins généralistes.

– C'est l'orthophoniste qui a réussi à convaincre tout le monde, précisa Thierry Barba, pas peu fier.

– Ça a mis combien de temps à voir le jour ? demandai-je.

– Huit ans à traînailler, mais on peut vous aider à aller vite, on a l'ingénierie financière pour avancer sans argent de l'État, de la communauté de communes ou de la région. La préfecture nous a fichu des bâtons dans les roues, on sait comment se démerder en solo. On a même investi un million d'euros, fièrement, en s'endettant sur vingt ans. La seule aide est venue du conseil départemental pour l'aménagement de la voirie.

La présentation de ce projet concevable, finançable entre provinciaux, ramena une énergie fabuleuse, des effluves d'espoir, dans la salle du conseil de notre petite mairie normande. C'était comme si mourir en bande et se laisser bousiller n'était plus obligatoire. Comme si notre élan jaune se doublait d'un élan économique possible contre l'ignominie du sort. Comme si tous les Denys vaches, les Mahaut de

Coislin rieurs et les préfets Monvoisin au cœur pierreux, on s'apprêtait à leur flanquer une faramineuse baffe.

Tout le monde applaudit grassement, même le Dudule qui sentait bien, sans comprendre les détails financiers, qu'on fomentait du bon, du grand, du positif.

Le Thierry Barba se régalait à distance de notre enthousiasme.

Soudain un son attira l'attention de tous. Le Dudule faisait tinter un verre avec une cuillère. Les murmures finirent par cesser. Écarlate, il bafouilla :

– Je... jejeje... vous vois tous... J'vous écoute d'puis longtemps et j'dis jamais ren. Motus.

D'une voix rauque, sortie de ses entrailles de silencieux, il dit :

– Finissez pas comme moi. Comme un Dudule... Couchez-vous plus. C'est plus possible de s'coucher. Tous à la Vache-Morte !

Applaudissements de tripes, d'émotion.

De cette séance tellurique du conseil de Maisoncelles, on repartit trois fois plus nombreux pour occuper le rond-point de la Vache-Morte. Tous derrière Dudule qui crânouillait, remué par l'envie de plaire à Jacqueline. Avec du cidre pour fêter ça, et de la gnole locale de contrebande qu'on faisait dans nos celliers ou nos appentis. Au nez et à la barbe des poulets du préfet Monvoisin !

Après trop de nuits macérés d'angoisses, on se rebiffait, portés par l'haleine des grands jours et le ramage des inentendus à bout de mutisme, tous fumants de culot.

On embarqua même les frères Gauchis, des charpentiers jumeaux qui avaient des pognes comme des outils à air comprimé, de vraies armes, et des bottes qui leur arrivaient jusqu'aux hanches. Ils nous aideraient à bâtir sur le rond-point, avec le bois des palettes, parce que pour l'instant c'étaient que des décombres. Même Marilou, la fille de l'office du tourisme départemental, promit de mettre la main à la pâte. On était partis pour durer. On sortait enfin de la captivité de notre résignation. Ivresse du courage et de l'audace qui délivrent du contingent et éclairent la grisaille de nos vies. Là, il circulait entre nous tous, cet élément fluide, il pénétrait les êtres, valdinguait notre couardise, illuminait et clarifiait l'avenir. Même le gars Jean s'en trouvait plus léger.

L'air de rien, on inventait une façon de s'accorder, de recoudre des liens rompus, d'espérer de concert en écoutant les Zèbres pragmatiques qui nous rejoignaient, l'essentiel quoi.

Nous les qui-ne-sont-rien, les amis de Gilberte, Marilou, Jacqueline et son Jean, Kimberley et Leïla, on était prêts à se mythologiser avec des palettes de récup, à se hisser à mains nues sur le pavois de la révolte et à s'enfler de fraternité sur les ronds-points. Pas à faire les zouaves en clones du Che, mais à faire peuple avec dignité. L'insurrection des consciences était là. Et Dieu que c'était beau une révolte de péquenots en survêt, ce moment gracieux où on ne comptait que sur nous-mêmes, sur le capital de notre fierté. La liberté recommençait à affleurer. Ça c'était du flagrant délit populaire. Ah, si Victor Hugo avait pu griffonner un crobard ! À l'eau-forte, il nous aurait peints, ne croyant plus au progrès de jadis, mais en nous autres : cette fois, on voulait tous compter.

Nous Français (surtout Françaises), on allait exister, peser enfin. Arrêter d'être tenus pour des mange-merde. Et mener à bien le projet de Thierry Barba, le copier en tout point pour sauver le centre de notre bourg.

La belle lettre de Pierre-Esprit

Dans les jours qui suivirent, je reçus une belle lettre de Pierre-Esprit :

Impossible Kelly,
Mon petit hiéroglyphe,

Te voir combattre la bêtise du monde à mains nues m'émeut. Comme si tu ne savais pas, à ton âge, que la bêtise, ce n'est pas que de la paresse.

Voici comment vous serez jugés par le Paris de la chance, le Paris qui décide, le Paris qui sait et vous tient pour des pissenlits toxiques. J'appartiens assez aujourd'hui à ce Paris-là, gorgé de certitudes spécieuses, d'opinions vaines et de passions interludes, pour te restituer son aveuglement qui, hélas, a la fermeté d'une sincérité.

Pour ces gens-là, vous êtes :

– un mouvement 100 % factieux, gangster et haineux, sapant les principes de la République, antirépublicain, ferment de troubles et agent de décomposition, qui exige des mesures prophylactiques urgentes (vous tabasser, en gros),

– un nihilisme mortifère à 1000 %, une sottise toxique qui s'amuse,

– les rois de l'autovictimisation,

– des demeurés rebelles aux Lumières, incapables de saisir les bienfaits d'une taxe supposément écolo. Des attardés incapables d'admettre le sens de l'Histoire, affligés d'une coupable rigidité d'esprit, des assassins de la nature, bientôt responsables de la fonte des pôles,

– des agents du Mal qui ont une indéniable dimension fascisante et nauséabonde, car tout ce qui est populaire est forcément populiste, poujadiste et démagogique,

– hostiles à la démocratie car vous êtes violents contre les journalistes (garants de la démocratie), contre les policiers (garants de la démocratie) et contre la représentation nationale qui est, à leurs yeux, la seule forme possible de démocratie,

– intrinsèquement antisémites et xénophobes à 100 %, puisque vous doutez de la validité de l'idéologie diversitaire heureuse.

En somme, vous n'êtes que des citoyens pas rafistolables sur le plan éthique, cramés de la tête, des corps allogènes guère récupérables ni arrimables à ce régime, des carcinomes à extirper du corps social.

Ce stock de représentations étant constitué, la production par le Paris-qui-sait de propos incendiaires s'opérera, sois-en certaine, sur le mode de l'exploitation infinie de ce stock. Tu noteras que le code culturel qu'ils emploieront sera toujours très répétitif, dans une tradition qui emprunte à la haine du juif, principe du Mal éternel. Il y a dans ce fiel hautain et rabâché une forte composante de volonté éliminatrice qui, paradoxalement, se veut « éthique » – car il s'agira bien, pour eux, d'un acte d'autodéfense en vous écrasant de manière sanglante.

La haine diffuse du pauvre suinte dans leurs propos, une véritable populophobie routinisée.

Sur vos ronds-points de la misère, vous leur inspirerez toutes les aversions, toutes les invectives, toutes les allergies et la passion de l'épouillage requis contre les parasites politiques. Ils prendront comme un affront « l'injonction d'écouter les Gilets jaunes », qu'ils regardent comme d'authentiques « Gilets bruns », des « rouges-bruns pétainistes cryptofascistes ». Par leurs micros, ils mugiront qu'il est beaucoup plus légitime d'écouter les commerçants fragilisés par vos actions, les familles des policiers suicidés et les représentants du peuple vandalisés. En affirmant que le reste est complaisance et veulerie.

Avec vous, le Paris post-gaulliste qui gouverne les esprits ne fonctionnera qu'aux anathèmes, à la schlague verbale, même si, en montant les étages du talent, on trouvera des intellectuels pour vous disqualifier. Et des occasionnels de la vindicte, mercenaires des gazettes priés d'organiser un « anti-giletjaunisme de raison » ! Chez ceux-là, on ne trouvera nulle motivation passionnelle autre qu'un banal désir carriériste.

Tous dénonceront à tour de bras « l'irresponsabilité des chaînes d'info qui attisent et dramatisent » votre audace. Sans oublier de glapir que dans votre beaufitude impardonnable – quelle faute de goût ! –, vous ne pensez qu'« à casser du flic et du pédé », car, je l'oubliais, vous êtes nécessairement homophobes de fibre puisque vous n'êtes pas enthousiasmés par la théorie du genre et que vous êtes assez arriérés pour constater des différences entre les hommes et les femmes. Ils vous diront confus, grossiers, d'opinions glaireuses, illisibles, divers, diffus à chier, d'une équivocité permanente, alors que vous dénoncez quelque chose de très clair : la paupérisation de la nation, du petit peuple grouillant de nos régions. Fataliser cette panade, ça suffit !

Voilà comment pense – avec la plus déconcertante franchise – le Paris qui ignore tout de vous et des mécanismes qui laminent vos vies. Tout le drame est là : Paris est aussi sincère que vous êtes agglutinés sur vos ronds-points. C'est une guerre d'éthiques qui s'ouvre, un choc de vérités. Isolés dans leurs quartiers et leurs lieux de villégiature, n'écoutant que leurs médias qui se parlent les uns aux autres, ne baisant qu'entre eux, ils n'imaginent même pas à quel point vous êtes foncièrement républicains, démocrates jusqu'à l'os et bienveillants sur le fond – pas sur la forme, vous n'en avez plus les moyens.

Ils ne soupçonnent pas une seule seconde que sous vos gilets vous êtes une jeunesse de la démocratie, une vague fraternelle qui rajeunit le désir de république. Vos ronds-points ne sont pas distillés par la haine sociale qui trouverait, en jaune, son mode d'emploi politique. Vous êtes une joie ébouriffée.

Si je ne me retenais pas par intérêt, oui je suis veule et lâche (c'est pour ça que tu m'épates), je serais parmi vous.

L'identité nationale ne peut plus se poser qu'en opposition aux grandes villes, avec tapage. La guerre culturelle contre la démocratie vivante, c'est eux ; l'assaut franc contre les idées de la modernité politique (le RIC, la participation citoyenne effective, la foi dans les territoires, etc.), c'est eux ; les suppôts de la réaction assumée, c'est eux.

Voici pourquoi je t'aiderai comme je le pourrai, le reste n'a plus d'importance.

Et quand vous aurez été vaincus, je resterai ton Pierre-Esprit.

Pierre-Esprit qui t'aime beaucoup, et t'aime souvent.

P-S : N'oublie pas que sans votre révolte providentielle tout paraîtra impossible à l'État profond qui, pour garder sa mainmise, a besoin de rameuter les partisans de l'ordre – ceux qui ont encore quelque chose à perdre. Par votre colère, tout s'arrange, tout s'aplanit et se simplifie. Paris se réjouit de vos excès pour continuer à régner. La haine – des Jaunes, de toi – n'est pas un bas sentiment pour eux si elle condense leur plus belle énergie.

Pour s'assurer une position surplombante, l'aristocratie d'État et le Paris-qui-sait ont besoin des laissés-pour-compte du suffrage universel, des oubliés de tout poil. Si possible mordants, cruels. Ils veulent un « second peuple » déshonoré.

De cette lettre, je suis restée perplexe.

Pourquoi Pierre-Esprit participait-il à ce système « parisien » tout en en méprisant le cynisme ? Pourquoi diable cet ex-Normand, issu de notre canton, m'adressait-il une missive ainsi tournée, aussi juste à mon sens ? Qu'attendait-il de moi, la petite rurale ?

Était-il exact qu'à Paris on nous ignore à ce degré ?

Était-il possible que l'on nous diabolise, que notre gilet jaune soit fictionné au point de devenir une qualité négative ayant force de contagion ? Comme jadis l'antisémitisme. La haine du peuple était-elle devenue un racisme ?

Vers quel type de répression irait-on si l'on se figurait que nous étions des rats ? Alors que notre fougue esthétisait la colère française, l'embellissait d'un stock d'émotions positives.

La colère blanche de Cerise

Depuis le plan social de la Compagnie normande d'expédition, Cerise s'était mise en « méditation positive ». Sonnée, elle était immergée dans cette sornette-là. Elle pensait, ma jolie sœur, que c'étaient nos pensées négatives qui nous avaient flanqués dans la mouise et tamponnés dans l'angoisse sociale, pas le fonctionnement du capitalisme financiarisé ni la cruauté de Mahaut de Coislin, non, juste nos pensées. Comme si le réel était uniquement la résultante de nos idées, du pur décalque de notre jus de cerveau.

Pour se protéger de la violence sociale née de la mondialisation abrupte, Cerise plaçait depuis des années des mots à la place des faits, un assortiment de mots. « Recentrage », « congruence », « gratitude », que sais-je encore. Au lieu d'attaquer frontalement l'horreur des faits.

Plus la vie distribuait des gifles, plus elle en méditait les outrages en devenant zen, bonté et couillonneries qu'elle puisait inlassablement dans sa bibliothèque, un joli stock de fadaises *positives*.

Même quand ses copines se ramassaient un cancer tueur, elle leur suggérait une bonne ration de cette littérature-là en guise de médication. Cerise en était à ce degré de débilité dorée de *positivité*.

Didier, lui, préférait péter la gueule au réel quand il abusait, en l'avisant bien en face ; ça faisait une différence de taille qui ne les avait pas rapprochés. Lui n'avait jamais cru que retrancher le Mal de nos pensées l'ôtait forcément du monde.

Mais quand il annonça à Cerise qu'il la quittait pour moi, ma sœur manqua singulièrement de pensées dites positives. Elle commença mollo :

– Comment veux-tu que je te comprenne ? Tu me parles à contre-jour… Je ne vois même pas ce que tu me dis.

Didier alluma la lumière.

Cerise lui colla une claque incroyable. Puis elle se mit à détruire toute leur vaisselle, sans épargner la moindre tasse.

Reprenant son souffle, elle dit :

– Quand tu taperas « vengeance » sur Google, tu verras apparaître mon nom.

– On peut parler ?

– Puisqu'on a des cordes vocales, oui. Mais tous les deux, non !

Dix ans de méditation transcendantale aboutirent à une implacable furie, comme si les pires sentiments qu'elle avait révoqués avaient rappliqué d'un coup d'un seul dans leur longère. Plus du tout chamane fascinée par ses chakras, ma sœurette. Une boule de haine pure on aurait dit. Le masque de bienveillance doucereuse saupoudrée de formules dédiées au pardon craqua d'un coup.

Cerise pulvérisa ensuite les affaires de Didier, brûla sa

robe de mariée à l'essence dans leur cheminée en glapissant de rage. Pff... Envolé le voile incendié.

Ce qui me parut bien régulier, enfin quelque chose de normal chez elle, une réaction non filtrée par sa doxa.

– Depuis combien de temps tu la baises, cette salope ? lâcha Cerise.

– Ça n'a eu lieu qu'une seule fois, à Nantes. Avant notre mariage.

– Regarde-moi, connard, hurla-t-elle, magnifique d'humanité. Je vais me venger de vous deux comme t'as pas idée ! Pas idée ! Jamais vous n'aurez la paix, ça je peux vous le dire. Vous rôtirez en enfer de m'avoir trahie ! En triple enfer !

– J'étais déchiré, ma Cerise...

– Eh bien, je vais les déchirer tes costumes, vermine !

Ce qu'elle exécuta aussitôt avec des ciseaux.

Tous les costards et cravates de Didier furent déchiquetés, changés en confettis. Elle dégomma même les boutons. Puis elle brisa toute sa collection de vases. Ce qui n'était pas sans avantage, le verre pilé ça prend moins de place. Tripoter son orgueil et tripatouiller son sens de la famille la rendait littéralement dingo, c'était surtout ça qui la fit dérailler :

– Bande d'horribles, d'irresponsables ! Si on touche à la famille, à la tribu, au socle, il reste quoi après ? Vous y avez pensé ? Le sexe, ça ne peut pas être une consommation comme une autre ! Sans famille, on devient quoi ? C'est de la fiction, votre projet !

– Chérie...

– Ne m'appelle plus jamais comme ça !

– Cerise...

– Cerise, elle te dit que faire ça, baiser ma sœur et nous

flanquer dans le décor avec de très jeunes enfants alors qu'on est déjà tous dans la merde, en pleine révolution qui flambe, c'est de la science-fiction.

– Je l'aime. J'aimerais mieux pas, mais j'y arrive pas.

– Salaud ! Peau de vache !

– J'aime Kelly… J'suis désolé.

– Ce que je vais faire pour survivre, tu ne peux pas l'imaginer. Puisque tout est possible… eh ben tout sera permis !

Didier resta figé, effrayé, glacé.

Notre amour phénoménal engendrait son inverse.

N'étions-nous pas en train de commettre le Mal ? Ce Mal contagieux et furieusement belliciste qui emportait, au sein même de notre famille, les dernières digues de la civilité ? Celles qui protègent de la barbarie, quoi qu'on ergote.

Qu'allait inventer Cerise ? Ses illusions humiliées avaient fait d'elle une fêlée. En vertu des mystérieuses feuilles de route qui régissent les cheminements terrestres, tout pouvait arriver.

Vive notre violence

Les gendarmes s'en revinrent à Maisoncelles-la-Petite, casqués et dotés de boucliers. Bien obligé, le beau major Nicolas Grandjean avait mené ses hommes penauds à la confrontation pour tenter de nous déloger du carrefour de la Vache-Morte, et on leur a pété le physique.

À la loyale, juste avec nos poings et quelques bûches bien ajustées. Ça faisait un bien fou ces gestes libres de légitime défense. Qui ne voyait toutes les violences dont nos vies étaient l'objet ? Durant une demi-heure, la compagnie de Nicolas joua une grande symphonie de matraques, et nous lui répondîmes, à mains nues, avec les cymbales de notre courage, au milieu des poèmes de Victor Hugo accrochés par Antoine.

Flottaient sur le rond-point un plaisir charnel et un air de liberté. Le spectacle de notre détermination se donnait plein cadre. Des chants aussi, entonnés par tous, nous élevèrent le cœur. Une étrange *Marseillaise* nous vint des tripes. Gilberte, Jacqueline et Kimberley la chantaient si bien, entraînés par Antoine. L'hymne déconcerta l'ennemi casqué. Quelle intensité soudain. Une ivresse émeutière nous saisit. Une rupture avec notre impuissance de malchanceux et notre existence vide de sens. Avec nos planches pour armes, nos maillets en guise de gourdins et nos essieux de camion aiguisés, on ne simulait plus la violence, on y accédait enfin. Plus rien en nous de domestiqué. Le gradé en prit pour son grade.

Ça m'a tourneboulé le cœur, parce que ses caresses à Nicolas, je les avais goûtées et que son optimisme tenace, il m'avait plu. Son front ensanglanté m'a bouleversée. Une incroyable première baston, un baptême de branlée ! Quelle mêlée !

Eux comme nous, on a à peine cru à cette scène mirobolante de rudesse. C'était comme pas pensable qu'on en vienne à ça.

Et quand ils ont tourné casaque pour se replier en essayant de capturer le Dudule, moins habile à se débattre, on leur a, je l'avoue, un peu trop défoncé la cervelle. Sauvagement, à la gauloise, comme on aurait peut-être pas dû. S'en prendre à notre idiot plein de tendresse, c'était juste pas possible.

On le leur a fait savoir.

On a aussi récupéré Marilou qu'ils avaient prise. Le gars Jean assomma un poulet.

Les gendarmes laissèrent ce jour-là trois blessés sur le terrain, sur le sol de France. À l'étonnement de tous.

Didier les soigna comme il put, aidé de nos amis.

On épaula le Dudule cabossé.

C'était notre première victoire quasi militaire contre les recrues de l'État. Un Austerlitz populaire et jaune ! Même si, bien sûr, je n'ai rien dit à Zazou, rapport à son Loïc et aux craintes qu'elle avait pour lui depuis le début des événements. C'était un gars si gentil, son Loïc, si peu fait pour être tatané par aussi modestes que lui.

Notre époque de déni général a curieusement oublié qu'enfourcher la violence peut aussi être sain, légitime et, pour tout dire, porteur d'espoir ravigotant. Aujourd'hui autour des zincs, on mélange trop la morale bébête et la légalité, l'éthique et la contrainte, au profit d'une auto-surveillance malsaine, je trouve. À entendre les belles âmes télévisuelles, faudrait vaincre le Mal dans nos cœurs sans même réfléchir, l'abolir de la parole publique et administrer du bromure à quiconque ressent une passion inflexible. Alors que la liberté cardinale dans un pays libre, c'est d'accepter le droit d'offenser et de pousser le pouvoir administratif dans ses retranchements, à coups de maillet si nécessaire.

Mais dans la presse, sur les réseaux cancaniers (qu'on captait à Vire) et sur les ondes, ça a tout de suite tourné vinaigre. Au ragotage pas beau. Affreux même. Avilissant pour tout le monde. Dans ses avertissements, Pierre-Esprit avait eu raison.

On nous traita d'emblée de salauds proliférants rendant un son nazi, de cocos friands d'escalades ignobles, de poujadistes à brillantine, de semences de haine, de putrides rebuts, de frontistes congénitaux infiltrés par les partis les plus rancis, de nihilistes émeutiers, de souverainistes bornés, d'égorgeurs de la liberté, de négationnistes des ronds-points, de types prêts à débiter en tranches le drapeau national pour ne garder que le rouge, d'empaffés jaunifiés, de trafiquants de la misère, de spéculateurs de l'antiparlementarisme, de cogneurs bas du front.

Ce qui n'était pas tout à fait laudatif ni véniel.

Ni parfois tout à fait faux.

Mais pas de quartier quand on mord la ligne, le Parisien sûr d'incarner le bien supérieur et le fameux *sens de l'His-*

toire vous repeint au noir. Tout à leur fermeture mentale, les gens très bien n'ont pas craint de buriner trop rudement la physionomie d'une populace jugée malpolie.

Le peuple, au fond, ils en auraient voulu un autre moins populaire, similaire à eux, passé par Sciences po Paris, purgé d'émotions virulentes et parlant précieux, fignolé, disant les choses comme dans leurs salons, à la doucereuse : « Messieurs les gendarmes, veuillez avoir l'obligeance… »

L'ignoble qui jaillit pour de vraies raisons, c'est un truc humain. À les entendre pourtant, le fait même de se défendre était devenu suspect, comme si étaient détestables, fatalement impures et à condamner, toutes les attitudes suivantes : réagir plutôt qu'agir, suivre ses réflexes de survie, recourir à la violence musculaire – notion littéralement honnie par les commentateurs effarouchés de la capitale. Tout ça appartenait désormais à l'ordre de l'impureté, alors que s'apaiser c'était forcément bien, se montrer docile aussi. Imaginez si on avait assené à Jean Moulin que, par principe, il aurait dû renoncer à son agressivité intempestive contre l'occupant et lisser un peu sa vindicte, jugée déplacée en société, malséante. Ou que se rebiffer contre l'apartheid, c'était discourtois, pas bien élevé…

Il y avait là quelque chose de très barjo et d'une extraordinaire dureté à notre égard. Par voie comminatoire de presse, on nous demandait, l'air de rien mais avec insistance, de pratiquer une autocontrainte démente, une répression de nos pulsions agressives mais légitimes menaçant le gouvernement qui, sans culpabilité aucune, très sûr de son fait, nous intimait de déguerpir des ronds-points pour pouvoir nous rançonner à son aise, à sa guise, à sa main.

Tandis qu'on durcissait le ton, la société angélisée se liguait sur les ondes pour fabriquer une représentation particulièrement hideuse du Mal qu'on incarnait, nous les pauvres, les gros connards de provinciaux aux prénoms de séries américaines qui n'avaient toujours pas compris que la glace du pôle Nord devait être préservée. Partout, dans tous les micros, on stigmatisait ce Mal auquel il ne fallait surtout pas qu'on succombe et qu'il convenait d'inhiber au plus vite !

Mais ce Mal officiel reflétait directement les idéaux et les attentes de la société à l'aise dans les grandes villes, pas les nôtres. Pour nous les gagne-pas-lourd, les artisans étranglés, les entrepreneurs très exclus de la croissance parisienne, les retraités dans la dèche qui touchaient beaucoup moins que le RMI, ce qui était très mal, c'était de nous renvoyer à la niche alors qu'on voulait juste exister, peser sur notre propre sort avec dignité. Que ça, en fait. La violence ne pouvait plus être qualifiée de « diabolique » ou de « perverse » en nous y associant à tire-larigot, comme ça se faisait sans rougir.

Sauf par Zazou, à qui je pardonnais tout.

Même sa bigoterie.

Elle avait le trouillomètre à zéro pour son Loïc qui avait reçu une sale blessure au tesson de bouteille dans une échauffourée, où le populo comme nous avait bazardé boules de pétanque et bouts de bois avec des clous fichés dedans. Parce que le peuple pétait les boulons. Mais sa hiérarchie avait exigé qu'il reste dans le rang. Déjà ils manquaient d'hommes du rang robustes.

C'est dans ce contexte odieux et humiliant qu'on a appris un soir que la préfecture de Caen était attaquée par des Gilets des ronds-points de notre région. Le feu avait déjà pris. Monvoisin semblait présent dans les bâtiments.

Ces débordements, tonnait la radio, avaient pris de court les autorités du département. Cinq mille Gilets jaunes réunis sur un parking aux abords de la ville s'étaient pointés devant la préfecture sous l'impulsion d'un chauffeur routier, l'une des figures locales du mouvement. Un gars de bien qui pensait lui aussi que la prudence est une infirmité. Ce cortège qui rassemblait également des agriculteurs à bout et des ambulanciers payés au lance-pierre s'était alors mêlé à celui de la CGT déjà sur place. Tout avait dégénéré très vite. Les premières attaques contre les grilles de la préfecture s'étaient enchaînées, de plus en plus violentes et incontrôlées. S'emparant de mobilier urbain, les Gilets avaient ensuite forcé les grilles pour s'engouffrer dans la cour du pouvoir détesté. Tout l'après-midi, les forces des riches avaient protégé les lieux officiels sous les jets de projectiles, les coups, les insultes salées et les menaces de mort, racontait la radio. Le feu avait pris, forcément. Les CRS encerclaient déjà le peuple. Nos camarades avaient besoin d'aide pour se dégager.

Les médias ne parlaient que de ça.

Alors on a quitté dare-dare le rond-point.

On a tous filé, sauf Didier qui devait assurer ses accouchements à Vire, disait-il. Était-ce vrai ? Depuis que j'avais vu de mes yeux qu'il pissait du sang sans rien dire, je ne savais plus trop ce qu'il cachait. Et je n'osais pas lui poser la question. Il avait déjà tant de soucis à la mairie, le pauvre, et avec Cerise. Il fumait trop mon Didier, c'était évident, à force de se faire un sang d'encre pour la peine des autres.

On a aussi laissé Maman à la maison.

La préfecture

En route vers la préfecture, je reçus un coup de fil très tendu de ma Zazou :

– Va surtout pas à Caen, ma minette, surtout. Mon Loïc s'y rend, sa compagnie fait mouvement pour calmer le jeu. J'viens de l'apprendre. Ils sont armés, ils ont des mitraillettes gros calibre, des HK 5,56 ils ont dit.

– Promis, Zaz.

– C'est des enragés là-bas. Des barges. Ses collègues tombent comme des mouches.

Pourquoi lui ai-je menti ? Comment lui expliquer que je n'avais déjà plus le choix ? Les gars et les filles des ronds-points des environs s'y rendaient tous, en meute fraternelle. On l'avait su par Facebook capté à Vire, sur les pages les plus fréquentées, celles de gens qu'on ne connaissait pas vraiment mais qui brûlaient comme nous. La bataille s'y déroulait, inévitable, immense, formidable. Je me sentais Pirate, Toutalafois et Hiroshima, digne des petites filles inaplatissables que j'avais osé être jadis, à la hauteur aussi de la pompier volontaire que j'avais un temps été au SDIS du département, toujours à secourir autrui.

Quand on est arrivés, dans la fumée noire de la préfecture qui cramait, j'ai tout de suite reconnu Gaspard, mon ex disparu. Ça m'a fait bizarre de revoir mon Poussin, l'homme qui m'avait offert Léon. Son visage s'était sculpté, durci. Les sangs retournés de haine, toujours dandy, il ondoyait dans la foule en rage, érigeant une barricade avec des bancs arrachés, dirigeant la tourbe des indécis. Il était bien là mon faux Gaspard en vraie cavale, braillant sa vindicte comme les autres, gueulant contre tout ce que la France suradministrée lui avait fait à titre privé et qui l'avait rendu crapule avec moi et tant d'autres.

Des gaz ont alors été tirés, par bouffées, insidieux, opacifiants. Les larmes tout de suite, et l'étouffement. Je l'ai aperçu mon Gaspard bisexuel dans une déchirure de la fumée épaisse, puis il s'est estompé et on a été pris dans une charge sévère des CRS qui tiraient presque à bout portant dans les visages des balles en caoutchouc.

Paniqués, les gars de troupe voulaient tuer, défigurer.

C'était plus le jeu ritualisé des émeutes qui symbolisent la violence, où on pète des vitrines remplaçables, mais pas les murs. Là, on quittait le mime.

Voilà à quoi aboutissait la république du « vivre-ensemble » : une mêlée d'instincts.

Un océan de pieds, une marée de poings, un vrai Zambèze de rages en ébullition, des Victoria Falls de vindicte, des Nil en crue de fiel.

On voyait bien que les chefs qui décidaient de tirer n'étaient pas sur le macadam de la colère, mais à l'autre bout des talkies-walkies, à l'abri. Les projectiles de caoutchouc ont volé, criblé l'air. L'un d'entre eux a arraché la joue du

Dudule, et peut-être un œil. Le flot de sang a giclé. Des secouristes improvisés l'ont tout de suite récupéré pour le rafistoler, tandis qu'il me tendait une main pâle que je caressai ; et j'ai vu rouge.

Un CRS furibard s'en est alors pris à la Mireille avec qui j'avais voyagé. Il l'a matraquée sans honte, cette paysanne d'un certain âge, en lui hurlant qu'elle n'avait rien à foutre là. Il s'en tartinait de l'âge de cette veuve d'un suicidé. Il voulait lyncher. Puis il a visé mon visage avec un flash-ball, comme si dans sa hâte il voulait me priver d'expression.

Trop c'était trop.

Paul-Marie Gauchis est intervenu, il a dévié la balle en caoutchouc. Au même instant, une fliquette en panique s'attaquait à Gérard, déjà à terre avec son tarin excessif, roué de coups.

– Arrête, Gisèle ! Arrête ! hurlait son collègue.

On entendait les côtes de Gérard craquer. À travers ma berlue je l'ai vue, cette fliquette nommée Gisèle, lui loger un coup de flash-ball entre les jambes, volontairement. Le peuple turbulent, elle voulait l'émasculer, lui arracher les couilles avec son pétard à air comprimé. C'était à n'y pas croire.

Son collègue gueulait des « Arrête, Gisèle ! », effrayé par elle, horrifié par sa volonté de castrer le populo.

Sans gamberge, j'ai ramassé un marteau par terre et j'ai fait le Bien : j'ai bagarré très durement le CRS qui m'avait visée, et j'ai aimé ça. Ce fut jouissif de tenter de le désosser. De péter d'abord ses clavicules. Une manière d'arrêter de faire naufrage et de rétablir notre dignité. Afin d'insulter efficacement ce défigureur saisi de frénésie punitive, ma voix est soudainement devenue épaisse, viscéreuse et dégondée. Les bien-nés-bien-lotis me déclareront complice du pire, possédée par le diable d'un populisme répulsif, mais lorsque j'ai senti les os de ce flic éclater sous mes coups de marteau répétés, je me suis sentie remboursée de tant d'injustices. Son tibia aussi a cédé impeccablement. De la belle ouvrage éthique, du carnage façon Verdun ou Guernica. Défoncer sa mâchoire à la loyale m'a procuré une satisfaction dense. Il a crié, le sang a coulé. Le pouvoir, je voulais le buter.

Deux minutes plus tard, dans les nuages de gaz suffocant qui avaient une consistance, une lourdeur de crème fouettée, j'ai expédié un Mammouth, sorte de gros pétard enduit de colle épaisse dans laquelle j'avais logé des boulons. Des gars de Flers en avaient apporté, terribles. Je désirais blesser à mon tour avec application, délabrer cette Gisèle, estropier les estropieurs.

Nous aussi, les moins-que-rien de Maisoncelles, on avait le droit de jouir. La violence sauvage, ça reste le dernier plaisir à votre portée quand on vous a tout ôté, tout confisqué : vacances, sécurité, espoir, avenir, identité un peu stable, fêtes de Noël. La baston gauloise, ça nous semblait une volupté gratis, et la seule expression efficace.

Les CRS sont revenus à la charge pour sauver leurs collègues de mes coups lyncheurs qui partaient en volées, avec une telle joie.

Peu avare de son haleine, l'index dressé, encasquée et cuirassée tel un chevalier de l'Apocalypse, une fripouille policière me criait dessus en écumant. Sa voix rauque, je ne l'ai pas reconnue. J'ai exulté d'entendre son cri quand je l'ai frappé, avec l'aide des frères Gauchis qui étaient là, pas bien loin. Ils l'ont fait aux pattes et dérouillé en charpentiers. Meurtrir les châtieurs de rébellion et déchirer leur chair nous fit un tel bien.

Quand il ôta son casque, je reconnus… mon Loïc, le mari de Zazou.

– Arrête ! hurla-t-il, au moment où je m'apprêtais à le gifler avec une planche.

Je demeurai immobile, figée d'horreur.

– Loïc… mon Loïc…

Je fis signe aux frères Gauchis de l'épargner, à Antoine l'humaniste aussi.

Le peuple était en train de s'entre-dévorer : détresse contre détresse, Loïc contre moi, Gisèle contre Gérard, chagrin d'identité contre malheur identitaire, perte d'espoir contre sentiment d'aller dans le mur.

Ses collègues arrachèrent Loïc à la meute et le tirèrent de là en me flanquant des coups de crosse.

Loïc disparut dans les gaz.

Mes yeux pleuraient. Mais, à trente-trois ans, je n'étais plus immunisée contre la belle séduction de la violence. Je découvrais l'élan vital qu'elle injectait, et le réarmement mental qu'elle nous procurait à tous, même si je restais épouvantée d'avoir porté la main sur le gentil Loïc, si tendre avec ma Zazou si chrétienne.

Je savais bien que pour les bien-nourris il aurait fallu ne pas se délecter de se défendre avec une telle rudesse… ni éprouver trop de plaisir à se rebiffer, le bras correctement armé – d'un marteau ramassé et d'une planche. Chez les faiseurs d'opinion, se montrer incendiaire ou concasseur de rotules reste disconvenant. Peu leur importait à eux qu'un policier vicieux, sans doute acculé par la peur, m'ait visée à la tête avec une balle en caoutchouc afin de me déchirer la face, tant il semblait me haïr. Ce geste, viser mon visage, est sans doute un détail pour les professeurs de morale bien nés – moins pour moi qui étais en train de risquer mon nez, mes jolies lèvres et mes yeux verts. Ça méritait réplique, sans politesse.

Au final, on s'est carapatés de Caen.

Et je n'ai plus jamais revu le Poussin.

Après la bataille

J'ai reçu un affreux coup de téléphone de Zazou. Elle chialait, disait qu'elle ne reposerait plus sa confiance qu'en Dieu. Pour être inébranlable, ma Zazou ne s'unirait plus qu'avec Celui qui nous avait créés. Les hommes, en France, c'était le vice, surtout moi, jadis son repère.

Je raconterai tout ça si on me force. Comment lui reprocher de défendre l'intégrité de son homme ? C'était le terminus de notre amitié.

Mais personne ne m'éteindra plus.

C'est fini de mégoter.

Ce coin du monde déréglé séparait les familles, ventilait les amis, éparpillait les couples. Je n'en voulais plus de ce dérèglement général. Fallait tout saquer. Finies les jérémiades. Ce n'est pas croyable ce qu'on peut changer en respirant l'air vicié d'un pays qui naufrage.

Pour qui n'a jamais un sou vaillant, il y a une volupté sismique à consommer sans modération de la violence drue. Celle qui requinque quand votre visage propret devient trogne et que votre parole cède à l'éructation, accompagnant vos coups barbares. Waouh ! Réactivant votre force vitale, cette violence-là surclasse l'effet des neuroleptiques. C'est une vitamine, un onguent, une chance. Surtout quand on dézingue un détenteur de l'autorité républicaine d'une plate canaillerie. Là, c'est vraiment prophylactique.

On dira, je le sais, que je finis dans l'ignominie crasse, que Kelly la sympa s'égare. La vérité est que je me suis sauvée de l'injustice en me défendant avec un marteau. Et en administrant des coups de planche. Se sauver, c'est pas rien pour un être humain.

Lorsqu'on s'est faufilés parmi les Jaunes en fusion qui incendiaient la préfecture, je me suis sentie enfin vaste dans la mêlée, plus riquiqui du tout, et surtout plus seule.

Je suis donc devenue lors de cette attaque la chair même de ce que les épurateurs éthiques conviennent de tenir pour la racine de l'abject. J'appartiens désormais à cette *France moisie* qui révulse à Paris. Par moi, figurez-vous, l'inhumanité aurait gagné du terrain. Leur morale est désormais l'abat-jour de la mienne.

Voient-ils les SDF de nos grandes villes qui, les soirs de grand froid, se blottissent sur des cartons pour s'isoler du sol ? Mal à l'aise d'ignorer leur détresse, les urbains regardent ailleurs, alors qu'à la campagne on les invite. Comment penser leur emprisonnement à ciel ouvert ? Eh bien, nous sommes désormais des millions à vivre comme des SDF debout, à bouffer mal comme des SDF, à niquer comme des SDF, à compter comme des SDF et à être enfermés dehors. En cachant dignement notre enfer, on a longtemps protégé les nantis de tout malaise.

Eh bien, je ne vais plus leur offrir ce confort, les laisser sécher dans des slips moelleux.

Basta les filtres convenables ! Stop l'hypocrisie sémillante. Ils sont ultra-violents, je le serai de manière nucléaire. Assez de ces mondialisés qui me font honte de craindre de voir s'effondrer ma culture face à l'afflux d'idées qui me sont hostiles, de mœurs qui hérissent mon égalitarisme. Féministe sans compromis je suis, et ils voudraient m'interdire – comme Pierre-Esprit le fait – de voir ce qui me choque, de constater, horrifiée de douleur, la déroute culturelle qui déchire ma famille ? Assez de baisser la tête.

Comment l'amour pourrait-il être autre chose qu'une complication dans une société saturée de tensions ?

Qui donc pourrait abolir mes paniques devant un tel flux ennemi de la laïcité ? Qui oserait me dire que ma perception est invalide ou fantaisiste, que mes réactions sont irrecevables, scélérates et dégradantes ? Alors que toutes les formes de racisme me révulsent parce que je suis du pays des droits de l'homme et que la thèse de l'inassimilabilité radicale de l'islam – le préjugé raciste par excellence – me paraît ridicule.

Et quand nous, les sans-grades à la vue basse, paraît-il, les indélocalisables à la City, on a clairement voté contre l'Europe des marchands, il n'a fallu que quelques mois pour que les crânes d'œuf nous bricolent un traité de substitution, dit de Lisbonne, conforme à ce que nous, le Souverain, on ne voulait à aucun prix. Mais le peuple n'est-il pas manipulable, un peu simplet, pas informé des choses ? a-t-on entendu jusqu'à la nausée.

Soignée de mes culpabilités, je ne ferai plus jamais partie des eunuques qui votent encore, de la moutonnerie républicaine qui bêle. Comme tous ceux qui ne sont rien, j'ai compris que ça ne sert plus à grand-chose, hélas, de manier le bulletin de vote. Mieux vaut décider directement par RIC, ce référendum d'initiative citoyenne qui permet d'être démocrate sans les tapineurs des partis, qu'on ne veut plus voir en portrait.

On se fait si mal en espérant à chaque scrutin.

Jugez mes actes, pas mon cœur durci.

Stigmatisez si ça vous chante mon verbe vachard et franc, cette riposte saine à la déferlante de mépris qui nous a si longtemps tétanisés.

Lors de cet incendie de la préfecture, j'ai été déniaisée de la violence et initiée à l'incroyable fierté de se défendre avec éthique.

L'inversion des couples

Ça, pour une surprise, c'en fut une ! Impensable, croquignolette quand on y pense. Même Gilberte en demeura pantoise.

Le matin où Didier passa récupérer ce qui lui restait d'affaires non tailladées à la longère, il trouva… Pierrot deminu dans ce qui avait été son plumard. Jojo Belle Gueule se prélassait dans ses anciens draps, dépoitraillé, figurez-vous un peu le tableau.

« On a compris qu'en fait, le grand amour c'était lui et moi, avait déclaré Cerise en guise d'explication tout en fixant Didier médusé.

– Oui, on s'aime, avait confirmé Pierrot. C'est bizarre, mais c'est comme ça.

– Ça ne vous dérange pas, toi et Kelly ? » avait lancé Cerise, perfide.

Didier avait cru à une plaisanterie, mais non.

L'ahurissant avait bien eu lieu.

Cerise avait discrètement contacté Pierrot et l'avait revu pour le séduire. Un peu égaré par la vie, ne sachant plus trop où loger, le gentil s'était abandonné dans les bras de ma sœur vengeresse, défoncée de chagrin. Pierrot se croyait toujours le père de ma Donna, comme Didier était le père légal de la mignonne Shaïna. Chacun avait un enfant d'une des deux sœurs qui ne se causaient plus.

Lorsque Didier me rapporta tout ça, sur le rond-point qui se fortifiait toujours davantage, je lui dis :

– Ce qui est terrible, c'est que Pierrot croit vraiment qu'il est le père de Donna.

– On n'a qu'à faire un test ADN tous les deux, me répondit posément Didier. Il saura qu'elle est de moi et tout rentrera dans l'ordre.

– Oui, bien sûr…

En répondant cela, je faillis dégringoler dans les vapes.

Si le test certifiait que Donna n'était pas de Didier, je devenais quoi ? Une abominable menteuse à ses yeux ? Ça voudrait alors dire que ma fille était peut-être de Denys, la fripouille graisseuse avec ses lingettes, et que Pierre-Esprit avait eu raison, comme souvent.

Cerise tenait sa revanche mordante. Un mauvais désir de vengeance lui empoisonnait le cœur.

Didier avait cru rompre avec elle ? Elle remontait sur le bateau de notre quotidien. Nous avions des enfants croisés, impossible de mettre entre nous une vraie distance. Une décennie de lectures zen et de volumes sur la nécessité de « tout lâcher en soi » conduisait à une retorse qui ne lâchait rien. Ma lionne de sœur ne mangerait pas que de la salade.

Cindy, elle, était rentrée dans les grâces de son jusqu'au-boutiste prêt à tuer des gens paisibles pour imposer sa vision du monde. Elle avait téléphoné à Maman. Elle lui avait annoncé leur mariage prochain en Syrie, dans la demeure d'un Sabri qui, je l'appris plus tard, faisait partie de la mouvance toulousaine qui avait envoyé se battre là-bas nombre de djihadistes français résolus à casser du Yézidi et à réduire à l'état d'esclaves sexuelles des milliers d'adolescentes kurdophones. Le mot « Syrie » me fit sursauter. Était-ce une étape vers l'Irak pour lutter contre la coalition internationale ? Yassine avait finalement jugé que comme c'était lui qui l'avait déviergée, le crime de sa non-virginité était finalement acceptable. Un imam français au cerveau oblique – un amoureux éconduit de la république ? – l'avait assuré de la régularité de la chose qui permettait, malgré tout, de boutiquer une noce pleine de pureté. Elle allait changer de nom mais aussi de prénom, quitter Cindy pour Nawel. Elle nous priait d'accepter ce changement nécessaire, censé la nettoyer d'un passé impur.

Il faut dire qu'un jour, à Vire où il y a de la 3G, j'étais tombée sur des pubs pour une marque de lingerie osée. Cindy avait posé pour des sous, bien entendu. Ses photos explicites, croupe offerte, effrontément donnée, avaient de quoi contrarier l'émule d'une morale rigoriste.

Surprise, j'avais fait un *screenshot* de ces pubs sexy.

Cindy avait-elle eu besoin de cet argent haram pour ses études ? Ensevelie dans la chair le temps de quelques clichés, avait-elle goûté le vertige de l'exhibition ?

En tout cas, elle avait déjà joué l'aguicheuse dans le plus grand secret. Si l'orgueilleux Yassine l'apprenait, que lui ferait-il ? Dans quel sac de nœuds inextricables ce pays nous avait-il toutes lancées ?

Sans oublier le sang que j'avais vu dans les toilettes, et qui n'augurait rien de bon, puisque Didier n'en causait pas.

Je me serais donc bien passée de la double nouvelle qui tomba sèchement.

– À Vire, ils ont vu déferler des compagnies de CRS, déclara Jacqueline. C'est Paul-Marie qui vient de m'appeler. Il était dans la chambre du Dudule à l'hôpital. Son œil n'est pas sauvable et il restera gueule cassée le Dudule, il a dit.

– Oh…

– Si gentil le Dudule… C'est la vie qui est comme ça, un peu chienne.

– Pour se déplacer, les flics évitent les barrages jaunes sur les autoroutes, ajouta Jessy.

Dans les lointains pâles, on aperçut sur la route une escouade de CRS avec un bulldozer géant, genre qui fabrique de l'autoroute. Houspiller le rebelle et bloquer la rogne, c'était leur bifteck. On se regarda tous comme des cornichons, nous la camelote populaire. Fallait-il qu'on sorte nous aussi nos blindés, nos monstres de tracteurs agricoles ? Ça devenait bizarre, la France, pour les perdants du bonneteau social.

En attendant, Didier tira de sa sacoche son écharpe tricolore d'élu du peuple et s'en ceignit avec un calme insolent par-dessus son gilet jaune flottant. Sa respiration était une détermination. Tous, on sentait que ça pouvait tourner laid. Ça blaguait plus.

Leïla, prise dans un jersey usé, eut alors ce mot en allumant la radio :

– V'là les soldats de Paris…

On s'attendait à tout. Mais pas à voir se radiner un camion de la chaîne d'info de Pierre-Esprit. Ah, ça non ! Près du rond-point, il se gara. Pierre-Esprit en jaillit, déjà maquillé pour l'antenne et frappant dans ses mains en désignant ce qu'on avait bâti avec les palettes, nos cabanes en bois pour dormir ou casser la graine ensemble.

– Bravo ! Bravo ! Bravo…

Son hygiène à lui, c'était l'ironie.

Ce type d'hommes exaspérants, on les aime pour leurs bribes d'insolence, leurs fulgurances qui infusent de la belle humeur.

Didier et Pierre-Esprit, mes deux amants qui me prodiguaient ce doux spasme de l'amour, se dévisagèrent alors. Ils devinèrent illico que l'autre était une adversité. Il y avait déjà entre eux de l'inimitié, de la discordance, de l'envie de baston, même si Pierre-Esprit se disait guéri des passions. Je baissai les yeux. Mon cœur battait tout gros et bourru sur le rond-point. Ces deux mecs-là se constituaient déjà une jalousie secrète, une rivalité chargée de venin. Les hommes, ce n'est jamais très partageur d'une fille trop désirée.

Pierre-Esprit se tracassa ensuite pour dénicher un Gilet jaune disposé à parler devant une caméra, ce qui était ardu car tous se dérobaient :

– Ah non, pas moi. J'ai pas les mots. Allez voir le grand là-bas, il sait causer lui.

Pierre-Esprit fila voir un des frères Gauchis qui, penaud, répliqua :

– Pourquoi moi ? J'sais pas causer, on va se moquer… sûr qu'on va se payer ma tête. Trouvez un autre, elle là-bas !

– Madame, vous accepteriez de dire à ma chaîne pourquoi vous êtes là ? Les raisons de votre révolte ?

– Euh… Pas les mots, répondit-elle, gênée, en se dandinant.

– Et vous, mademoiselle, ce serait possible ?

– J'sais pas le dire.

Ces gens d'audace n'avaient pas les mots. Aphones pour ainsi dire, branques à s'exprimer à voix haute, tout à fait rétifs aux homélies sur les ronds-points. C'était bien pour ça qu'on avait choisi le gilet fluo comme langage de désobéissance, ça évitait de formuler les détails de la rage, les motifs de pétard. Immédiatement, à l'œil on comprenait la détresse du pékin, la nécessité d'être vu pleins phares, enfin, et l'ironie d'utiliser un équipement *cheap* de travailleur d'extérieur que l'État avait rendu obligatoire.

Parce que les mots habiles, ondoyants, ce n'était pas notre rayon. Ce n'étaient plus les piliers de notre monde, envahi par le nihilisme de l'image livrée en vrac. Alors Pierre-Esprit et son équipe galéraient pour trouver un Jaune éloquent de notre malheur.

Par pudeur, il m'évita. Et finit par se tourner vers Didier.

– Pourquoi vous êtes là, avec votre écharpe d'élu du peuple, alors qu'on aperçoit au loin, là-bas, la colonne de gendarmes mobiles qui viennent vous déloger avec un bulldozer ?

– Notre gilet est monochrome, radicalement simple.

– Pour dire des choses compliquées ?

– Simplifiées.

– Que voulez-vous dire ?

– Plus il y a d'images à la télé, moins on voit. Alors on a simplifié notre demande : ne nous écrasez plus en chauffards, ne nous ignorez plus à Paris. On veut juste compter.

– Le peuple se compte et compte tous les cinq ans, non ?

– Nous, on veut compter tous les jours, pas tous les cinq ans. Ne plus être invisibles. On n'en a plus les moyens. On voudrait être visibles, donateurs d'idées démocratiques aussi, le RIC surtout. On voudrait être regardés avec cœur, pas qu'on nous envoie les matraques et les bulldozers. Regardez, ils approchent. Comme des occupants…

Des soldats commencèrent à jaillir des véhicules, casqués et pourvus d'armures, et à se positionner en formation derrière un gros bulldozer qui approchait. Ils avaient des armes de guerre. Quelques tirs de grenades lacrymogènes déchirèrent la quiétude de la campagne normande, froissèrent notre silence. De part et d'autre, on avait la trouille. J'ai dit à Maman de rentrer à la maison. Les enfants se sont carapatés au loin.

Ceint de son écharpe, Didier s'avança, escorté d'Antoine, surgi d'un bosquet. Ils pleuraient déjà.

Un gradé mastoc s'approcha, équipé d'un masque à gaz.

On n'entendait pas ce qu'il disait, seulement des bribes hachées par le vent : *baraquements illégalement installés, verbalisation, évacuation, les commerçants ont des droits…*

Le ton monta rapidement.

Pierre-Esprit filmait l'incompréhension, la dureté des rapports et les mines fermées des Gilets. Certains en étaient à trois nuits blanches. Il le savait bien, Pierre-Esprit, que tout ce qui existe a besoin d'être regardé pour exister pleinement.

Ce gradé obéissant, c'était un costaud. Il devait être la violence voulue par Paris et s'extraire de ses sensations, ne plus avoir d'âme pour démanteler ce maudit rond-point. Même s'il était ému par la pugnacité de son peuple.

Alors, son métier n'étant pas une politesse, il donna l'ordre d'écraser le rond-point de la Vache-Morte et de verbaliser à outrance. Le débat était clos.

Les grenades de gaz lacrymogène commencèrent à pleuvoir au milieu des poèmes qui flottaient au vent.

Goldorak n'avait pas remarqué les caméras, alors il y allait gaillardement. Elles filmaient l'indécence de la répression dure. Les gens dans les voitures retenues aux abords du rond-point saluèrent les Jaunes par un concert de klaxons en exhibant leurs propres gilets fluo à travers les vitres fermées. Ils voulaient échapper aux gaz, les enfermés dans les autos. Dieu que c'était beau, cet élan tribal des gens au milieu de l'assaut francophobe.

La baston s'engagea, le corps-à-corps dur, les coups de bûche contre les matraques. J'en fus aussitôt, avec une ingénuité tabasseuse.

Les coups de boutoir du bulldozer mordirent dans nos baraquements. L'âpreté de part et d'autre ne monta pas d'un cran mais de dix étages. La société n'était pas tombée en léthargie, ah ça non. On quitta le simulacre de baston, on jouait plus avec le pouvoir. Je nous perçus alors bataillant sous le signe d'Eschyle, dans le sillage vociférant d'Hugo. Avec nos armes bricolées, on se sentait le cœur à cracher toutes nos exécrations du système. À coups de planches, de boules de pétanque, de marteaux, d'outils, de bûches. On s'accroissait de nos admirations réciproques car on ne lâchait rien, pas un pouce de terrain.

Des cataractes de coups ! Des émulsions de rage !

On ne symbolisait plus notre jacquerie, on l'assumait. Finis le démonstratif, le spectacle de notre colère, la destructivité quasi ludique du début.

Soudain le gradé s'aperçut qu'une équipe de télévision filmait. Il reconnut le nom de la chaîne sur le camion garé en contrebas. D'un coup de sifflet, je le vis arrêter l'échauffourée dure.

Mater le peuple sans fabriquer trop d'images sanguinolentes, on leur avait dit. Les médias suiveurs invitaient des répressifs qui avaient table ouverte à condition qu'on ne voie pas trop les coups, ni les tuméfactions. La diabolisation du peuple supposait un peu de tact. L'enfumerie, ça veut des formes. La « frénétique invocation du drapeau » républicain qu'on nous reprochait tant, fallait pouvoir la disqualifier sèchement sur les plateaux. Pour mieux engourdir l'exercice du jugement, l'idée était de laisser aux Jaunes le monopole des exactions filmées.

La meute casquée se replia aussitôt en bon ordre, laissant le rond-point de Maisoncelles-la-Petite à demi dressé face au ciel, encore tricolore et si fraternel à voir. On en eut les larmes aux yeux, pas à cause des gaz. Ça venait du cœur profond ou d'ailleurs, des limbes de notre fierté qu'on croyait évanouie. L'aubaine d'un sursaut avait été saisie et le pouvoir hésitait à nous écrabouiller tout à fait, nous les petits du Calvados, le panier des pitoyables, la tourbe des citoyens du bocage.

C'est alors qu'on s'aperçut qu'on avait fait une drôle de recrue : Jacky Leroux, le chauffeur de Mahaut de Coislin ! Ou plutôt son ex-larbin qui avait enfilé notre chasuble jaune et qui se tenait juste derrière moi, ventre tendu, une planche à la main.

– J'ai rendu mon tablier. Ça se peut plus de bosser pour des gars pareils qu'ont fait de la filouterie un système…, soupira-t-il avant de se lancer dans une diatribe contre les exploiteurs.

Jacky Leroux avait combattu avec nous. C'était lui l'informateur pansu de Pierre-Esprit, celui par qui il avait entendu dire qu'à Rouen, c'était bien Denys Lacombe, la terreur des vagins locaux, qui m'avait abusée.

Aux côtés des frères Gauchis, Jacky saisit des outils qu'on avait là et se mit à rebâtir le rond-point. Embusqué derrière son caméraman, Pierre-Esprit scrutait sa bidoche, perplexe, pas convaincu par l'aspect bonasse de l'individu, même s'il avait fait le coup de poing dans nos rangs.

Je compris à son regard plein de questions que Jacky était sans doute une taupe du maire de Vire, Mahaut de Coislin, venue surveiller de près notre insurrection existentielle qui, disait-on, stimulait ses fous rires gras. Ce revirement vers la lumière avait quelque chose de trop joli. Étions-nous tous en train de succomber à la paranoïa des miteux ?

L'aigreur des moins-que-rien

Pierre-Esprit rentra dare-dare à Paris, au sérail.

Toujours son nomadisme télévisuel, mental, affectif, qu'il prenait pour une liberté et qui lui permettait de tenir l'amour vrai à distance.

Et tout s'enfla d'aigreur.

On commença à trinquer de trop sur le rond-point secoué par les tempêtes déchiqueteuses d'automne. Point de vue ivrognerie, on progressa avec sérieux. La hargne gagnait le vent de saison plein de tintamarre et de coulées de froid maritime.

Notre barrage filtrant se fit plus nerveux, bilieux.

Pétés comme des coings, on tâchait de tarir le flux de marchandises qu'on ne pouvait plus acheter. Fallait exténuer le flot, garrotter l'économie qui nous laminait. Nos gars bastonnés et insultés copieusement sur les ondes ne laissaient plus passer que les automobilistes qui exhibaient correctement leur gilet jaune personnel. Les autres, les discrets, nous semblaient du *camp d'en face*. Nos blessés lourds – le Dudule, Gérard – nous restaient sur le cœur, même si notre potentiel insurrectionnel demeurait intact. Il y eut parfois des coups échangés avec la population indécise, les routiers qui flottaient dans l'indifférence nous semblaient pas corrects.

Et moi je souffrais. On n'avait pas fait tout ça pour devenir belliqueux avec les citoyens de passage, mais pour que la fraternité revienne, comme avec les Zèbres. À la télé, on voyait bien que ça se gâtait sur les Champs, façon Chemin des Dames mimé, et que l'État lointain ça le chagrinait pas trop que tout ça tourne fiel entre gens du peuple. Quel gala ! Même si chacun savait bien que le soir venu tout serait remis en ordre, que l'émeute tonitruante ne cherchait pas encore à précipiter l'effondrement de la société mais à le symboliser localement.

À la télé, une syndicaliste policière balança un soir à Pierre-Esprit, si beau à l'antenne :

– Interpeller les black blocs violents qui se mélangent aux Gilets jaunes et qui cannibalisent le mouvement, on sait faire. Si on ne le fait pas, c'est que les ordres ne viennent pas.

– Vous pouvez être sanctionnée pour avoir dit ça ? demanda Pierre-Esprit.

– Bien sûr, on fait le choix de sortir de notre devoir de réserve.

L'opinion rebelle la soutenait, c'était évident.

Quelle émotion d'entendre un peu de vrai de la part de quelqu'un qui contestait les mandarins claquemurés dans leur Cité interdite place Beauvau. Cette fliquette au franc-parler n'observait pas les manifs populacières à la jumelle. Elle rachetait toutes les Gisèle de l'attaque de la préfecture de Caen.

Mais l'actualité banlieusarde s'en mêla aussi, avec sa ration de venin. Les poulets de l'Essonne, habitués à être foulés aux pieds par la racaille-victime-de-la-société, faillirent être rôtis à Viry-Châtillon. Quatre n'étaient pas passés loin d'être brûlés vifs par des encagoulés de la Grande Borne, des lanceurs avertis de cocktails Molotov. Les « sauvageons », euphémisme sympa qui sentait *La Guerre des boutons,* avaient soudain viré incendiaires de personnes vivantes, incinérateurs de flics. Et la cité n'avait pas été cernée comme chez nous. À Viry, fallait « calmer le jeu » avec les zigotos prêts à tuer, comme sortis d'eux-mêmes par la misère et la haine du flic à liquider. C'était plus du simulacre, même si l'usage de l'AK-47, une arme de guerre, était pour l'instant circonscrit aux règlements de comptes entre gangs de stupéfiants. L'étrange partition du pays, on ne la comprenait pas.

Nos contestants à nous commençaient même à ruminer des sales pensées :

– Non mais t'as vu comment on nous taquine au bulldozer ? Le Dudule il a perdu un œil, c'est une gueule cassée ! Alors que les nerveux des cités, ils leur fichent la paix avec leur deal et leurs prêcheurs à la con. La paix royale ! T'as deux poids deux mesures. Ils nous égorgent nos curés dans les églises.

– Ouais, y en a qu'ont tous les droits. Et nous…

– Quoi ? C'est quoi ton plan ? ai-je tonné un soir. Qu'est-ce que tu veux à la fin, Paul-Marie ? Préparer un génocide des musulmans ? ouvrir des camps de concentration pour Arabes, en chopant les petits ? C'est quoi le plan ? D'imaginer une république fondée sur une allergie ? Moi je dis qu'il est temps d'acheter un cerveau à tous ceux qui veulent la guerre civile avec les Rebeus. On doit les ramener à nous, pas contre nous ! C'est des miteux tout autant que nous autres, les crépus, les basanés, les fuyards devant la misère !

Ça a jeté un froid persistant qui a calmé le jeu sur le rond-point de la Vache-Morte. Je me suis retenue de gifler Paul-Marie. Leïla, mal à l'aise, m'a été gré de ma sortie. Ça la rendait dingue, la scission des malheureux.

Dans ce monde habitué à penser faux, j'étais d'une subversive sincérité. Leïla avait raison. À quoi ça menait donc cette guerre des modestes, ces inimitiés d'excentrés, d'écrabouillés ?

– Je dis juste que l'égalité ça a du bon, a soupiré Paul-Marie. Et si l'Algérie a fait la guerre aux islamistes, pourquoi la France, elle, fait rien ? On comprend plus ce qui se passe.

Les fièvres de l'islam, ça nous travaillait tous le cervelet, comme le mépris distingué de l'oligarchie assiégée qui paradait sur les chaînes info et distribuait des blâmes. On arrivait même plus à être drôles, vu que toutes les vérités formulées étaient regardées comme des offenses, et que les pires sentiments volaient en escadrille. Les berceuses sur la « bienveillance » de la République à notre endroit, qui y croyait encore ? Le cotonneux, c'était fini. Faudrait-il qu'on monte tous jusqu'aux Champs-Élysées pour donner de la voix ? que le peuple aille à Paris déloger les people en cassant un peu la porcelaine de leur « bienveillance » ?

En amour, ce fut pire encore.

Longtemps je m'étais baignée dans la pureté de ma sœur. On avait tant ri ensemble de la vie en biais, de nous, des mecs-gros-connards. Des trucs de filles, du petit point de croix de la médisance. Désormais, Cerise manquait énormément d'humour, il y avait comme une pénurie de légèreté entre nous. Sa riposte m'inquiétait. Cerise quittée n'était pas du genre à se contenter de glapir et de se jeter dans la Seine. Nous viderait-elle un soir un chargeur dans le ventre ? un bac d'acide en pleine figure ?

Au début, elle radota salement dans Maisoncelles-la-Petite, notamment dans les réunions de La Deuxième Vie des perles qui se tenaient au Café des Zèbres, histoire que pas une âme n'ait envie de me serrer la pogne. Tandis que les filles et dames de la commune rapetassaient leurs anciens bijoux de famille jaillis des fonds de tiroir, elle balançait dru. Du cancanage pas atténuable vint ensuite, des confesses mi-vraies mi-balivernées, toujours insidieuses. Emmancher du *fake* sur du cracra, c'était son talent, alors que je l'avais connue plus délicate.

Au village, en un rien de temps, je devins une fieffée dévergondée, une voleuse de mari, la fiancée même du vice, de la raclure femelle, un extrait de toutes les infamies.

Plutôt que de me flanquer une raclée somme toute méritée, elle se ressaisit par la vengeance et échappa ainsi, j'imagine, à l'éparpillement psychique façon puzzle. Cerise jadis si flexible, si éprise du « lâcher-prise » maximal et cajolant, se révélait une nuisance filoutée, la plus retorse des vipères. À temps plein, je vous dis. Prêcheuse d'amour, elle excella dans la saloperie. Comme on n'en a pas idée, tout en gardant sur sa cheminée des phrases-credo encadrées du genre « Le bonheur est un état d'esprit, pas une destination ».

Tenant Pierrot par le joystick – un peu perdu le garçon, embobiné par ses caresses sans doute –, elle disposait d'une carte maîtresse pour se fixer au cœur de mon quotidien et rester cramponnée à Didier. De facto, il ne pouvait plus trop s'éloigner. J'avais cru me débarrasser d'elle ? Elle me mettait échec et mat. En un rien de temps, Cerise devint le rond-point de la vengeance.

– Allô, Pierrot ? Je passe prendre Donna à quelle heure ?

– À 20 heures.

Ce dialogue succinct, Cerise l'écoutait derrière l'épaule de Pierrot. Haineuse, elle guettait le moindre mot à déformer, à utiliser pour saccager ma tranquillité.

Dix minutes plus tard, Cerise appelait Didier, histoire de lui susurrer :

– Kelly et Pierrot viennent de se parler… Ils s'appellent dix fois par jour. Est-ce que c'est vraiment terminé entre eux ? Elle passe à 20 heures parce qu'il lui a dit que je ne serai pas là. Kelly veut du temps seule avec lui… Je ne sais pas trop quoi penser.

– Euh…

– Tu le savais, toi ?

Didier avait beau me faire confiance, quand je sortis, il me demanda, l'air de rien :

– Tu vas où ?

– Ben… chercher la petite, chez eux.

Si j'avais été inexacte ou bégayante, je serais tombée dans le traquenard de Cerise. Tout devenait miné entre nous quatre. Cerise veillait à me savonner le terrain, à instiller des doutes chez Didier et à me tendre des pièges. Heure après heure, elle ne pensait qu'à ça. Toute son énergie, elle l'investissait à malveiller. Elle se régalait à nuire. Toute sa vacherie lui sortait du cœur, comme si la folie lui cavalait après. Cerise n'était plus concernée par le bonheur. Ma sœur en dérive devenait cynique dès qu'on la croyait sensible, habile dès qu'elle se flattait d'être naïve, voluptueusement raciste lorsqu'on évoquait l'ombre de l'islam guerrier qui avait hypnotisé Cindy-Nawel, infiniment sadique alors que la réputation humaniste qui la précédait faisait d'elle une doucereuse dans les bistrots de Vire.

Le mot même de limite n'avait plus aucun sens pour elle. La société avait commencé à vriller son mécanisme, j'avais achevé de guillotiner sa morale. Cerise avait été virtuose de la douceur, elle se révélait experte en garceries, jouant d'elle-même comme d'un Stradivarius et s'émoustillant de sa férocité. Ça la possédait, de bousiller mon bonheur. Sans se dégonfler, à belle cadence. Morte ou vive, elle aurait voulu que je brûle en enfer.

Et ça fonctionnait parce que Didier et moi on ne parlait plus que d'eux, Cerise et Jojo Belle Gueule. C'était comme si on avait vécu auprès de nos ex ligués, tellement on devisait en boucle de ce qu'ils pensaient ou devaient penser. Cerise atteignait son but, obséder nos réflexions. Et ça rajoutait une couche de violence dans notre révolte jaune, une couche personnelle qui nous retournait les sangs, qui nous fébrilisait encore plus qu'on l'était déjà naturellement. Au lit, on se demandait s'ils se faisaient sexuellement ce qu'on leur avait fait, on était maintenant dans une sorte de partie carrée mentale.

C'était comme si la folie française nous avait tous détraqués, jusque dans notre intimité. La violence nous grignotait de partout, et nous excitait l'esprit.

On n'avait pas imaginé que ça monterait encore d'un cran.

Au bowling

Un soir, Didier et moi, nous eûmes envie d'insouciance. On fila au bowling de Vire comme des ados. Mais l'ambiance, dès le hall, vira vinaigre. Un client rustique prit à partie quelques Gilets jaunes venus se détendre, en les accusant de tuer le petit commerce. Leurs gilets affichaient des slogans, « Vive le RIC », le nom de leur rond-point. Le ton monta vite. La salle était crispée.

À peine avait-on loué les chaussures ad hoc qu'on aperçut, à côté de la piste qu'on nous avait assignée, un couple qui se concentrait sur les quilles blanches. Cerise et Pierrot.

Bêtement, j'eus envie d'en profiter pour mettre les choses au clair entre nous quatre. Après tout, nous étions des adultes. Son homme avait déclenché ma poésie, qu'y pouvais-je ? Nous savions tous que l'amour est un sol mouvant, un océan plutôt qu'un plancher. Et que parfois l'érotisme a de l'éclat, un tournoiement qu'on ne maîtrise guère. Fallait-il en faire une tragédie ?

– Salut les ex ! lança Didier avec la fausse légèreté qu'il prenait lorsqu'il était mal à l'aise.

– Salut…, fit Cerise. Ça va ?

– On arrive tout juste…, répondis-je avec naturel. Au bowling, j'ai le trac avant de lancer la boule. C'est ridicule, mais…

– Le trac ? reprit ma sœur, tendue. Ça m'étonnerait. Le trac est une manifestion de l'esprit critique, donc de la modestie. Par conséquent, tu es incapable d'avoir le trac, ma chère sœur.

– Pas faux, ajouta Pierrot, d'humeur sarcastique.

– Regarde-la ! renchérit Cerise en me dévisageant. L'œil est stupide, mais vif. Dans sa pupille, il y a une grande lueur de crétinerie, ça sent le QI de sole meunière, et pas une once de sens de la famille… Avoir l'air faux-cul à ce point-là, ça en devient de l'honnêteté !

Et, s'adressant à Didier :

– Tu ne trouves pas, toi qui as une face de traître ?

– Cerise, arrête la méchanceté.

– Ce n'est pas de la méchanceté, c'est de l'observation.

– Cerise…, fit-il en s'efforçant de garder son sang-froid.

– Joli prénom, n'est-ce pas ? Tandis que Kelly, c'est un peu tarte. Et Didier, ça fait faux jeton !

– On peut se calmer ? rétorqua-t-il avec fermeté.

– Mais oui, répliqua Cerise, je ne fais que ça, rester calme, je ne t'ai pas encore mordu, ni giflé. Tu ne vois pas, je respire ! Je respire !

– Euh… les baffes, normalement c'est moi qui les donne.

– Eh ben justement ma cocotte, j'ai du retard !

Et *PAN !* Cerise m'en colla une sévère, devant les clients du bowling médusés, à fleur de tension. Tout le monde tenait à parler de la révolte jaune en cours, dépiautait ses griefs. Didier voulut s'interposer, il en reçut une à son tour. *PAN !*

D'un geste net, Didier m'empêcha de sauter à la gorge de ma sœur. Derrière moi, j'entendis un client : «Qui c'est ?» Et sa moitié de lui répondre : «La mère faisait des ménages, la fille les défait.»

– Oh mais tu sais, continua Cerise en parlant fort, je me suis vite aperçue que je n'étais plus seule à partager la fidélité de mon mari !

– Tu la baisais, ma femme ? lança Pierrot à Didier, l'air mauvais. Et tu lui faisais quoi au juste à Kelly ? Que je fasse de même à la tienne !

– Ce que je lui faisais ? reprit Didier. Mais de l'art, figure-toi ! L'amant, c'est l'artiste de l'amour, tandis que le mari, c'en est le rond-de-cuir !

– Répète ça, un peu !

– Je plaisantais, Pierrot. On va tous se calmer…

– Pourquoi on se calmerait ? T'en veux une, toi aussi ? Tu la veux celle-là, le toubib ?

Et *PAN !* Pierrot flanqua une incroyable baffe à Didier. Claque qui en fit partir une autre dans le bowling, comme si les esprits n'avaient plus attendu qu'un signal. Le récipiendaire, un Gilet jaune mastard, ne la rendit pas. Mais Didier, lui, allait riposter… quand on entendit des applaudissements dans la salle. Au bar, Tintin rigolait grassement en prenant des notes.

– Bravo ! Bravo ! Je tiens le feuilleton de l'hiver, là ! *L'Écho* va adorer ça ! «Pugilat à quatre au bowling» ! Le maire de Maisoncelles se prend une baigne de son ex et une deuxième de l'ex de son actuelle ! Bingo !

Tintin nous prit en photo.

– Monsieur, dit Didier, si votre carte professionnelle vous

autorise à vous offrir ma tête, elle ne vous confère pas le droit de vous la payer.

– J'ai un meilleur sujet, proposai-je à Tintin en m'approchant de lui.

– Quoi ?

– Un reporter de *L'Écho* se fait remettre à sa place par une lectrice agacée. Pas mal, non ?

Sans hésiter, je lui cassai une bouteille d'eau sur le crâne en lui arrachant son appareil. Le panard total. Tintin s'effondra. La liberté de la presse venait d'en prendre un coup. Une minute plus tard, le bowling entier se torgnolait. Les boules se mirent à voler. Les miroirs partirent en étoiles et les verres en éclats. Il avait suffi d'une étincelle. La France, c'était de la poudre.

Irrespirable

On avait atteint cette région du stress où vivre n'est presque plus possible.

À la mairie, Didier était aux prises avec une nouvelle plainte : une Parisienne acrimonieuse attaquait la commune afin qu'elle cesse de faire sonner les cloches de l'église. Rien que ça ! Cette procédurière était déjà parvenue à faire condamner un éleveur du coin, son voisin, au motif que ses étables sentaient la vache. La Cour de cassation avait fini par lui donner raison. Le paysan de Maisoncelles avait écopé de huit mille euros d'amende ! Notre mode de vie n'était plus compris des boboïsés et de leur justice qui n'avait pas la fibre rurale. Ces gens-là n'aimaient la nature que sans bovidés, sans agriculteurs et sans cloches.

À bout, Didier m'emmena en week-end respirer dans le golfe du Morbihan. Il voulait qu'on campe sur l'île de Berder, un îlot auquel on n'accède qu'à marée basse, où personne ne pourrait obscurcir notre félicité, où aucun événement ne viendrait s'insérer dans la trame de nos minutes légères.

C'est là que la nouvelle incroyable nous parvint.

Didier m'avait donc entraînée au cœur de cette île sauvage

de son enfance, près de Larmor-Baden. Après un passage à gué à marée basse, on s'insinua dans les sous-bois à la végétation méditerranéenne inattendue sous ces latitudes. Une forêt ajourée de pins. Une vignette de la Provence heureuse. Une réserve de silence. Le rivage abrité n'est pas torturé par les vents obliques ni brûlé par les embruns.

Loupant volontairement l'horaire de la marée basse, on resta prisonniers au milieu des résineux majestueux, des palmiers flexibles, un décor quasi colonial à l'abandon, ponctué de rares bâtiments anciennement luxueux oubliés des hommes, ce qui était délicieux. De quoi nous dépayser de la violence tricolore et jaune, et des émotions de Cerise. On avait du mal à se sentir en France, ce qui calmait nos nerfs.

Pleine de rires, je lui sautai sur le dos. Avec une joie de gamine. On s'enfonça dans des terres sablonneuses, parmi des taillis ajourés formés de résineux, de plantes du Sud enchanteur, avec parfois des groupes de pins aux branchages légers pris dans l'air marin, une nature recueillie, rêveuse, un concentré de paix, un air léger, presque immatériel, à peine breton, nous fîmes à l'unisson l'expérience de la beauté, laissant retentir en nous le souffle du vent, les cris des goélands et des bernaches, le sifflement du jusant. De cette île, on se fit ensemble une géographie intime.

L'îlot devint aussitôt le territoire de ce que nous étions.

On y campa, avec vue sur le courant de la Jument, un courant d'une puissance infatigable, à peine pensable en Europe. Il brassait une mer épaisse, tavelée de remous. Ça nous lavait de tout, cette force maritime visible depuis le sous-bois tendre où nous nous tenions. Téléphones portables clos. Tente montée.

Didier m'ouvrit des huîtres sauvages. Au loin, on apercevait les îles esseulées du golfe, ourlées de plages et saisies par les lumières de la montée du soir. Verrouillés au paradis, on ne pouvait plus rebrousser chemin.

Nous nous sommes baignés nus parmi des éclairs de dorades, malgré la fraîcheur des eaux, pour nous aimer sans mesure. Absorbés par notre volonté de plaisir, en étant à la fois corps et cœur, en baisant animalement autant que nous nous faisions l'amour. L'immersion érotique est féerie. La mer sans furie était occupée à inventer des éclairages changeants. Il nous fallait nous laisser avaler par la nature, glisser dans ces instants. Soulevée, emportée, perdue comme jamais dans l'onde marine, ce pays sans angles, j'ai crié en faisant se lever un envol de canards sauvages. L'intensité était notre patrie commune. Nous savions que notre érotisme ne s'appauvrirait jamais.

En sortant de ce bain de mer parfait, nous étions parfaitement heureux, délivrés de l'obscurité du siècle. Quand je pense à des heures sans défaut, je reviens à ces instants de crépuscule safrané. Pris dans la quiétude, nous entendions au loin la voûte liquide des rouleaux qui s'effondraient à l'entrée du golfe. On apercevait des vieux qui, nageant le crawl, demandaient la santé aux eaux glacées en évitant les roches au découpage en lambrequins. Pour la première fois, je me sentais prête à entrer dans la religion de la fidélité, à me lover dans cet absolu. Loin de l'immense ruée estivale, on avait tous les deux envie de ne plus gêner la vie, de se fier à elle.

C'est alors que mon Didier, saisi par ses scrupules de

maire, releva ses messages. Il les lut sur son smartphone et, sous le choc, murmura :

– Donna n'est pas de moi.

– Pardon ? répondis-je d'une voix d'aquarelle.

– J'ai fait un test en prenant l'ADN de Donna. Dans ton dos. Je voulais savoir. Être sûr de ma joie.

– Ah…

– Elle est de Pierrot ? murmura-t-il, blessé.

– Impossible.

– Comment je fais ma vie avec une femme qui me ment ? Kelly… la confiance est au cœur de la crise qu'on traverse et toi… tu me prends pour un con. Comment est-ce possible ?

– Dans nos vies salies, servir la vérité, c'est encore possible ?

Un long silence nous sépara, nous sutura.

– Tu m'as menti, Kelly. Tu m'as raconté des salades.

– Ça dépend comment tu définis salades.

– Je dirais que c'est un synonyme de mensonge. C'est quoi ta définition ?

– Un truc vert qu'on plante… au ras du sol…

– Arrête, Kelly.

– Et toi, tu pisses du sang sans rien me dire ! À pleins caillots. Du sang !

Il blêmit et, possédé par un éclat sombre, me répondit d'une voix d'entrailles :

– Je vais mourir… tu seras ma dernière femme.

– Mourir ?

– Cancer stade 4. Je ne serai jamais vieux, et je me consolerai jamais de ma mort…

C'est là que la dépressurisation commença. Aux mots « stade 4 ».

– Qui est le père de Donna ? continua-t-il.

– Je l'espérais de toi...

– Et ?

– J'ai été violée.

– Qui ?

– Je ne sais pas... avec certitude.

– Tu l'ignores ?

– Une nuit d'alcool...

– Tu seras ma dernière femme.

Didier me fixa d'un regard étrange, d'un regard qui venait de l'enfance, de très loin, et ajouta :

– Je t'aime, ça me regarde... C'est Goethe, je crois, qui a dit ça. A-t-on jamais écrit plus belle phrase ?

Dès qu'il me la faisait aux sentiments, je craquais.

– On va essayer d'être heureux, le temps qu'il reste...

– Heureux... C'est quoi être heureux ? Les vaches sont heureuses et elles finissent en steaks tartares !

Pourquoi diable le sublime ne pouvait-il jamais s'installer et durer en France ? Pourquoi nous refusait-on des années faciles ? Même lorsque je rencontrais un homme qui avait la grande vertu de paraître léger et l'intelligence du cœur...

Que se passait-il donc pour que tout le monde ou presque dans notre coin d'Europe ait maille à partir avec la maladie ? Tintin n'était que souffrance. Denys cachait une défectuosité de santé que chacun soupçonnait sans réussir à la nommer. Et que trahissait le mal de Lewy qui saccageait les neurones de ma mère, au point qu'elle ne trouvait plus de douceur que dans l'abrutissement ? Et ma propre maladie légère de

Basedow qui affolait ma thyroïde en lui faisant sécréter un flux d'hormones excessif ? Ma poussée vitale serpentine n'était qu'un symptôme. Je surfonctionnais pour survivre dans cette société qui tabassait nos espoirs. Dans la fournaise sociale française, nous étions dévorés par un dérèglement biologique, comme si jouir de son corps avait été un luxe inatteignable. En France, la bonne santé semblait le jour férié d'une pandémie, les vacances du cancer, le masque d'une nécrose rampante. Le mal-être d'un peuple retentissait en nous, nous concassait. L'impoésie radicale de l'époque corrodait notre souffle de vie.

J'étais pourtant prête à me croire en grande forme et à récrire la constitution de ma vie. Article 1 : Tout va mal. Article 2 : Je m'en fiche bien, ma joie lavera tout !

– Qu'est-ce qu'on va devenir ? demandai-je.

– On va avoir des couilles. On va essayer de faire de la politique avec des zigs qui la vomissent, dire *nous*. Et se servir de moi comme d'un projectile. Il faut qu'on fasse piger aux gens d'ici qu'ils n'ont pas faim d'argent mais de dignité, pas soif de solutions venant d'en haut mais d'initiatives locales. Fini l'esprit de reddition.

– Et ta maladie ?

– Elle n'empêche pas d'être généreux ou violent, et de désengourdir les affaiblis. Pour leur donner les moyens de dire « on ne veut plus souffrir comme ça ». Ce n'est pas l'opinion qui change le monde, c'est l'envie et ta poésie, Kelly. Ta poésie !

– Tu tiens debout tous les jours ?

– Non, et toi ?

– Alors on devrait y arriver… sans plus jamais se mentir ! Même si… j'aurais bien aimé que Donna soit de moi.

– Je t'aime.

Même bourré de cancer, Didier demeurait l'homme le plus vif, le plus tolérant, le mieux doué pour l'art de vivre. Il me réserverait cette moitié de lui-même qu'il n'avait pas cédée à ses concitoyens. Mais pour combien de temps encore ? Cet homme mettait tant de choses dans les minutes qu'il me donnait, ou plutôt qu'il dérobait au temps. Ensemble, on allait devenir extraordinaires.

Didier tassa un lit de goémon sur lequel on s'apprêtait à connaître un sommeil salé, puis il sortit un long couteau à pain, sabra une bouteille de champagne, emplit deux verres et lança :

– À nous ! Nous deux ! Nous tous !

Puis Didier me sourit, tourna violet et s'effondra d'un bloc.

Mort.

En un quart de seconde, je me découvris morte.

M'arracher à lui, c'était m'ôter à moi-même.

La bête noire

Le cadavre de Didier fut rapatrié à Vire, à la morgue de sa structure hospitalière. Cerise tenta bien de le récupérer en tant qu'épouse officielle et mère de leur enfant, mais la médecine légale ne le lui rendit pas. Ses lieutenants et infirmières veillèrent l'homme qui s'était dressé contre la fermeture de la maternité, comme s'ils avaient voulu cajoler Didier tant que son âme était encore mal dégagée du corps, pour faciliter le passage.

Ce corps de protestant enfin libéré de sa rage de contestant, sa sensualité soudain réfrigérée, sa chair subitement imprégnée de néant, tout cela était irréel. S'il n'y a qu'une façon d'être mort, y en a des centaines de mourir. Je ne m'attendais pas à celle-là, si subite.

J'ai eu un tel cafard, qu'en rentrant chez Maman j'ai allumé les deux télévisions et la radio à la fois. Ce vacarme de voix ne parlait que de révolte, de fins de mois irrespirables. La mainmise de la colère dans tous ces sons m'aidait à ne pas chavirer.

Dans l'île, nous n'avions été qu'un cœur bouillant. Ç'avait été si parfait cette escale dans le paradis de sentiments chauds. C'est si miraculeux de s'aligner avec l'élan d'un homme. Lentement, je dépelotonnais le fil de la route que nous avions parcourue avec tant de détours et de fièvres. Jamais je n'avais vu sa vieillesse à travers sa jeunesse. Un seul mot m'accueillait quand je m'inquiétais : « C'est possible. »

Comment diable confier notre histoire à l'oubli ? et la loger dans cette région cruciale de l'âme où l'amour survit ?

Les jours et les nuits suivants, seule, je me mis à polir le galet noir d'une peine mortelle. Entêtée de larmes, foudroyée, je flottais hors du temps et des lieux. J'entendais des sons et des voix sans saisir les paroles, rien n'avait plus d'importance, je réglais les factures rien que pour m'en débarrasser, j'avalais n'importe quoi, je me promenais la nuit, je dormais n'importe où sans me déshabiller. Je recevais des lettres comme si elles étaient adressées à quelqu'un d'autre, répondais à des SMS malgré moi. Je ne demandais qu'une chose : qu'on me laisse à mon étrange hibernation, très frissonnante. Depuis mon enfance, je n'avais rien connu de tel.

Je tenais à ma douleur, parce que c'était la seule chose que Didier m'avait laissée. Sa fin, c'était la mort du courage alléchant et l'éclipse de la vitalité. Le bonheur pouvait-il encore être la destination finale, sous ce ciel de Normandie ? Qu'allions-nous devenir ?

Puis vinrent les obsèques… la quitterie insupportable. Des funérailles de l'audace. La mort, c'est la vie qui se suicide en fait. Je me consolais d'une pensée stupide : rappelé jeune, Didier ne laisserait pas derrière lui un vilain squelette. Rien ne courberait ce culotté.

Jamais un enterrement à Maisoncelles ne rassembla plus

de haines recuites. Comme si l'époque entière n'avait plus été capable que de disjonctions, de sécréter du fiel, de fracturer les familles. Ce qu'on avait fait de l'amour était désolant. Dieu, la plus belle invention de l'homme, brillait par son absence du cimetière glacé par les courants d'air de la Manche.

Un peu de ciel bleu perçait un ciel grumeleux, avec un fond laiteux comme des ecchymoses. Un temps chagrin, une brise aigre. Près de Didier, j'avais aimé vivre avec moi-même. Désormais, j'étais contrainte de vivre en face de moi.

Les amis du rond-point de la Vache-Morte étaient tous venus, en gilet jaune : la jolie Jacqueline au bras du gars Jean, le très bel Antoine escorté des enfants de la commune, les frères Gauchis, en larmes de perdre leur ami-guide, la zébrette Kimberley et ses coaches sportifs engagés, Leïla dévastée au bras de sa compagne superbe, Gilberte rompue au veuvage, le Dudule énucléé au visage brouillé, Jessy Kermadec de la Mutuelle de village, Colin Verdier avec son air poète, Gérard aux couilles en bouillie par la faute d'une Gisèle, Maman gaga, Marilou changée par les événements, la retraitée Mireille qui touchait 527 euros de pension de réversion de son mari paysan, pendu, beaucoup d'ouvrières sacrifiées par la Compagnie normande d'expédition sur l'autel du profit maximalisé. Toutes les associations du Café des Zèbres étaient présentes, tous ces irréguliers qui étaient l'honneur agissant d'un territoire qui refusait de plier.

L'absence de Cindy retentissait, comme celle de Zazou et de son Loïc.

Et puis toute la population était là, pour rendre hommage sans inflation lyrique à un Didier qui avait cru en elle, à un homme qui leur avait dit « être citoyen, c'est arrêter d'être seul ». Tous, les maraîchers, les éleveurs, les postiers savaient que la mort avait choisi le plus vivant de notre commune.

Cerise me dévisagea avec sévérité, solidement arrimée au bras de mon ex. Pierrot suintait le malaise. Leïla me serra tendrement. L'impertinence du silence de ma sœur choqua un peu.

Tout le monde devinait que le quotidien à Maisoncelles-la-Petite ne serait plus jamais organisé en l'honneur de la vie. Qui donc continuerait à lutter contre l'État pour la réhabilitation de l'ancien hôpital qui devait offrir des apparts sociaux aux tristement logés ? Qui se battrait pour faire financer le projet du maire de Ville-en-Tardenois, afin de redonner au pays de l'emploi solide ? Qui tiendrait tête à la commune de Vire, à tous les adversaires des communes modestes ? Qui ferait venir la 3 et la 4 ou 5 G dans notre coin de ruralité excentré ?

De l'autre côté de la fosse se tenaient des créatures infraternelles : le lourd préfet Grandvoisin et son ami Mahaut de Coislin sanglé dans son écharpe tricolore, escorté de Tintin très blême ainsi que de Denys Lacombe. Je dévisageai ce possible père de ma Donna, cet homme qu'il me faudrait peut-être liquider sauvagement un jour, ce type que j'avais dû gâter comme tant d'ouvrières de Maisoncelles. Le chauffeur de Coislin, le volumineux Jacky Leroux, se tenait à l'écart du dessus du panier.

Un prêtre venu de loin prononça les paroles rituelles sous un ciel profond, presque maritime. Quelques nuages-flocons, à peine.

Incapables de surplomber, les officiels ne l'ouvrirent pas.

Ils sentaient bien que leurs mots faux n'étaient pas les bienvenus. L'intuitif Coislin ne risqua aucune raillerie. Il se garda de ses ruades et de ses feintes habituelles. Il me parut alors d'une confiance imperturbable, puisque son principal adversaire, Didier, était enfin sorti du paysage local.

On descendit sans hâte le cercueil en bois clair qui cogna contre la terre de France. Leïla prit la parole. Dieu qu'elle était solaire au moment du chagrin. Une seule courbe de l'angle de ses yeux jusqu'au bout de son nez impeccable. L'excès de pétillement ne la quittait pas dans le malheur. Elle annonça que chacun pouvait s'avancer pour jeter un objet dans la fosse. C'était son idée, à Leïla, ce dernier cadeau du cœur.

La foule défila en ligne. Il y eut une vague de fleurs, de photos-souvenirs. Antoine Fildebroc lança les dessins des enfants qu'il avait récupérés sur les murs de l'école de Maisoncelles. Leurs couleurs volèrent au vent froid et descendirent se déposer au fond de la fosse. Le Dudule s'approcha enfin et, tordu par un long sanglot, on le vit déverser dans la tombe la collection de ses carnets dessinés : la mémoire de Maisoncelles, ses milliers de pages de notes, sa chronique de notre vérité, l'addition de nos souffrances. Contenaient-ils les vrais motifs de son viol ? Le Dudule n'avait rien de plus précieux à offrir au défunt. Ce geste retentit dans les cœurs.

À mon tour, je sortis de mon sac le long marteau que j'avais tripoté au combat et le jetai sur le cercueil de Didier. Un son mat résonna. Coislin, Denys et le préfet me fixèrent, j'étais la bête noire.

Spontanément, l'assistance se mit à mugir une *Marseil-*

laise qui, d'instant en instant, enfla dans l'air venteux. Une *Marseillaise* teintée de nos panades. Une *Marseillaise* rancunière qui dépiautait nos timidités. Une *Marseillaise* emportée qui gueulait « tout commence ». Une *Marseillaise* que les officiels furent bien obligés de bêler eux aussi. Ils en burent leur bile. Une *Marseillaise* de la fierté qui sonnait comme une invasion de sauvagerie populaire. Une *Marseillaise* que le Dudule borgne et à la face en bouillie chanta faux mais de manière tonitruante. Une *Marseillaise* écho de celles qu'on entonnait dans les batailles qui se déroulaient déjà, chaque samedi, sur les Champs-Élysées. Une *Marseillaise* qui, l'espace de quelques minutes, effilocha nos haines et annula notre vacherie.

En jaune fluo, redressés, nous étions des aristocrates qu'aucun 1789 à l'envers ne pourrait plus valdinguer.

Au milieu d'eux, face à notre Didier s'en allant vers l'au-delà, je me sentais une force qu'aucune prudence ne briserait. Dans la pièce très courte qu'est notre existence, plus jamais je n'aurais « le frein aux dents », comme disait l'ami Villon. Nous restait à vivre ce que souffle la folie et qu'écrit la déraison.

Derrière moi, j'entendis alors une voix mince que je connaissais.

Je me retournai.

À l'entrée du cimetière, Pierre-Esprit était là.

Remerciements

À ma Zanne, qui a trouvé le titre simple de ce roman compliqué.

À tous ceux que j'ai croisés, qui m'ont inspiré ces pages. Les citer tous ici serait trop long, mais ils se reconnaîtront. Si tous mes personnages sont fictifs, ils sont tous nés des expériences que nous avons partagées. À Gilles Haéri, qui m'a tendu la main sur cette nouvelle veine. Et à l'équipe d'Albin Michel, qui m'a accompagné.

DU MÊME AUTEUR

Romans

LE ROMAN VRAI, L'Observatoire, 2019.
DOUBLE-CŒUR, Grasset, 2018.
MA MÈRE AVAIT RAISON, Grasset, 2017, Le Livre de Poche, 2019.
LES NOUVEAUX AMANTS, Grasset, 2016, Le Livre de Poche, 2018.
JUSTE UNE FOIS, Grasset, 2014, Le Livre de Poche, 2016.
MES TROIS ZÈBRES, Grasset, 2013, Le Livre de Poche, 2015.
JOYEUX NOËL, Grasset, 2012, Le Livre de Poche, 2013.
DES GENS TRÈS BIEN, Grasset, 2011, Le Livre de Poche, 2012.
QUINZE ANS APRÈS, Grasset, 2009, Le Livre de Poche, 2010.
CHAQUE FEMME EST UN ROMAN, Grasset, 2008, Le Livre de Poche, 2010.
LE ROMAN DES JARDIN, Grasset, 2005, Le Livre de Poche, 2007.
LES COLORIÉS, Gallimard, 2004, Folio, 2005.
MADEMOISELLE LIBERTÉ, Gallimard, 2002, Folio, 2003.
AUTOBIOGRAPHIE D'UN AMOUR, Gallimard, 1999, Folio, 2001.
LE ZUBIAL, Gallimard, 1997, Folio, 1999.
L'ÎLE DES GAUCHERS, Gallimard, 1995, Folio, 1997.
LE PETIT SAUVAGE, Gallimard, 1992, Folio, 1994.
FANFAN, Flammarion, 1993, Folio, 1992.
LE ZÈBRE (prix Femina), Gallimard, 1988, Folio, 1990.
BILLE EN TÊTE (prix du Premier Roman), Gallimard, 1986, Folio, 1988.

Essais

RÉVOLTONS-NOUS, Robert Laffont, 2017.
LAISSEZ-NOUS FAIRE, Robert Laffont, 2015.
1 + 1+ 1..., Grasset, 2002, Folio, 2005.

Composition : IGS-CP
Impression : CPI Bussière en mars 2020
Éditions Albin Michel
22, rue Huyghens, 75014 Paris
www.albin-michel.fr
ISBN : 978-2-226-44189-8
N° d'édition : 23464/01 – N° d'impression : 2049659
Dépôt légal : avril 2020
Imprimé en France